国家社科基金
GUOJIA SHEKE JIJIN HOUQI ZIZHU XIANGMU
后期资助项目

莫言小说的文化哲学阐释

An Interpretation of the Cultural Philosophy
in Mo Yan's Novels

王雪颖 著

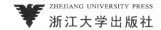

ZHEJIANG UNIVERSITY PRESS
浙江大学出版社

国家社科基金后期资助项目
出版说明

后期资助项目是国家社科基金设立的一类重要项目,旨在鼓励广大社科研究者潜心治学,支持基础研究多出优秀成果。它是经过严格评审,从接近完成的科研成果中遴选立项的。为扩大后期资助项目的影响,更好地推动学术发展,促进成果转化,全国哲学社会科学工作办公室按照"统一设计、统一标识、统一版式、形成系列"的总体要求,组织出版国家社科基金后期资助项目成果。

全国哲学社会科学工作办公室

目　录

第一章　　绪论：莫言小说与文化哲学垂照 …………………… 1

　　第一节　洞达人生意义：文化哲学的启明 …………… 7

　　第二节　莫言小说的"实源化"哲思特质内涵 ………… 13

　　第三节　莫言小说的"哲韵想象"特质内涵 …………… 15

　　第四节　整体思路与架构 ……………………………… 18

第二章　　烛照"问题意识"的精神源流：莫言小说哲思生成 …… 21

　　第一节　反思文化之境的生存哲思生成 ……………… 21

　　第二节　反思内在局限的人性哲思生成 ……………… 24

　　第三节　映照生命与存在意义的形而上哲思生成 …… 30

第三章　　洞观万象：历史与时代境况的生存哲思 …………… 34

　　第一节　历史之境："高密乡寓言"的生存反思 ……… 34

　　第二节　诗化公义：生存景况的文化审思 …………… 43

　　第三节　融汇与共：抚慰万化的生存观照 …………… 49

　　第四节　欲海澄净：消费时代的生存之思 …………… 53

第四章　　映现慈悲：反思内在局限的人性哲思 ……………… 62

　　第一节　人性限度的洞察与内审 ……………………… 63

　　第二节　内心匮乏的症候反思 ………………………… 71

　　第三节　超离人性局限的心灵境界 …………………… 77

　　第四节　人性净化：面向"生灵"与"他者"的忏悔 …… 86

第五章　抵达超验："生命创生"·"形而上希望" ………… 97

　第一节　本源观照：生命泰然的启迪 …………………… 97

　第二节　慧悟存在：抵御"心灵沉沦" ………………… 100

　第三节　心韵搭筑："光与梦"的审美哲思 …………… 109

　第四节　诗意纾解：召唤"形而上希望"的神话书写 ……… 121

第六章　艺术之维：海阔天空的绚丽想象 ……………… 128

　第一节　悲悯化的"仿象"叙述 ………………………… 128

　第二节　"欢悦"智慧的叙述 …………………………… 132

　第三节　"奇幻仙境"的审美空间 ……………………… 140

　第四节　灵动的时间审美慰藉 ………………………… 145

第七章　心灵诉求：超拔困境与澄湛生命 ……………… 151

　第一节　人心正义的追寻 ……………………………… 151

　第二节　探索现代化生存之道 ………………………… 154

　第三节　澄碧生命的形而上精神境界 ………………… 158

结　语 ………………………………………………………… 161

参考文献 …………………………………………………… 164

索　引 ……………………………………………………… 197

后　记 ……………………………………………………… 201

第一章　绪论:莫言小说与文化哲学垂照

莫言大气磅礴且谲妙绚烂的小说创作背后深藏着精神富矿。莫言作为时代的前瞻者,作品中透着对历史的深切反思,对当下生存之境的忧患意识,不论是在《天堂蒜薹之歌》《四十一炮》《蛙》,还是在《白狗秋千架》《红树林》《天下太平》等作品中都能感受到作家洞烛历史万象,抚慰时代生存景象的满腔热忱与慈悲。莫言作为洞观人性的审视者,在《檀香刑》《故乡人事》《表弟宁赛叶》《酒国》《诗人金希普》《一斗阁笔记》等系列作品中都闪烁着深邃而透彻的人性哲思。同时,莫言还是生命本源境域的探索者,不论是在《食草家族》《十三步》《辫子》《长安大道上的骑驴美人》《蓝色城堡》《白杨林里的战斗》等充满着诡谲色调的作品中对迷雾化存在的昭示,还是在《丰乳肥臀》《生死疲劳》等作品中,跋涉沧桑思索着探求安顿心灵的人生终极命题,均体现着莫言试图为人类拨开晦暗的生存迷障,激活哲韵智慧,努力探寻存在深渊背后的澄净温暖的光芒。当下这些整体小说创作中体现出的浓厚思考意识,丰盈的精神蕴涵见证着“思考者”莫言的深层人生洞照,蕴含着深厚的哲理价值。

笔者认为莫言在小说中深入且反复思考的“历史反思”“人心探索”“何以慰藉生命与安妥心灵”等“问题意识”与哲理命题实则是对人生意义与存在追问的审美化“文化哲学”探寻。因而,本书试图从融合“生命哲学”“存在主义”“神话哲学”等哲学视角的综合化的“文化哲学”视野观照莫言作品,从哲思维度重新诠释莫言在小说中体现的洞观历史文化缺憾的生存反思,深刻的人性审思,以及对生命本源与存在探寻的形而上追问等多维度的审美化哲思。以此照见莫言小说深厚的文学史意义与哲理意义,使之闪现出深刻而独到的精神光韵。

莫言小说中蕴含的可贵哲理思索有着较大的可拓化研究空间,而在目前海量的研究中,大部分聚焦于作品的艺术特质、文体意识、创作内涵、文艺观念、中西方作家比较等方面的研究,从哲学视角观照莫言小说的整体系统研究较为鲜见。从这一维度而言,学界也亟待从文化哲学视野深入莫言小说的精神疆界探寻其哲理内蕴的研究。在此,先扼要地梳理一下学界中诸种哲学视角观照莫言作品的相关研究。

在生命哲学视角上,张德祥的论文在 20 世纪 80 年代的研究中就指出莫言小说的哲学认知与生命本根意蕴,并结合其作品予以翔实的论证。① 在后续的相关文献中,以"生命哲学"为视角的研究蔚然成风。陈炎的论文高瞻远瞩地洞视出莫言小说的生命内蕴与尼采酒神精神之间的心灵共鸣。② 张志忠在 1990 年出版的《莫言论》中,深刻地指出莫言创作中超越化的生命意蕴与生命感觉的本体意义③,该认识在后续研究中继续被深化。张清华的《叙述的极限——论莫言》不仅指出莫言生命观于当代文学史的革新意义,且结合人类学、生命哲学双重视角对莫言 20 多年创作进行价值定位。④ 王学谦的《莫言与鲁迅的家族性相似》则对鲁迅与莫言作品叙述风格中那种相似的生命自由意志的特质做了深入论述。⑤ 此外,北师大张灵的博士论文从独特生命意象入手,对莫言小说的生命精神进行细腻阐释。⑥ 刘清虎的《高密东北乡与莫言的生命哲学——莫言小说创作论》关注到了莫言创造的"高密乡"的独到生命哲学意味。⑦ 总体上,此类研究不乏从文本到宏观进行生命哲学视角深度论述的论文,从整体而言综合把握莫言小说的特色化生命哲学建构的研究还余有可继续深化的拓展空间。

以"存在主义"视角为观照的研究往往与莫言作品的现代派特质相联系进行论述。张学军的《莫言小说与西方现代主义文学》由作品的现代主义文学特质切入,论述了小说中趋向存在意味的探索以及其独特之处。⑧ 陈晓明的论文以莫言小说《木匠与狗》为典型文本,深入地阐发了该小说融合中国本土特质的现代派精神,有着对存在的思考。⑨ 王洪岳的《视角的

① 张德祥:《人的生命本体的窥视与生存状态的摹写——莫言小说对世界的认识与表现方式》,《小说评论》,1988 年第 4 期,第 29—35 页,第 16 页。
② 陈炎:《生命意志的弘扬　酒神精神的赞美——以尼采的悲剧观释莫言的〈红高粱家族〉》,孔范今　施战军主编　路晓冰编选:《莫言研究资料》,济南:山东文艺出版社,2006 年版,第 209—216 页。
③ 张志忠:《莫言论》,北京:中国社会科学出版社,1990 年版。
④ 张清华:《叙述的极限——论莫言》,《当代作家评论》,2003 年第 2 期,第 59—74 页。
⑤ 王学谦:《莫言与鲁迅家族的相似性》,《吉林大学社会科学学报》,2014 年第 3 期,第 135—145 页。
⑥ 张灵:《莫言小说与民间文化中的生命主体精神》,北京:北京师范大学,博士学位论文(中国现当代文学),2005 年。
⑦ 刘清虎:《高密东北乡与莫言的生命哲学——莫言小说创作论》,上海:上海大学,硕士学位论文(中国现当代文学),2005 年。
⑧ 张学军:《莫言小说与西方现代主义文学》,《齐鲁学刊》,1992 年第 4 期,第 24—30 页。
⑨ 陈晓明:《"歪拧"的乡村自然史——从〈木匠和狗〉看中国现代主义的在地性》,《文学评论》,2017 年第 1 期,第 5—16 页。

新颖多变与话语的膨胀和内爆——以〈十三步〉等为例论莫言小说的叙述
和语言艺术》，以论述《十三步》的现代派艺术风格为主，对其内涵也有从存
在主义视角予以深入解读。① 同时，该视角的论文还着力于中观、微观层
面的文本论述。吴耀宗的《轮回·暴力·反讽：论莫言〈生死疲劳〉的荒诞
叙事》以存在主义中的"荒诞"视角对《生死疲劳》的历史生存给予了深入阐
发。② 付艳霞的《莫言的小说世界》一书中，扼要提及鲜有深入阐释的《梦
境与杂种》《笼中叙事》等作品中的形而上意蕴与其局限。③ 张仁竞的论文
以萨特的存在理论为指引着力探析莫言小说的人物形象。④ 此外，段晓磊
的《现代性视域下莫言长篇小说研究》中运用萨特、加缪等大师的存在哲学
分析莫言的长篇小说。⑤ 周红霞的《90 年代后的莫言小说论》在此方面也
有着不俗的见地，是较早地从存在视域考察莫言 90 年代以后作品的研究
成果，文中尤其是"困境与突围"一章从意义探索的角度论及了小说中人类
抗争悲剧的哲理意蕴，同时也对莫言一些鲜有关注的作品植入存在主义视
角予以解读。⑥

　　另外，在海外研究中，与此视角相关联的有内森·C.法里斯的《莫言
与民族主义者的寓言》，该论文导入西方理论资源以《丰乳肥臀》等文本论
述了莫言运用宗教意象疏导现代性进程中的困顿处境的思考。⑦ 应该说
在总体上，从存在主义等哲学视域切入莫言创作的系统化研究值得后续研
究者进一步思索与拓展。

　　莫言小说中的人性思考异常深刻且独具特色，在学界研究中不乏学者
倾向于对此进行哲理化的人性研究。

　　在相关研究现状中，高金宝的论文率先以"文化哲学"视域分析莫言小

　　① 王洪岳：《视角的新颖多变与话语的膨胀和内爆——以〈十三步〉等为例论莫言小说的叙述和语言艺术》，《东岳论丛》，2016 年第 6 期，第 75—84 页。
　　② 吴耀宗：《轮回·暴力·反讽：论莫言〈生死疲劳〉的荒诞叙事》，《东岳论丛》，2010 年第 11期，第 73—78 页。
　　③ 付艳霞：《莫言的小说世界》，北京：中国文史出版社，2011 年版，第 241—242 页。
　　④ 张仁竞：《存在主义视域下的女性形象阐释——莫言小说细读》，《哈尔滨师范大学社会科学学报》，2014 年第 5 期，第 134—136 页。
　　⑤ 段晓磊：《现代性视域下莫言长篇小说研究》，长沙：湖南科技大学，硕士学位论文（中国现当代文学），2014 年。
　　⑥ 周红霞：《90 年代后的莫言小说论》，济南：山东师范大学，硕士学位论文（中国现当代文学），2003 年。
　　⑦ ［美］内森·C.法里斯：《莫言与民族主义者的寓言》，余婉卉译，《长江学术》，2016 年第 1期，第 14—19 页。

说中的诸种类型的人性描写。① 纵观全文，该论文更着重于从文化学的原理升华的"文化哲学"角度审视作品中的人性体现形态。王荣润的论文从"马克思主义哲学"的角度分析莫言小说的人性表现，论及哲学家布洛赫的"希望"概念。② 杨守森的《魔鬼与天使》一文则是较早从宏观角度，整体而深入地阐述了莫言小说的多维人性境况的哲理思考，并从史学视野对莫言的人性审恶意识予以价值认定。③ 在文本研究的微观方面，较为典型的是聚焦于《檀香刑》中人性思索进行哲理化研究。谢有顺的《当死亡比活着更困难——〈檀香刑〉中的人性分析》尤其探究了赵甲对杀人职业的敬业精神中衍生的人性变异。④ 吕周聚的论文着力于《檀香刑》中赵甲异化的形象进行深入论述。⑤ 王学谦的《莫言〈檀香刑〉的存在原罪与悲悯情怀》一文从《檀香刑》中独到地考量了莫言在人性思考中寄予的悲悯之心。⑥ 同时，也有学者从精神源流的角度，分析莫言小说人性思考对鲁迅"国民性反思"精神资源继承性的哲理化研究。张清华的《莫言与新文学的整体观》⑦、洪治纲的《刑场背后的历史——论〈檀香刑〉》⑧分别从百年文学史的宏观角度与文本的微观角度深入阐述了莫言的人性批判对于鲁迅"国民性反思"的继承性的哲理意蕴。此外，罗兴萍的《重新拾起"人的忏悔"的话题——试论〈蛙〉的忏悔意识》⑨，还有日本学者吉田富夫的《徜徉在莫言的文学里》⑩均论及了莫言小说人性思考的"忏悔意识"对于鲁迅人性哲理思考的继承。

在海外的研究中，莫言作品的美国译介者葛浩文、学者杨小滨对莫言

---

① 高金宝：《文化哲学视域下莫言小说的人性分析》，哈尔滨：黑龙江大学，硕士学位论文（文化哲学），2014 年。

② 王荣润：《莫言作品表达方式的人性研究》，南京：南京师范大学，硕士学位论文（马克思主义哲学），2015 年。

③ 杨守森：《魔鬼与天使》，杨守森 贺立华主编：《莫言研究三十年》（上），济南：山东大学出版社，2013 年版，第 175－183 页。

④ 谢有顺：《当死亡比活着更困难——〈檀香刑〉中的人性分析》，《当代作家评论》，2001 年第 5 期，第 20－27 页。

⑤ 吕周聚：《人性恶的象征符号——莫言〈檀香刑〉中的赵甲解读》，《海南师范学院学报（社会科学版）》，2005 年第 3 期，第 34－37 页。

⑥ 王学谦：《残酷的慈悲——莫言〈檀香刑〉的存在原罪与悲悯情怀》，《当代作家评论》，2014 年第 2 期，第 90－96 页。

⑦ 张清华：《莫言与新文学的整体观》，《文学评论》，2017 年第 1 期，第 17－27 页。

⑧ 洪治纲：《刑场背后的历史——论〈檀香刑〉》，《南方文坛》，2001 年第 6 期，第 32－37 页。

⑨ 罗兴萍：《重新拾起"人的忏悔"的话题——试论〈蛙〉的忏悔意识》，《当代作家评论》，2011 年第 6 期，第 53－61 页。

⑩ ［日］吉田富夫：《徜徉在莫言的文学里》，《东岳论丛》，2014 年第 12 期，第 19－22 页。

的某一具体作品人性书写进行较为深刻地哲理探讨。美国学者葛浩文的《莫言的禁忌佳肴》一文将《酒国》与其前身名为《酩酊国》的最初版本为主要文本，从"吃人"的现象切入，导入中西文学谱系进行横向与纵向比较，有着文学史意义的广度与人性哲理认知的深度。① 杨小滨的《盛大的衰颓 重论莫言的〈酒国〉》一文，尤其通过深入分析《酒国》主人公"丁钩儿"的遭遇与其人格形象，深刻阐述了作家隐含在《酒国》中的人性弱点的哲理思考。②

在总体上，这类研究对于莫言作品的人性哲理思考较为深入，从系统性研究上如何从共同的抵达与莫言小说人性思索独到特质显现的角度，阐明莫言小说中深刻的人性哲思来，还需要进一步深入探索和研究。

同时，学界中也有学者从其他综合化的哲学视角考量莫言作品。颜水生的《莫言"种的退化"的历史哲学》一文从"历史哲学"的视角探析了莫言作品中的生命力蜕变的哲理命题。③ 余杰的论文对《檀香刑》中"义和团"的文化分析楔入了历史哲理观照。④ 刘广远的《莫言的文学世界》论述了莫言作品中朴素的信仰意蕴。⑤ 刘同涛的论文从宏观的角度提炼出莫言作品中与儒释道精神的契合点。⑥ 与此相关的，王保中的《地域生命与文化现实》一书中，通过与马尔克斯作品比较的中西视野阐述了莫言一些代表作品中佛教思想的宗教内涵。⑦ 张喜田的论文导入佛教的核心精神着力于《生死疲劳》进行细致的文本阐述。⑧ 杨枫的《民间中国的发现与建构——莫言小说创作综论》一文则从另一向度发现作品中反思现代性的哲理意蕴。⑨ 王侃的《启蒙与现代性的弃物》一文楔入鲍曼、吉登斯的哲学化

---

① ［美］葛浩文：《莫言的禁忌佳肴》，宋娅文翻译，葛浩文审译，《长江学术》，2013 年第 3 期，第 1—12 页。

② 杨小滨 愚人译：《盛大的衰颓 重论莫言的〈酒国〉》，《上海文化》，2009 年第 3 期，第 11—22 页。

③ 颜水生：《莫言"种的退化"的历史哲学》，《小说评论》，2010 年第 3 期，第 108—112 页。

④ 余杰：《在语言暴力的乌托邦中迷失——从莫言〈檀香刑〉看中国当代文学的缺失》，《社会科学论坛》，2004 年第 3 期，第 4—19 页。

⑤ 刘广远：《莫言的文学世界》，长春：吉林大学，博士学位论文（中国现当代文学），2010 年。

⑥ 刘同涛：《三教文化与莫言小说创作》，兰州：西北师范大学，硕士学位论文（中国现当代文学），2009 年。

⑦ 王保中：《地域生命与文化现实》，北京：中国社会科学出版社，2017 年版，第 160—183 页。

⑧ 张喜田：《人生本苦与生死幻灭——论莫言新作〈生死疲劳〉的佛教意识》，《河南社会科学》，2007 年第 2 期，第 125—128 页。

⑨ 杨枫：《民间中国的发现与建构——莫言小说创作综论》，长春：吉林大学，博士学位论文（中国现当代文学），2009 年。

现代性反思观照,对莫言的《酒国》《蛙》等作品进行了深化分析。①

此外,目前还有些许论文从神话本身蕴含的哲理资源角度分析莫言的创作。张文颖论文《论莫言与村上春树文学中的幻想意象》,注意到了从荣格的神话理论来考量莫言受到的神话哲理精神的影响。② 宁明论文《莫言作品中的高密民间信仰》从高密乡俗文化角度论及莫言小说中沉淀的民间神话的信仰因素③。季红真的《莫言小说与中国叙事传统》《大地诗学中心灵磁场的核心故事——莫言小说的生殖叙事》《大生态系统的外部形体——莫言小说女性身体的表意功能之三》,这三篇论文一方面指出了莫言小说对中国神话文学源流的承续以及小说图腾意象的神话学意蕴;另一方面指出了莫言小说中"女性身体"体现的大地生态的母体的象征寓意,有着指向人类回归大地母神的宇宙终极家园的启示功能。④ 孙俊杰、张学军的论文《莫言小说中的创世纪神话》着重从《秋水》中的"创世纪神话"切入,深入论述这一神话内涵对于莫言建构文学王国"高密东北乡"的文化精神意义⑤。总体上,这类研究见解深刻,因还处于较为零星的研究阶段,所以从神话蕴含的哲理资源角度探讨莫言小说精神意蕴的研究还有较大的可拓空间。

综上可知,在宏观上,以哲学视角对莫言小说的系统化研究尚待进一步拓进,在避免理论先行的基础上,构设独到的文化哲学的理论视角,对其小说精神内蕴进行提纲挈领地整体把握的研究亟待展开。在中观与微观上,如何以独到的文化哲学视野进行深入文本阐述,尤其关注到鲜有阐述的作品以及近年未及出版的新作品,力求全面整体地观照莫言小说多维的哲理意蕴研究尚有较大空间。

---

① 王侃:《启蒙与现代性的弃物》,《当代作家评论》,2010 年第 5 期,第 57—65 页。

② 张文颖:《论莫言与村上春树文学中的幻想意象》,《东北亚外语研究》,2014 年第 3 期,第 19—23 页。

③ 宁明:《莫言作品中的高密民间信仰》,《东岳论丛》,2015 年第 5 期,第 46—50 页。

④ 季红真:《莫言小说与中国叙事传统》,《文学评论》,2014 年第 2 期,第 68—74 页。季红真:《大地诗学中心灵磁场的核心故事——莫言小说的生殖叙事》,《文艺争鸣》,2016 年第 6 期,第 134—145 页。季红真:《大生态系统的外部形体——莫言小说女性身体的表意功能之三》,《文艺争鸣》,2018 年第 1 期,第 148—158 页。

⑤ 孙俊杰　张学军:《莫言小说中的创世纪神话》,《山东师范大学学报》,2017 年第 5 期,第 11—20 页。

第一节　洞达人生意义:文化哲学的启明

对于"文化哲学"这一概念的理解,笔者先从"文化"一词的语源进行分析。中国传统的《周易》于"贲卦"中曾云:"观乎人文,以化成天下。"①学者邹广文认为,这句话代表了中国古代哲人对"文化"的理解,运用了"由人及物(自然)的运思模式,体现了中国文化起源以人为中心"。② 在西方,哲学家鲍曼曾从词汇的角度指出,"Culture""文化一词几乎与英语的'教养'(refinement)和德语的'教化'(Bildung)概念同时诞生"。③ 哲学家阿伦特则更细致地指出,从语源的原始意义而言,"文化""表示对土地的耕耘,也表示对诸神的'崇拜',照料本属于他们的东西"。④ 因而有学者概括指出西方的"文化"一词反映的观念是"由物(自然)及人"。⑤

对于"文化"的内蕴总体而言,正如有学者指出的,"文化"内涵也有泛指层面与特指层面两种理解,从泛指而言,"凡是物质自然以外的一切均为文化。换言之,凡是打上人的印记的存在均为文化"。⑥ 特指层面的文化概念一般指向"人类的各种精神现象或产物,例如思想境界、风俗习惯、伦理道德、知识学问等"。⑦ 在此,笔者更倾向侧重于这一从心灵属性的特指层面定位的文化概念。正如阿伦特尤为指出"文化"的涵义中具有精神质素的诉求,她认为西方"文化"这个词"似乎是西塞罗最早把这个词用于精神和心灵,他谈到'陶冶心灵'(excolere animum, cultivating the mind)和'有教养的心灵'"。⑧

思想家阿诺德在"文化"概念中则楔入了对未来的希望与美好的展望的精神引导性,认为文化隐含着乌托邦精神指向,"文化是对甜美和光明的

---

① 《周易》,杨天才译,北京:中华书局出版社,2014年版,第94页。
② 邹广文:《当代文化哲学》,北京:人民出版社,2007年版,第9页。
③ [英]齐格蒙特·鲍曼:《流动世界中的文化》,戎林海　季传峰译,南京:江苏凤凰教育出版社,2014年版,第3页。
④ [美]汉娜·阿伦特:《过去与未来之间》,王寅丽　张立立译,南京:译林出版社,2011年版,第211页。
⑤ 邹广文:《当代文化哲学》,北京:人民出版社,2007年版,第9页。
⑥ 邹广文:《当代文化哲学》,北京:人民出版社,2007年版,第9页。
⑦ 邹广文:《当代文化哲学》,北京:人民出版社,2007年版,第9页。
⑧ [美]汉娜·阿伦特:《过去与未来之间》,王寅丽　张立立译,南京:译林出版社,2011年版,第211页。

强烈渴望,(更重要的是)是对使甜美和光明普洒人间的强烈渴望"。① 哲学家鲍曼也认为"文化"在最初的内涵中有着对社会与大众启蒙与精神引领的诉求,"试图教育大众、改良习俗,进而改善社会、提升'民众'"。② 哲学家盖伦还从"文化"对于个体塑造中的精神建构性如是指出,"一种经过理性思考的乐观主义,对于掌握文化乃是一种需要,正如它首先就是在人类事务中维持理想主义的能力"。③ 学者刘小枫还指出,在西方古希腊时期的先哲们侧重于从至高的形而上事物的角度来理解"文化"一词,认为其内涵"就是苏格拉底—柏拉图—亚里士多德所面对的各种技艺和意见,'尤其是关于最高事物(诸神)的意见'"。④

对"文化哲学"的理解与对"文化"的理解有紧密关联,但也并非是"文化"与"哲学"的简单组合所构成的理解。对于这一概念的理解,目前学界大体有三种思考方向。

第一种文化哲学的理解,学者霍桂桓的观点具有代表性,将此视为"马克思实践哲学的一个子学科"⑤,并对此指出"它的研究方法显然也就是马克思实践哲学的研究方法"。⑥

第二种思考立足于对各种文明中的文化命题进行原理提炼与升华,以李鹏程先生的术语而言是将"'文化哲学'看作文化学的元理论"。⑦ 俄罗斯思想家梅茹耶夫认为,"文化哲学就是人对于自己文化归属的意识"。⑧ 对此,唐君毅先生即是认为文化哲学应该推究文化的定义、方式与限度,不同文化所具有的不同诉求与意义,以及文化如何协调人生等终极性问题。⑨ 这一向度的思考也包括从文化比较视野中理解不同文明所形成的文化形态与命题。学者邹广文认为,这一思考关注的论域在于探讨不同的文明源流之间文化的差异与其差异的根源,以及这些文化之间的相互交融

① 转引自[英]齐格蒙特·鲍曼:《流动世界中的文化》,戎林海 季传峰译,南京:江苏凤凰教育出版社,2014年版,第4页。
② [英]齐格蒙特·鲍曼:《流动世界中的文化》,戎林海 季传峰译,南京:江苏凤凰教育出版社,2014年版,第4页。
③ [德]阿诺德·盖伦:《技术时代的人类心灵:工业社会的社会心理问题》,何兆武 何冰译,上海:上海科技教育出版社,2008年版,第149-150页。
④ 刘小枫:《海德格尔与中国》,上海:华东师范大学出版社,2017年版,第219页。
⑤ 霍桂桓:《文化哲学论要》,北京:中国社会科学出版社,2011年版,第230页。
⑥ 霍桂桓:《文化哲学论要》,北京:中国社会科学出版社,2011年版,第230页。
⑦ 李鹏程:《当代文化哲学沉思》,北京:人民出版社,2008年版,第1页。
⑧ [俄罗斯]瓦季姆·梅茹耶夫:《文化之思——文化哲学概观》,郑永旺等译,哈尔滨:黑龙江大学出版社,2019年版,第14页。
⑨ 参见唐君毅:《哲学概论》(上册),北京:中国社会科学出版社,2005年版,第98页。

与碰撞等命题。① 在此向度上,梁漱溟先生的《东西文化及其哲学》一书是横跨东西文明与文化,对东西文化源头的哲学起点进行横纵比较的文化哲学研究的集大成者。②

此外,尤为指出的是第三种,在这一思考向度中,往往结合价值论、伦理学、本体论等视角延伸阐明文化哲学内涵。学者司马云杰的相关论著正是从文化价值与人类生存意义的关系维度指出,调动文化价值超越存在悖谬,达致人生形而上追求的文化哲学诉求。③ 学者刘振怡也认为:"文化哲学关注价值意义的生成问题。"④学者徐椿梁和郭广银的研究也重在从价值观之维生发文化哲学中包含的伦理道德的意蕴指向。⑤ 这一理解向度中的"文化哲学"既从本源之维给予人生安顿,也从切实的生存角度给予人心慰藉。正如有学者认为的,"文化哲学""是内在于哲学研究各个领域之中的一种哲学范式",⑥"使'回归生活世界'真正变得可能"。⑦ 学者于春玲认为这一思考形态中的"文化哲学"在强调哲学关注自然哲学的同时更强调人文关怀的烛照,它观照人类世界的文化建构,通过勘察人的现实境况,悲悯人的生存、思索人生远景、体味人的生存际遇。⑧ 这种思考形态下的"文化哲学探究人的本质、人的存在和发展,最根本的是关注当下人的生存状态,反思当代人的生存境遇即人类发展中的深层困惑和难题,为人的发展指明路径"。⑨

应该说,这一思考形态观照下的"文化哲学"就不再是一个系统分类意义上的概念,而是从烛照人生意义的根本诉求上观照人与人生的哲学概念。它不仅对人类文化现象、生存景象与道德境况进行哲理考察,更探究人类的精神肌理及其存在的困顿。

学者高乐田在研究卡西尔的文化哲学时,曾指出"哲学统一性不是实

① 参见邹广文:《当代文化哲学》,北京:人民出版社,2007年版,第17页。
② 梁漱溟:《东西文化及其哲学》,北京:中华书局,2018年版。
③ 司马云杰:《文化悖论:关于文化价值悖谬及其超越的理论研究》,西安:陕西人民出版社,2003年版。
④ 刘振怡:《新康德主义与文化哲学范式的生成》,《求是学刊》,2016年第3期,第8—13页。
⑤ 徐椿梁 郭广银:《文化哲学的价值向度》,《江苏社会科学》,2018年第2期,第109—114页。
⑥ 衣俊卿:《论文化哲学的理论定位》,《求是学刊》,2006年第4期,第6—11页。
⑦ 衣俊卿:《论文化哲学的理论定位》,《求是学刊》,2006年第4期,第6—11页。
⑧ 参见于春玲:《文化哲学视阈下的马克思技术观》,沈阳:东北大学出版社,2013年版,第35—36页。
⑨ 于春玲:《文化哲学视阈下的马克思技术观》,沈阳:东北大学出版社,2013年版,第36页。

体的统一而是功能的统一"。① "它满足于探究知识的功能,满足于理解和建构这种功能。要求哲学认识那些并不仅仅是分门别类地构成知识的力量,而且还要求哲学在这些力量的内在统一中,在它们的秩序和系统联系中,去统摄这些力量。"② 卡西尔认为"只有这样,我们才会拥有描述大千世界图景的力量,我们才会描绘宇宙的图景和人类世界的图景"。③ 就此意义上,"文化哲学"不仅涵盖了反思社会文化制度的生存哲思,探索人的价值与主体性的人哲学,而且也涵盖了专注于探索生命本体、存在意义,诸如存在主义、生命哲学等形而上的哲学体系。④ 此外,卡西尔专门指出,文化哲学范畴也涵盖探索人类存在的神话哲学,并在《符号形式的哲学》一书的"人类的存在"一节中进行了细致的论述⑤。卡西尔认为这些哲学门类的"独立价值与意义并不意味着对哲学统一性目标的损害,相反,它从一个侧面促成了有机文化整体世界的建立"。⑥

因而在整体上,这一思考形态观照下的"文化哲学"是一个包容多元、多流派的哲学体系的综合概念,是一种"宽容的哲学形态"。⑦ 在本书中,笔者正是采用了这种思考形态所指的"文化哲学"概念。

其次,笔者从"文化哲学"核心探索的关于人与人生意义的不同层次梳理"文化哲学"的多维度内涵。

从人与社会的客观层面而言,正如学者陈树林指出的"文化哲学""强调哲学的时代性、民族性和批判性,关注人的生活世界和人的现实生存"。⑧ "文化哲学"有着揭橥与批判历史与当下的社会、文化制度对人带来异化的生存反思的重要内涵,"批判性地审视自己与对象之间不断发展的关系"。⑨

---

① 高乐田:《神话之光与神话之镜——卡西尔神话哲学的一个价值论视角》,北京:中国社会科学出版社,2004 年版,第 110 页。

② [德]恩斯特·卡西尔:《符号·神话·文化》,李小兵译,北京:东方出版社,1988 年版,第 6 页。

③ [德]恩斯特·卡西尔:《符号·神话·文化》,李小兵译,北京:东方出版社,1988 年版,第 8 页。

④ 参见于春玲:《文化哲学视阈下的马克思技术观》,沈阳:东北大学出版社,2013 年版。张凤江主编:《文化哲学概论》,天津:天津人民出版社,2016 年版。李金辉:《多维视域内的现象学研究》,北京:人民出版社,2014 年版。陈胜云:《文化哲学的当代发展》,南昌:江西人民出版社,2007 年版。

⑤ [德]恩斯特·卡西尔:《符号形式的哲学》,赵海萍译,长春:吉林出版集团股份有限公司,2018 年版,第 82—127 页。

⑥ 高乐田:《神话之光与神话之镜——卡西尔神话哲学的一个价值论视角》,北京:中国社会科学出版社,2004 年版,第 110 页。

⑦ 邹广文:《当代文化哲学》,北京:人民出版社,2007 年版,第 17 页。

⑧ 陈树林:《文化哲学:马克思主义哲学研究的新视野》,《理论探讨》,2007 年第 5 期,第 39—42 页。

⑨ [加]黛博拉·库克编:《阿多诺:关键概念》,《文化哲学》,唐文娟译,重庆:重庆大学出版社,2017 年版,第 191 页。

就此而言,从广义上作为文化哲学探索支脉的德国法兰克福学派哲学家对于当代社会、文化新的问题与状况予以考察与疗救的文化哲思正是诠释了这一层面的内涵,比如哲学家阿多诺、弗洛姆对于大众消遣与媚俗文化的批判;马尔库塞以追求人的完善为旨归,揭示消费文化的新型文明对于人性的隐性奴役。① 学者陈胜云在专著《文化哲学的当代发展》中也指出,在充满人类生存忧患的全球化的世纪,不少世界级的哲学家都有着生存之维的深刻哲思探索,诸如鲍曼发出对于人的碎片化存在的生存忧思;诸如波德里亚对于消费时代中人的符号化、幻象化生存发起的振聋发聩的文化哲思。②

从人的主体层面而言,文化哲学"在更深刻、更根本的意义上关涉人性"③,它有着思索人性的哲思诉求,正如哲学家唐君毅认为的,它的一个深刻缘起即是探索"人心之求真美善等精神"。④

荷兰思想家里曼更进一步指出,"文化哲学"本质诉求之一在于"对人类灵魂的培养"。⑤ 卡西尔亦强调文化哲学有着探究人内心伦理道德的重要内涵,认为它拯救人内心的"严重的精神和道德痼疾"。⑥ 因而,从人的内在层面而言,"文化哲学"肩负筑造人的主体性,完善人性的道德与伦理诉求。

从人生的本体层面而言,"文化哲学"指向对人生意义与生命存在的形而上哲思。它通向对寰宇人生中最为深幽莫测的本源景致的探索,以求本源之光照见深不见底的心域世界,敞亮心宇、澄澈心灵,以此照亮尘世,给予人生不可磨灭的信念与精神冀望。

学者丁立群从本体的角度将此概括为"文化形而上学"。⑦ 学者袁鑫与阎孟伟在卡西尔研究中如是明确文化哲学的本体性:"卡西尔以'存在'论为基点,赋予文化一个形而上'存在'论意义。"⑧在本体层面,张凤江先

---

① 参见陈胜云:《文化哲学的当代发展》,南昌:江西人民出版社,2007 年版,第 59—87 页。衣俊卿:《文化哲学十五讲》,北京:北京大学出版社,2015 年版,第 163—174 页。
② 参见陈胜云:《文化哲学的当代发展》,南昌:江西人民出版社,2007 年版,第 232—265 页。
③ 袁祖社:《文化与伦理:基于公共性视角的研究》,北京:人民出版社,2016 年版,第 253 页。
④ 单波编:《中国近代思想家文库·唐君毅卷》,北京:中国人民大学出版社,2015 年版,第 311 页。
⑤ 〔荷〕罗布·里曼:《精神之贵:一个被忘却的理想》,霍星辰　张学敏译,北京:中央编译出版社,2013 年版,第 181 页。
⑥ 〔德〕恩斯特·卡西尔:《符号·神话·文化》,李小兵译,北京:东方出版社,1988 年版,第 12 页。
⑦ 丁立群主编:《文化哲学》(第一辑),哈尔滨:黑龙江大学出版社,2012 年版,第 32 页。
⑧ 袁鑫　阎孟伟:《文化哲学的本体论诉求——卡西尔文化哲学思想探析》,《世界哲学》,2020 年第 1 期,第 117—125 页。

生指出,文化哲学"力图用理性论证的方式将自我与世界超验联系起来,树立生活的信念",①从形而上的精神维度观照人生。因而在根本诉求层的意义上,"文化哲学"探索"人存在的价值和意义",②探寻"永恒性、不灭性、存在和非存在"③。

最后,通过以上基本含义与其理论内涵的梳理,可以看到作为审美理论的"文化哲学"思考有以下特质。

第一,"文化哲学"思考是一个"力求把握人的生存真谛的反省或反思性概念"。④延伸至文学审美领域,它涵盖作家在其文学作品中通过审美思辨反思人的现实生存景象、探索人性内部结构,以及对超越化的生命意义与存在进行思考的人生形而上追问等多重思考论域。

第二,通过上述梳理,可以看到"文化哲学"主要涉及以下核心问题与哲思维度的探究。

一是涉及人与客观的生存境遇之间的思考,这主要是指人对自身所处的客观现实环境的思考,对历史景象、文明与文化样式、社会景况与生存道德等进行反思的社会哲思、生存哲思;二是涉及人对自我内心的审视与思考,这主要指向人性完善的伦理层面思考,对内心意识、心域世界、人的内宇宙建构等内部心灵进行追问的人性哲思;三是涉及人与超验化的天宇人生的思考,这主要指向人对存在、命运的探索,关涉对人生的意义世界,对天地之道的形而上思考,形成以此为观照的形而上哲思。⑤

---

① 张凤江主编:《文化哲学概论》,天津:天津人民出版社,2016年版,第98页。

② 张凤江主编:《文化哲学概论》,天津:天津人民出版社,2016年版,第27页。

③ [美]刘易斯·芒福德:《生活的准则》,朱明译,上海:上海三联书店,2016年版,第45页。

④ 吴卫东 王文东 高学文 李建成:《当代中国生存问题的哲学研究》,北京:人民出版社,2010年版,第7页。

⑤ 该观点的提出受到郭齐勇论文的启发,致以感谢!详见郭齐勇:《论中国古代哲人的生存论智慧》,《学术月刊》,2003年第9期,第95—103页。

原文为:生存论包含五个层面,"第一是人与终极性的天的关系,即人与天命、天道的关系问题,涵盖了人的终极信仰、信念;第二是人与自然的关系,即人与天地、山水、草木鸟兽的关系问题,亦即今天所说的人与自然生态环境的关系问题;第三是人与物的关系问题,除了前述人与自然物的关系,人与物的关系还应包含人与人造物、人造环境的关系,如:人所驯化的作为工具的动物、饲养的家禽家畜、栽培的植物及果实、制造的工具器物及包括衣食住行等人之生存、活动的方式或样态;第四是人与社会的关系,包括人与人的各种现实关系和人所身处且无法摆脱的社会习俗、制度、伦理规范、历史文化传统等;第五是人与精神世界、内在自我的关系问题,包括身与心的关系、人的意义世界、自我意识、心性情才等等。因此,人生存的空间诸层面,简单地说就是人与天(终极的他者),人与地及自然物(自然的他者),人与物(包括驯化、饲养、栽培的动植物与衣食住行等工具、器物),人与人(社会文化的他者),人与精神境界及内在自我的关系"。

第二节　莫言小说的"实源化"哲思特质内涵

整体上,在"文化哲学"视野的垂注下,莫言小说呈现出反思历史与文明异化的生存哲思;探索人心内部结构的人性哲思;以及探寻生命本体、存在意义的形而上哲思等不同维度的文化哲思。这些维度的文化哲思体现出独到的"莫言式"的哲思特质。概括而言,莫言小说的文化哲思有着"实源化"与"哲韵想象"两大特质。在这一节中笔者先阐述莫言小说"实源化"文化哲思特质内涵。

确切而言,"实源化"特质是指莫言小说的文化哲思是一种着眼于现实生存意义的思考,是一种接地气的朴素哲思。它着重于"以生存的现象,以人所经历的东西,以人的经验为依据",①根植于古老的中华文明,根植于故土齐鲁大地,根植于广辽的民间大地的世态万象,以莫言自己往昔的生命经历为蓝本,在此感性体验的基础上展开。

莫言曾在演讲中着重生发了中国古典小说《封神演义》中的"土行孙"以及古希腊神话中的英雄"安泰"所给予自己的启示,不仅盛赞了"土行孙"扎根土地的遁土绝技,而且也对"安泰"根植于大地母亲汲取无限精神能量的神奇表达了强烈的感慨。② 正如"土行孙"与"安泰"脚踏土地,汲取大地母亲的精神能量一般,莫言小说的"实源化"文化哲思首先也显著地包含着一种突出的源于厚土的精神属性。

应该说,"实源化"的特质既反映了莫言小说哲思属性的一个深刻源起,又体现了莫言小说的哲思有着落在实处,切合现实与实际意义的实践化属性。扼要展开而言,莫言小说"实源化"的文化哲思特质内涵可以从外在与内在两个大的层面予以阐释。

从外在层面而言,"实源化"的文化哲思特质非常突显莫言作为古老文明、朴素大地的传承者对于历史文化、现实生存的哲性反思。在此层面而言,"实源化"的文化哲思内涵体现为莫言小说关注日常俗世生活中的生存境遇,对社会、历史与文化进行哲性审思。这主要涉及对人所身处的客观现实环境下的社会语境、历史文化传统等生存境况的深刻反思。

---

① 转引自齐宏伟:《文学·苦难·精神资源》,南昌:江西人民出版社,2008年版,第3页。
② 参见莫言:《土行孙和安泰给我的启示——2007年10月在韩中文学论坛的讲演》,《莫言讲演新篇》,北京:文化艺术出版社,2010年版,第51页。

莫言在作品中始终凝望中国发展进程中的历史文化,悲悯民生,发出深层的精神呐喊与深刻的生存反思。在其代表作《天堂蒜薹之歌》《牛》《欢乐》《枯河》《三十年前的一次赛跑》《白狗秋千架》《蛙》等作品中,历史中的沧桑与疾苦、底层民众的生存之艰、城乡发展落差、计生政策在落实中的偏颇带来的民生境遇都在莫言笔下得以悲悯与抚慰。同时,莫言对于消费欲望的席卷始终保有敏锐的觉察,对于消费时代的欲望过剩,愤而写《酒国》《四十一炮》等作品,意图拯救被欲望漩涡所吞噬的人们,其振聋发聩之声犹如当年的鲁迅在其历史际遇中发出惊世骇俗的呐喊一般。在西方马克思主义思潮的法兰克福学派的文化哲思中,哲学家阿多诺、马尔库塞尤为关注现实境况中消费文化的异化生存思考,发起对消费文化的批判。

究其根本,莫言在小说中不论是文明现代化进程中历史创伤的痛心疾首,还是对异化权力的正义质询,抑或是对消费文化欲望滥觞的生存异化审视,都体现出莫言小说中蕴含的生存哲思的根本内核,绽放出莫言式的思考光泽。更重要的是,这些思考都包孕着诸如哲学家们所发出的反思人类现实生存维度的文化哲思的精神属性,映照出莫言小说反思切实化的生存境况的"实源化"哲思特质。

同时,莫言小说"实源化"的文化哲思不仅体现为客观外在地反思生存景象,从内在层面而言,它也体现在莫言以自身切实化的人性体悟,探索人对内在自我审视,探索人心内部心灵结构的人性哲思上。

上文曾论及莫言小说"实源化"的文化哲思有着个体生命的实践属性,莫言以自己的生命创痛经历对人性进行深度探索,深刻地继承了鲁迅"国民性反思"的思考,是当代文学中非常具有"人性哲思"意识的作家之一。在《檀香刑》《故乡人事》①《酒国》等作品中对人内心潜在的诸种局限的洞彻反思与犀利质询;在《蛙》《天下太平》《丰乳肥臀》《生死疲劳》等为代表的作品潜入道德与良知的深层探讨忏悔思考,以及在释然人性晦暗之后,体现超乎其外地给予悲悯与宽宥的精神境界,这些都深入地抵达对人性、对心灵结构深度透析的哲理深度。

总而言之,上文不仅阐述了莫言小说的"实源化"文化哲思特质内涵,而且还可以看到,莫言小说"实源化"特质的文化哲思的涉及范围,既包含了反思历史景象、文化境况、伦理态势等客观维度的生存哲思,也包含了指涉人对内在自我的审视,探究人心善恶,探索心灵内在景致的人性哲思。

---

① 莫言:《故乡人事》,《收获》,2017 年第 5 期,第 8—23 页。

第三节　莫言小说的"哲韵想象"特质内涵

莫言小说在文化哲学的观照下,还映现出"哲韵想象"的文化哲思特质。在厘定莫言小说"哲韵想象"的文化哲思特质内涵之前,笔者先对"哲韵"①与"想象"两个词的内涵分别予以阐释。

"韵"意为"诗韵""气韵",其中的"气韵"有着灌注生命之气的意蕴。学者胡晓明曾指出,"气韵"的美学品格指向即是体现"生命运动之美,生气流行之美"。② 故而,"哲韵"可以顾名思义地理解为蕴含着一种诗韵美,具有生机气韵的审美哲思。作为作家的莫言在天马行空地创作中挥洒自如,以独具诗韵、灌注生命蓬勃之气的文学书写跨域疆界,在有意识与无意识间通往充溢着哲意、哲理,探索安妥内心、安顿人生的审美想象。因而,"哲韵"概念有着探寻心宇真正怡然的安顿状态,具有一种形而上的启明诉求。

对于"想象"的阐释,不论是古今中外的文论家或是哲学家都体现出探索的热忱。尤为值得指出的是,哲学家阿伦特在其康德哲学研究中所溯源的康德对"想象"一词的阐释与理解,康德认为该词包含的"是一种对不在场之对象的感知官能"。③ "想象"的精髓是唤起不可见领域之物,将其编码为审美的呈现。

在此,"哲韵想象"的概念复合了"哲韵"与"想象"的核心要义。因而,"哲韵想象"的文化哲思既指向形而上的寰宇人生的本源探讨,又指向对不可见、不在场的虚空与无形之域的探索。在以下论述中,笔者将分层阐明"哲韵想象"的文化哲思特质的总体内涵。

其一,"哲韵想象"的文化哲思特质指向终极的心灵泰然与宇宙人生探讨,属于"形而上"层面。在中国传统文化的语境中,"形而上"这一术语"首

---

① 就目前文献检索的情况而言,有些论文曾提及"哲韵"这一表达,还尚未将此作为一个概念与专业术语进行鉴定。详见张延风《心象与哲韵》,《名作欣赏》,2018 年第 9 期,第 141－142 页。郭万金　赵寅君:《素心共哲思　笃学见淳真——姚奠中先生诗歌论析》,《山西大学学报》,2016 年第 6 期,第 16－22 页。薛春红:《谈楹联文化的韵味》,《边疆经济与文化》,2011 年第 12 期,第 165－166 页。金雅:《人生论美学与中华美学精神——以中国现代四位美学家为例》,《中国文艺评论》,2017 年第 9 期,第 33－39 页。
② 胡晓明:《万川之月:中国山水诗的心灵境界》,北京:北京大学出版社,2005 年版,第 132 页。
③ 转引自[美]汉娜·阿伦特:《康德政治哲学讲稿》,曹明　苏婉儿译,上海:上海人民出版社,2013 年版,第 122 页。

见于《易传》中'形而上者谓之道'"。① 唐君毅先生指出,在西方文化语境中与"形而上"相关的词是"形而上学",其英文为"Metaphysics",并认为该词可以涵盖"本体论""Ontology"与宇宙学"Cosmology",因而"形而上学"相应也具有探索本体与宇宙人生的内涵。② 唐君毅在《哲学概论》中认为这着重探索"万物之本原"。③ 在此层面,"哲韵想象"的文化哲思与"形而上"哲思的探求一致,它溯源万化万物的本体。

其二,"哲韵想象"的文化哲思还指向不可以具象感知的"无形"之领域探寻。正如上文中论及的,康德就认为"想象"的要义即是追索隐匿之物。先秦思想家老子在《道德经》中云:"凡有皆始于无。"④梁漱溟先生在《东西文化及其哲学》中指出,这"不是我们所能意识及感觉的"。⑤ 正如有学者指出的,先秦老子在《道德经》中曾言不可见之名为"夷",不可闻之名为"希",不可搏之名为"微",这些"夷、希、微"即是对无形无相之域的发现与描述⑥。唐君毅先生将之以术语命名为"无之形上学"。⑦ 鲁迅先生则形象地将"不可搏"之物称为"无物之阵"⑧。在此层面,"哲韵想象"的文化哲思探寻玄空超验的存在之境。

概而言之,文化哲学视野中的莫言小说"哲韵想象"的哲思特质内涵相应地主要有两点。一是体现为对形而上的、辽远深邃的生命本源的抚慰。二是体现对虚空无状的存在之域的探寻。展开而言,莫言小说"哲韵想象"的文化哲思特质中蕴含着对生命本源、存在思考以及超验神话探索三个向度的哲思内涵。

第一,莫言小说"哲韵想象"的文化哲思中有着对生命价值的形而上探寻。在莫言《生死疲劳》《丰乳肥臀》等厚重的长篇小说中,充满着追寻形而上的、终极的生命意义的内蕴。在中国的文化哲学谱系上,儒家有着对生命本体的思索,张岱年先生概括为有着"天道生生"与"天人合一"的形而上思考⑨。此外,有学者对于中国传统的释道文化哲学传达的生命智慧分别指出,道家以自然的天地之道显示出磅礴万象的人生智慧;佛家透过为众

① 唐君毅:《哲学概论》(下册),北京:中国社会科学出版社,2005年版,第445页。
② 参见唐君毅:《哲学概论》(下册),北京:中国社会科学出版社,2005年版,第446页。
③ 唐君毅:《哲学概论》(下册),北京:中国社会科学出版社,2005年版,第479页。
④ 老子:《老子道德经注校释》,[魏]王弼注,楼宇烈校释,北京:中华书局,2008年版,第1页。
⑤ 梁漱溟:《东西文化及其哲学》,北京:中华书局,2018年版,第127页。
⑥ 参见唐君毅:《哲学概论》(下册),北京:中国社会科学出版社,2005年版,第477页。
⑦ 唐君毅:《哲学概论》(下册),北京:中国社会科学出版社,2005年版,第475页。
⑧ 鲁迅:《这样的战士》,《鲁迅全集》(第二卷),北京:人民文学出版社,2005年版,第219页。
⑨ 张岱年:《心灵与境界》,北京:北京联合出版公司,2014年版,第129—130页。

生拔除其苦的安度苦厄体现超离六道轮回的洞达智慧。① 梁漱溟先生指出,中国传统儒释道的生命智慧在终极上试图"使生命成为智慧的生命而非智慧为役于生命"。② 莫言在小说中也正是溯汲了中国传统与民间的古朴生命哲学智慧超越人生困顿,充盈着探索形而上的生命哲理的审美哲思内涵。

第二,莫言小说"哲韵想象"的文化哲思中蕴含着探索存在的深邃内涵。在《十三步》《辫子》《食草家族》《蓝色城堡》《白杨林里的战斗》等一系列覆盖长篇、中篇与短篇的具有现代派思考特质的小说中,莫言通过寓意诡谲的文本,体现"焦虑""恐惧""悬浮"等存在的心灵状态,展现对生存深渊的思考,突显了莫言对人之存在的终极思考。

西方存在主义思考中,海德格尔认为,"此在"的人们处于一种"被抛"的状态,在这一状态中将体会到心灵现象学的"好奇""畏"和"沉沦"等生存体验,而个体一旦体会到自己的真正生存状态便领悟到了真正的存在,有着试图超越生存的悬浮状态的可能性。③ 法国存在主义哲学家加缪也面对当时战后西方时代生存虚无的荒谬感发起"反抗荒诞"的努力,正如西绪弗斯不断地推动循环往复的滚石,以超验的信念扛起注定困厄的命运,用坚执不屈的生命意志藐视命定的羁绊。正如西方存在主义思潮尤其着重探讨的面对存在深渊威胁下的人生哲思一般,莫言小说"哲韵想象"中也触及了这一人生的超越层面,拂去知识筑造的理性世界,透过有形壁垒窥见无形之域的深涧,面对人的困顿境遇发起终极抗衡。

第三,莫言小说"哲韵想象"的文化哲思中蕴含着神话精神的超验内涵。对于神话中的超验世界带给自己的深刻体验,莫言在法国一所著名大学的演讲中谈道:"我始终感觉到,人的世界是和鬼神的世界密切地交织在一起的。在我童年的印象中,我认为,所有的死人都是可以经常回来看望活人的。所有鬼和神都和人生活在一起。"④这一观念认知不啻是一种宇宙超自然的情绪观感,它会导向超验的精神之源的找寻。在莫言为数众多的充满奇幻想象的作品中,筑造轮回想象、奇异时空,充满着神话哲学的哲

---

① 参见吴卫东 王文东 高学文 李建成:《当代中国生存问题的哲学研究》,北京:人民出版社,2010年版,第29页。

② 梁漱溟:《人心与人生》,上海:上海人民出版社,2011年版,第149页。

③ 参见[德]马丁·海德格尔:《存在与时间》,陈嘉映 王庆节译,北京:生活·读书·新知三联书店,2014年版,第163—243页。

④ 莫言:《莫言在法国艾克斯—马赛大学接受荣誉博士时的答谢词》,管笑笑:《莫言小说文体研究》,北京:北京师范大学出版社,2016年版,第267页。

理精神,闪现着莫言小说"哲韵想象"的文化哲思的独到与新异。

如果说莫言小说"实源化"的文化哲思主要着眼于的现实生存意义思考,是一种对显而易见的现实领域的生存探索,是一种着眼"有形"的文化哲思观照的话;那么,"哲韵想象"的哲思观照不仅着眼形而上的生命哲理思考,而且还指向对隐而不见的"无形"虚空的存在之域进行终极探索。

应该说,"哲韵想象"的文化哲思观照蕴含的是经验世界无法跋涉的终极之维,导向虚空之域的无垠,探索无可名状之"道"的亘古价值。正如张世英先生指出的,这一类的探索中"自世界之内体验到世界的意义,进入澄明之境"。①

可以说,莫言创作中体现的"哲韵想象"文化哲思的意义诉求,在超验意义上正是力求体现黑格尔在《美学》第一卷中指出的文学艺术的终极诉求,即是要表现"和宗教与哲学处在同一境界,成为认识和表现神圣性、人类的最深刻的旨趣以及心灵的最深广的真理"。② 因此,莫言小说"哲韵想象"的哲思探索,在某种程度上尤其能够体现出其作品对寰宇万化探索的深度。更重要的是,"哲韵想象"的文化哲思还具有一种审美救拔的意义所在。

第四节　整体思路与架构

本书循着莫言小说突显的"问题意识",以"文化哲学"的理论视野观照莫言小说,对其小说的哲理精神内蕴进行考察。具体而言,这主要围绕着对小说中反思历史与文明的生存哲思;反思局限与异化的人性哲思以及探寻生命本源与存在意义的形而上哲思等维度展开深入论述,以期挖掘、揭橥莫言小说蕴含的深刻哲理精神内蕴与文学史价值。

第一章绪论中,从莫言小说中反复展现的关于"历史生存反思""人心探索""何以慰藉生命存在"等"问题意识"切入,发现这些思考实则是作家对一种审美化的"文化哲学"的探求。因而以这一哲学视野为观照对莫言小说的精神内蕴进行整体考察论述。

绪论中厘定了文化哲学的概念与其理论内涵。文化哲学在本体上旨

---

① 张世英:《张世英文集·第5卷:天人之际——中西哲学的困惑与选择》,北京:北京大学出版社,2016年版,第205页。

② [德]黑格尔:《美学》(第一卷),朱光潜译,北京:北京大学出版社,2017年版,第12页。

在探寻人存在的本源和寰宇人生之意义,正如学界共识指出的,文化哲学不仅对人类文化现象、生存境遇进行"共情化"地观照,引向人类生存的诗韵安居;且探究人的本质,关注人的心灵世界,思索形而上的生命价值与探索存在。① 在确立理论视角的基础上,进而结合莫言作品,阐明其具有的"实源化"与"哲韵想象"的哲思特质内涵。

第二章基于作家的"问题意识"观照予以梳理莫言小说文化哲思"生成"的精神资源。在反思历史与文化的生存哲思、反思内在局限的人性哲思的"生成"上,个体的生命观感、对动态化时代语境中的生存思考,以及中外经典作家作品的思想泽被均是作家的精神资源所在。在探寻生命意义与存在追问的形而上哲思"生成"上,文化潜意识中的民间生命哲理精神、神话哲理精神,以及时代发展与文化语境中的存在主义、生命哲学等哲学源流的润泽均成为作家潜在与显在的精神之源。

第三章论述莫言小说中反思历史与文化境况的生存哲思。莫言通过"高密乡"的寓言观照历史与当下生存,对社会变迁、文化局限等因素导致的生存异化进行反思。莫言不仅以一种智性的诗意透视历史沧桑,抚慰孤塞状态的生命,而且构造万物融汇与共的生命观照,抚慰悖论式的生存处境。同时,莫言小说延续鲁迅深刻的文化哲思批判,以公义之心悲悯与反思权力僭越下的异化生存景象,批判以暴力、酷刑为表征的封建专制权力施加于人的内心规训。此外,与马尔库塞、波德里亚等哲学家忧思欲望泛滥症候的生存哲思有着灵光闪烁的交汇,莫言也深刻地审思消费文化语境中欲壑难抑的异化,在小说中不仅质询欲望的不知餍足带来的心灵隐痛,还试图溯源中国传统和民间的哲学智慧予以制衡,探索生存价值。

第四章论述莫言小说追求人心光曜,承续鲁迅"国民性批判"传统对人性内在局限进行反思与忏悔的人性哲思。莫言小说中的人性哲思与哲学家阿伦特、莱维以人性思想史为参照的人心探索,以及哲学家列维纳斯"他者"的哲思有着某种程度的跨时空共鸣。

在洞达人性局限后,莫言超乎其外地给予悲悯宽宥观照,体现出慈悲的精神境界。莫言在反思人性的同时导向净化人心,进行自我救拔的忏悔

---

① 　参见张凤江主编:《文化哲学概论》,天津:天津人民出版社,2016 年版。邹广文:《当代文化哲学》,北京:人民出版社,2007 年版。李鹏程:《当代文化哲学沉思》,北京:人民出版社,2008 年版。邹诗鹏:《生存论研究》,上海:上海人民出版社,2005 年版。于春玲:《文化哲学视阈下的马克思技术观》,沈阳:东北大学出版社,2013 年版。袁祖社:《文化与伦理:基于公共性视角的研究》,北京:人民出版社,2016 年版。李金辉:《多维视域内的现象学研究》,北京:人民出版社,2014 年版。其他参考的文化哲学书籍详细列在参考文献中。

思索,体现着"面向他者"与触及"形而上之罪业"予以悔悟的特质。莫言小说人性审辨之中的反思与忏悔,慈悲与宽宥的心灵境界都回应着完善人伦道德的精神命题,寻求内心良知与人性光耀,探寻人心正义。

第五章论述莫言小说中具有超越化特质的形而上哲思,着重阐述小说中超拔窘困、命运深渊、生命沉沦等终极化的寰宇人生思考。扼要展开而言,涉及以下层面的审美哲思。

莫言在小说中挖掘了争天抗俗的生命力量,这一生命之源不仅可以抗衡心灵规训,而且闪现着能够唤起人心泰然的生命启迪。同时,莫言在小说中从抽象之维透析"悬浮""恐惧"等心灵之域,不单揭示存在之渊的可怖,而且更通过"光与梦"的审美之思,展现心灵抗衡存在迷失的引渡力量。此外,莫言通过"奇幻际遇""弥合生死"的神话想象展现形而上维度的"希望"精神,溯汲神话精神的生命哲理对生死的终极困境予以纾解。

第六章从小说审美构思的艺术角度,分别从悲悯化"仿象"叙述、"欢悦"智慧的叙述、奇幻的审美空间以及诗化的时间想象等层面切入,论述莫言小说中审美诗意的哲理精神蕴涵与生命超越的哲韵智慧。

第七章以百年文学史为参照系,辅以其他参照系,论述莫言小说的哲思精神内蕴有着文学史、哲理、伦理等多维价值与意义。

在反思人性局限、历史生存之境的哲思中,不论是对人心正义的执着探求,还是对历史与当下生存所植入的生存审思,都体现出作家对生存意义的不懈求索。这不仅体现承续现代文学中"为人生"的启蒙传统的文学史价值,同时有着深远的生存本体意义与伦理意义。

在形而上维度的哲思上,莫言小说对命运、对存在的独特探寻所筑造的磅礴生命气象,不仅为激活中国神话精神资源提供生存慰藉,且闪现出中国传统的生命哲理智慧的光韵。这种超拔生命困境,抚慰寂寥的生命而存在的形而上追求,体现了作家给予人生超验关怀的精神品格。

结语部分扼要指出莫言小说哲思精神内蕴的总体特质与意义,同时尝试探讨某些可深化之处。在反思历史与时代精神症候的生存哲思中,还可以深化对某些作品的单维审视,以体现作家开阔的文化视野与深邃的审美哲思。在形而上哲思的维度上,作家还可拓进对存在的形而上探寻,以便更深入地探索广辽的心灵之域与天宇人生的无垠疆界。

第二章　烛照"问题意识"的精神源流：
莫言小说哲思生成

　　莫言小说的文化哲思生成与作家反思生存际遇、探索人心之域以及思考如何得以心灵安居等"问题意识"息息相关，同时在这些思考背后更是隐含着作家得以产生问题反思的深厚精神源流。在很大程度上，正是这些精神资源点亮了作家的"问题意识"。在此，笔者以作家突显的"问题意识"为脉络对其背后的精神资源予以溯源，以此综合化地考察莫言小说文化哲思的生成。

　　学者齐宏伟在论著中曾引经据典地指出，个体精神源流可以分为"可明言的部分""未可明言的部分"。① 笔者试图运用相关史料论证明晰化的精神源流所给予作家灵感的同时，也试图分析作家自己所不易觉察到的精神之源对其小说哲思观照的生成影响。

第一节　反思文化之境的生存哲思生成

　　对生存处境与文化境况予以深切反思的审美哲思在莫言小说中是一以贯之的。在小说中，莫言凝望中国乃至世界现代化进程中的历史与文化，通过"高密乡"的寓言深入质询诸种生存缺憾与文化症候对人带来的多方面异化，同时始终关注中国的历史与文明进程，凝练成悲悯民生境遇的"问题意识"。应该说，莫言小说中观照社会生存景象的反思生成与其青少年时代的历史生存体验，有着首要的深刻关联。

　　莫言于 20 世纪的乙未年(1955)2 月降生于山东省高密县平安庄。在莫言的童年际遇中有一种深切的生命感受，历经时间洗练却始终是萦绕心怀、难以自愈。正如作家自陈的，孩提时代的经历中，"饥饿"感受是自己难以忘怀的。② 这种刻骨铭心的感受晕染在作品的相关描摹中格外撞击人

---

　　① 转引自齐宏伟：《文学·苦难·精神资源》，南昌：江西人民出版社，2008 年版，第 17 页。

　　② 参见莫言：《饥饿和孤独是我创作的财富——在史坦福大学的演讲》，《恐惧与希望：演讲创作集》，深圳：海天出版社，2007 年版，第 44—49 页。

心。在《粮食》中,如同孩童和稀泥般的观音土菜团子令人望而却步;散文中,年幼的莫言曾吞咽类似于纸浆的树皮浆,学校伙房煤炭的遭际亦是令人难以想象。莫言通过这些与正常食物相去甚远,甚至是类似于工业物品的果腹之物的匪夷所思的描述体现了当年食物的稀缺与童年生活的窘困。在散文中,莫言回忆了不少因饥饿导致的伤心往事,在过往的贫瘠生活中,对食物的正常渴望却给自己带来诸多的无妄之灾。因食不果腹到地里摘取瓜果时蔬的经历几乎都是有着生命之虞的历险,或是被毒打、被淹呛,或是遭遇农药中毒,或是险些被土炮击中。这些因客观的饥饿感所导致的伤害与苦涩滋味不断地往心灵内部延伸,尽管彼时的莫言年龄尚小,但是却真切地体会到了由此所导致的内心苦楚。由是在《复仇记》中,莫言才会描摹出"小屁孩"仅仅因为偷吃坚果就被击毙的惨烈景象,这不难看出其后映射的心灵隐痛是何其深重。

而正值成长期的莫言又处于六七十年代的"文革"时期。据莫言回忆,在讲究阶级观念的这一历史时期,由于自己一家以及一些近亲属均因为成分不济在当时革命氛围浓厚的山东潍坊地区生活得格外艰难。① 莫言曾经因为家庭关系的限制,小学肄业即被撵回家牧牛,求学之路一度中断,而青年时代的参军成功更像是命运偶然性的一次馈赠。在莫言青少年时代的经历中,除了上述的生存境遇带来的伤痛之外,城乡户籍制度对农民身份的严格管辖,对农民诸多权利的制约,也使得莫言深感社会制度的因素对人之生存的不公。莫言在一次创作对话谈中从自身的经历出发,提及自己对城乡差距的深切体验,"当 60 年代一大批城市青年下放到农村之后,他们才理解了城乡差别的真正含义是什么"②,并指出城乡之间的差别产生了阶层的云泥之别也会对人的生存带来深刻痛楚与影响。③

以心灵现象学勾勒彼时莫言的内心境况,不啻可以认为当时的诸种窘境聚合为一种"心灵之熵"的痛彻体验。由于生存遭际所导致的贫寒窘迫、不公等境遇体验,莫言进而对这些生存境况植入深刻的反思观照。从社会时代的客观因素造成的深切生命体验出发,这一悲切心境必然地驱使莫言在生存维度的创作思考中不会停滞于浅表的探索,而是形成生存哲思维度深刻的"问

---

① 参见莫言 王尧:《莫言王尧对话录》,苏州:苏州大学出版社,2003 年版,第 9 页,第 176—177 页。

② 莫言:《故乡·梦幻·传说·现实——2008 年 8 月与石一龙对话》,《莫言对话新录》,北京:文化艺术出版社,2010 年版,第 406 页。

③ 参见莫言:《故乡·梦幻·传说·现实——2008 年 8 月与石一龙对话》,《莫言对话新录》,北京:文化艺术出版社,2010 年版,第 406—407 页。

题意识"的思考。同时，这一心灵体验也驱使莫言在创作中会蕴含浓厚的民生意识，自觉关心民间疾苦。这也在某种程度上决定了莫言在作品中始终会追随诡谲变幻的时代境况与历史风云，给予生存根柢处的人以深切慰藉。

同时，莫言小说中反思社会生存景象的哲思观照也与其对当下时代发展中的生存异化境况的思考有着紧密关联。

改革开放的转型时期，正如学者们敏锐指出的，在乡土社会与现代化理念交接融合中的乡土权力机制存在着一种悖谬。① 莫言曾在报纸上得知某县由于权力运行不当造成当地成千上万斤的蒜薹滞收、腐烂，造成农民们经济损失的事件。带着深切思考，莫言在对农民的急切关爱中仅用了一个月余的时间写出了典型化的民生之作《天堂蒜薹之歌》，对处于异化的权力结构中的农民的生存境况进行尤为深切地抚慰。

在 20 世纪 90 年代，市场化、商品化主导下的消费文化理念逐渐成为潮流化的核心文化标识。莫言对 90 年代以来的消费文化下的欲流涌动有着灵敏洞察，从乡村的变化中见微知著，对此曾感叹指出，"农业的自然经济受到商品经济的巨大冲击后，人们的观念必然变化。'一切向钱看'，成为势在必然"。②

从时代语境而言，90 年代以降的商品经济热潮引发了学界中的人文精神大讨论。曾有学人表达了对消费文化语境中的欲海沉沦带来的生存意义失落的忧虑：90 年代转型之后，"享乐型的消费主义便一下子盛行起来，加上权力转化为财富的弊端未能在体制上得到制约，欲望的膨胀漫无止境，及时行乐的'潇洒'四处泛滥，'信仰'成为'迂腐'的同义词"。③ 哲学家鲍曼将现代化发展划分为稳定的"固态型"与松散的"液态型"两种类型，并指出"'固态的'现代性是一个相互承诺的时代。'液态的'现代性却是一个解除承诺、捉摸不定、熟练地逃避和没有希望的追求的时代"。④ 在欲海旋流中醉生梦死的生活属性，正是体现出鲍曼所指陈的不再追求人生义务的履行，呈现出沉溺于享受之中的"液态型"的现代化生存特质，体现出现代化生存之弊。

---

① 吴海清：《乡土世界的现代性想象：中国现当代文学乡土叙事思想研究》，天津：南开大学出版社，2011 年版，第 125 页。唐欣：《权力镜像：近二十年官场小说研究》，北京：中国社会科学出版社，2006 年版，第 26 页。

② 莫言：《追忆与青春——与〈中国教育报〉记者齐林泉对话》，《莫言对话新录》，北京：文化艺术出版社，2010 年版，第 326 页。

③ 袁进：《人文精神寻踪》，王晓明编：《人文精神寻思录》，上海：文汇出版社，1996 年版，第 44 页。

④ ［英］齐格蒙特·鲍曼：《流动的现代性》，欧阳景根译，北京：中国人民大学出版社，2018 年版，第 206 页。

莫言在 90 年代民众投身商海的热潮中,对消费文化中欲望扩张的生存氛围有着深切的体会,对当下社会中涌动的欲望流有着清醒审视,深入觉察到了在人们沉迷于物欲、拜金为人生追求的生存境遇中所潜伏着的精神危机,在与学者张旭东对话时,莫言指出自己力求深入反思"对人的远远超过自身需要的欲望、过分膨胀的欲望、人的口腔的欲望、性的欲望、财富的欲望"。①

莫言在参军后曾任政治教员,熟悉马克思主义哲学,曾认真研读过当时马哲研究的经典之作,"我就找了艾思奇的《辩证唯物主义和历史唯物主义》"。② 众所周知,马克思从社会根源、社会生产关系的角度对商品经济裹挟下的物化、异化现象进行过深入批判。这一精神资源思考在某种程度上也影响着莫言对当下社会中产生的消费文化诱导下的物欲泛滥的反思。在人文精神的自发意识下,莫言更侧重于从个体生存的哲思角度思考消费文化诱导下的欲望过度猎求的生存异化景象。

应该说,莫言在反思生存境况的哲思维度上,以其乡土生存的感性观照为基点,关注时代发展中的生存景象,据此形成辐射化的反思视野。通过"高密乡"寓言对中国历史与当下现代化发展中由社会机制、文化限度引发的生存异化与困境进行了深切思考。而这些反思与质询是作家立足于超越社会、历史的文化哲学的立场进行的精神观照,它体现的是作家的一种审美化生存慰藉,一种试图以形象可感的思辨力穿透历史,具有审辨、反思与建构指向的生存哲思。

第二节　反思内在局限的人性哲思生成

莫言在当代文坛中是个对人性思考与反思有着厚重的"问题意识"的作家。据笔者的不完全统计,莫言在不同国度、不同场所、不同题材的演讲、创作谈、散文、访谈中涉及人性反思的谈论多达十余次。③ 莫言在演讲

---

① 张旭东　莫言:《我们时代的写作:对话〈酒国〉〈生死疲劳〉》,上海:上海文艺出版社,2013年版,第 148 页。

② 莫言　王尧:《莫言王尧对话录》,苏州:苏州大学出版社,2003 年版,第 97 页。

③ 典型的有:《〈檀香刑〉是一个巨大的寓言——在京都大学会馆演讲》《打人者说》《在"扬州讲坛"上的演讲》《说不尽的鲁迅——2006 年 12 月与孙郁对话》《写小说就是过大年——2003 年 1 月与〈中国教育报〉记者齐林泉的对话》《写作时要调动所有的感受——2004 年 12 月在阿寒湖畔与记者对话》等等。

中谈及创作《檀香刑》的深层动机之一，即是对普通人身上潜伏的恶之因子所进行的不竭追问，莫言深感困惑的是："为什么要对自己的同类施以如此残忍的酷刑呢？是谁给了他这样的残害同类的权力呢？许多看上去善良的人，为什么也会像欣赏戏剧一样，去观赏这些惨绝人寰的执刑场面呢？"①在诺奖的颁奖典礼致辞中，瑞典学院院士维斯特拜里耶也尤为指出莫言小说"揭示人类本质中最黑暗的种种侧面"②的深刻精神指向。

在反思局限的人性哲思维度上，莫言基于对人心公义化的精神品性的展望，以一种内审化的方式对人性局限进行洞察与反思。莫言在小说中不仅深刻地批判人性的晦暗因子，而且在深入探究何以拯救的追问下，导向对忏悔的思考。应该说，在莫言反思人性局限哲思的生成上，作家个体的生命观感，其"母亲"内心闪烁的心灵力量，经典哲学与经典文学作品的泽被，以及时代文化语境中对人性观念的思潮导向都与之有着紧密关联，这些要素合力化地构成莫言思考人性问题的显在与潜在的精神资源。

一、人性批判资源的汲取

在很大程度上，莫言过往的人生历程中因世态炎凉与人心龃龉而体会到的创痛体验是构成其反思人性内在局限的一个重要的潜在因素。

从青少年生活的时代语境而言，特殊历史时期导致的饥饿体验中，莫言就觉察到人性中潜在的阴暗面。因为饥饿而留下的人心叵测的敏感体验，莫言在散文《吃相凶恶》《吃的侮辱》中都有深入体现。在六七十年代中，人们狂热地投身于历史运动所促成的暴力与恶行，也使得莫言深层地审视到人性中潜在的恶，这一经历也是一个促使莫言反思人性局限的重要因素。在参军的过程中，莫言对人性中暴露的诸种缺憾也有着进一步的认识。"我记得民兵连长来给我送录取通知书的时候，满脸冰霜，还离我挺远就扔下通知书走了。我当兵走的时候，很多贫农在街上大骂"③，"所以我当时想赶快走，走得越远越好，我感到一种威胁，感到这个村庄伸出无数双手要把我拖回来"④。这些伤痛经历使得莫言对人性的负面有着异常深刻

①　莫言：《〈檀香刑〉是一个巨大的寓言——在京都大学会馆演讲》，《恐惧与希望：演讲创作集》，深圳：海天出版社，2007 年版，第 98 页。
②　莫言：《盛典——诺奖之行》，武汉：长江文艺出版社，2013 年版，第 142 页。
③　莫言：《作为老百姓写作——2002 年与大江健三郎、张艺谋对话》，《莫言对话新录》，北京：文化艺术出版社，2010 年版，第 520 页。
④　莫言：《作为老百姓写作——2002 年与大江健三郎、张艺谋对话》，《莫言对话新录》，北京：文化艺术出版社，2010 年版，第 520 页。

的认识,同时愈加激发莫言在小说中从人本体的层面探寻人类心灵内在景象的决心。

从时代精神因素而言,在 80 年代风行的西方现代派文艺思潮有着对人性的内向化审视、对人性审恶的批判观照。在 80 年代中期的文坛上,先锋作家余华的《现实一种》、残雪笔下的《山上的小屋》等作品均鲜明地融入了现代派人性审恶的哲理观照审视人性的负面。据莫言的侄子管襄明回忆,莫言在考入军艺后探访在常德的大哥管谟贤一家时就带着西方现代派文学的相关书籍,"叔叔随身带了几本书,其中一本是《西方现代小说流派》。这本书全面介绍了拉美魔幻现实主义、黑色幽默、日本新感觉派、意识流等国外诸多现代文学流派的艺术成就,并且摘录了一些代表作品,这本书他时常信手翻阅"。① 由此可见,其时的莫言应该也对现代派文艺思潮的人性理念熟稔于心。

而在更进一步的人性局限反思中,鲁迅先生剖析自我、对自我的人性诸种负面与丑恶进行决绝批判的殊俗勇气深深感染了莫言。莫言尤其在鲁迅的精神资源中汲取了"把自己当成罪人",②展开剖析自我的内在局限与忏悔的思考。对此,莫言还指出:"当代作家有没有可能像鲁迅他们这一代作家一样,勇敢地面对自己灵魂深处最黑暗、最丑陋的地方,毫不留情地解剖和批判?"③同时,莫言还以世界文学谱系中的瑞典作家斯特林堡为榜样与参照,称赞他是"敢于拷问自己灵魂的作家"。④ 对鲁迅、斯特林堡等作家博弈灵魂的人性反思的精神资源的汲取,在某种程度上促使莫言在小说中没有仅止于批判人性诸种负面与局限,而更导向了对忏悔的深入思索中。

二、宽宥人性局限的资源汲取

莫言小说在生成反思人性局限的哲思观照中,不仅有着对批判人性局限的资源汲取,同时也获得了宽宥人性局限的精神资源。

孟子曾云:"人无有不善,水无有不下。"⑤在个体的禀性层面,这种内

① 管谟贤 管襄明:《莫言与红高粱家族》,南京:江苏凤凰文艺出版社,2015 年版,第 88—89 页。
② 莫言:《土行孙和安泰给我的启示——2007 年 10 月在韩中文学论坛的讲演》,《莫言讲演新篇》,北京:文化艺术出版社,2010 年版,第 54 页。
③ 莫言:《我为什么写作——2008 年 6 月在绍兴文理学院的讲演》,《莫言讲演新篇》,北京:文化艺术出版社,2010 年版,第 221 页。
④ 莫言:《漫谈斯特林堡——2005 年 10 月北京大学斯特林堡研讨会上的发言》,《莫言讲演新篇》,北京:文化艺术出版社,2010 年版,第 114 页。
⑤ 《孟子》,方勇译注,北京:中华书局出版社,2015 年版,第 214 页。

置的善良品性是莫言本身所具有的，这一良善仁慈的天性在孩提时代的作家身上就有着突出体现。对此，可以从年幼的莫言对待口不能言且最为底层的生灵的态度上可见一斑："当我听到一只小羊羔咩咩叫着的时候，我的心里感到非常的柔软，感觉到心里面有一种淡淡的忧伤。当我小时候看到一头牛拉着犁，遭受着农夫的鞭打的时候，经常会眼睛里饱含泪水。"①这种善良的禀性作为内在的心灵根坻，在历经人心浮沉之后可以生出一种释然、宽怀坦荡的心灵之境。

在家族的精神传承上，莫言"母亲"所赋予的道德力量也是重要的因素之一。对于莫言而言，"母亲"不仅是过往人生经历中使其安度无数次困厄的守护者，更是其秉持良善与道德操守的精神引领者。陈思和先生在阐发莫言的演讲《讲故事的人》中，"母亲"以德报怨而原宥掌掴过自己的乡人，对莫言带来深刻的感性触动时曾指出："母亲形象在故事中出现，显然是精神的象征，是与现实层面的假恶丑对峙的人性力量所在。"②诚然，"母亲"慈爱无疆的人格魅力与其心灵高洁的言行举止对莫言有着殊俗的力量与意义。

学者翟瑞青还深入地指出"母亲"之爱对莫言的特殊意义，"母爱给予了莫言最大的情感支持"。③ 这种天然的母体相连与天性之爱可以使人焕发出丰厚的心灵能量。法国学者单士宏在研究列维纳斯时，发现列维纳斯从哲学本体的角度盛赞母性与母体之爱，认为"母爱是人性的高级阶段"④，"女性象征由肉体通往精神的过渡，象征非肉体的存在，在两性结合的过程中，女性所接受的是生命的赠予，而借助赠予这一事实，女性便得以从精神上超越欲望，超越肉体，超越情欲，而将这一切原始的欲望转化为无穷的责任"，⑤参照列维纳斯的观点，可以看到母性不仅因为其圣洁而拥有净化人心的力量，而且母性的力量也是升华出无穷的道义与责任的心灵道德之源。从这个角度而言，"莫言在演讲里用前所未有的干净美好的语言

---

① 莫言：《阁楼长谈——莫言接受瑞典电视台采访》，《盛典——诺奖之行》，武汉：长江文艺出版社，2013 年版，第 245 页。

② 陈思和：《在讲故事背后——莫言〈讲故事的人〉读解》，《学术月刊》，2013 年第 1 期，第 105－112 页。

③ 翟瑞青：《莫言童年生活中的情感支撑与信仰追求》，《海南师范大学学报》，2013 年第 12 期，第 37－42 页。

④ ［法］单士宏：《列维纳斯：与神圣性的对话》，姜丹丹　赵鸣　张引弘译，上海：华东师范大学出版社，2018 年版，第 60 页。

⑤ ［法］单士宏：《列维纳斯：与神圣性的对话》，姜丹丹　赵鸣　张引弘译，上海：华东师范大学出版社，2018 年版，第 60－61 页。

来抒发对母亲的赞美,为人们理解他的作品提供了另外一种途径——人性的提升,不是靠外在于人性的现实世界的教育影响,人性的拯救力量是自我的力量,血缘的力量和本能(遗传)的力量"。① 的确,在某种程度上,不论是莫言小说中的忏悔思考侧重立足于依靠人自身之力进行的救拔,还是选择予以宽谅人性的观照都与其"母亲"正直善良的人格,以及"母亲"给予孩子的深厚本源之爱有着潜在的深刻关联。

在哲学化的精神资源层面,莫言不仅在青年时代获得弥足珍贵的哲学学习机缘,而且也深受故土沉淀的朴素哲学智慧的泽被。莫言在《阅读与人生》一文中谈及自己70年代末在保定担任教员之时对哲学的学习与自主钻研,"学校让我当政治教员,教大学里的《政治经济学》《哲学》《科学社会主义》"②,"为此我读了一些德国古典哲学的著作"。③ 而康德作为德国古典哲学界的巨擘,一般而言是难以绕过去的伟大思想家,他那句经典的箴言广为人所熟知:"有两样东西,人们越是经常持久地对之凝神思索,它们就越是使内心充满常新而日增的惊奇和敬畏:我头上的星空和我心中的道德律。"④康德在《纯然理性界限内的宗教》一书中也阐发过对人心的见解,曾指出:"善的种子以其全部的纯洁性被保留下来了,不能被清除或者败坏。"⑤因而,在某种程度上,康德对人类德性的思考以及对人心趋善的展望有可能会成为一种潜在化的、无意识的心灵资源映照于莫言对于提升人性光耀的思考之中。

同时,在民间化的佛教精神垂照中,莫言颇为熟稔地藏菩萨的无畏布施与慈悲度人的精神核心,曾指出:"地藏菩萨的精神就是:'地狱不空,誓不成佛。众生渡尽,方证菩提。'"⑥在大乘佛教的经典《无量寿经》的偈颂中亦曰:"常运慈心拔有情,度尽无边苦众生。"⑦在佛教精髓的要义中,莫言获得反思自我、超越人心善恶的洞察眼光,看到超越人性拘囿的不竭光华。

在世界文学的谱系上,与莫言心有契合的世界文学大师的经典之作也

---

① 陈思和:《在讲故事背后——莫言〈讲故事的人〉读解》,《学术月刊》,2013年第1期,第105—112页。

② 莫言:《阅读与人生》,《中国德育》,2008年第10期,第8—12页。

③ 莫言:《阅读与人生》,《中国德育》,2008年第10期,第8—12页。

④ [德]康德:《实践理性批判》,邓晓芒译,杨祖陶校,北京:人民出版社,2016年版,第201页。

⑤ [德]康德:《纯然理性界限内的宗教》,李秋零译注,北京:中国人民大学出版社,2012年版,第30页。

⑥ 莫言:《从鞭炮到佛道》,《会唱歌的墙》,北京:作家出版社,2012年版,第360页。

⑦ 赖永海主编:《无量寿经》,陈林译注,北京:中华书局,2016年版,第36页。

曾给予作家丰厚的心灵启明。莫言在一次讲演中曾慨叹俄国作家托思妥也夫斯基的《罪与罚》中灵魂博弈之深刻；感叹托尔斯泰《战争与和平》中以人心的深邃观照而抵达恢宏的历史气象。[①] 这两位文学大师深广的人心描摹可能在某种程度上赋予莫言超越人性限度，以洞观人心无量宽广的启示。莫言不仅熟悉陀思妥耶夫斯基、托尔斯泰的作品，也同样熟谙布尔加科夫的作品，他还曾赞叹"布尔加科夫的《大师与玛格丽特》是伟大的小说"。[②] 虽然莫言没有详述如此判断的缘由，但是在该作品中，玛格丽特包容一切恶的升华境界确实含蕴着悲悯人心的广博化心灵力量，这一醇厚的超越力量也可能曾予莫言以心灵震撼。在瑞典斯德哥尔摩接受采访时，莫言还谈及获诺贝尔文学奖的女作家拉格洛芙的代表作给自己留下的深刻印象，"看了拉格洛芙的《尼尔斯骑鹅旅行记》，所以说瑞典产生过最纯洁的小说"。[③] 这部童话借由尼尔斯与公鹅莫尔腾肝胆相照的历险见证了孩子之心的光洁熠熠，有可能在某种程度上打动着莫言，沉潜为创作中净化人性的潜在心灵之源。

　　以上对莫言在访谈、演讲中的宽宥人心的精神资源进行谱系式的梳理与推究也许主观而有失系统，但是这些潜在的心灵资源可能以一种连作家也未曾显性感受到的隐在方式重铸着其作品中对人性的宽怀审视。以莫言的近作观之，就不难发现近年作品中的人性审思不再是金刚怒目式的批判，相反地转为一种舒缓、朴素的人心洞达。诸如《表弟宁赛叶》中透出的人心敦厚；《天下太平》中体现的人心慈悲；《等待摩西》中折射的人心宽谅；《一斗阁笔记（三）》[④]中闪现的人心隐忍，这些都不失为莫言溯源宽宏人心的心灵资源荡涤人心晦暗，提纯人性光华的明证。

---

　　① 参见莫言：《作家和他的创造——2002 年 9 月在山东大学文学院的讲演》，《莫言讲演新篇》，北京：文化艺术出版社，2010 年版，第 148 页。

　　② 莫言：《当代文学创作中的十大关系——2006 年 11 月在第七届深圳读书论坛上的讲演》，《莫言讲演新篇》，北京：文化艺术出版社，2010 年版，第 221 页。

　　③ 莫言：《瑞典笔会现场问答》，《盛典——诺奖之行》，武汉：长江文艺出版社，2013 年版，第 190 页。

　　④ 莫言：《一斗阁笔记（三）》，《上海文学》，2020 年第 1 期，第 6—17 页。

第三节　映照生命与存在意义的形而上哲思生成

莫言在小说中尤其对人所面临的窘境苦难、无常命运乃至死亡的终极困境,何以抗争、何以自渡予以思考。这一思考中暗含了人生超验关怀诉求。莫言自己对形而上诉求的"问题意识"曾如是表达道:"我还是觉得人总是要寻找一种终极的东西,最根本的东西,本体的东西。"①

莫言对生命意义与存在追问的形而上哲思与个体感性体验、地域文化因素中的民间生命精神启蒙以及神话启蒙等精神资源的润泽密不可分。

在个体的生命观感上,莫言在创作谈中谈到少年时代的"孤独"体验是其宝贵的财富,对其生命认知有着深远的影响。② 对于莫言而言,幼时诸种困顿、贫乏与生存逼仄化的内心体验感可能远不止是"孤独"的,可能更是"无助"的、"惶恐"的。这些痛苦的心灵体验既是难以弥合的创痛,又是回归内在心灵祈求内心光束的契机所在,"这里'痛苦'变成了幼年的一种无法言表的东西,被深奥的沉默誓言所压制的一种秘密学说"。③ 正是在这种体验中,很大程度上触发了莫言对生命本源与存在意义的形而上思考。在这种思考中可以让人体悟到生命的漂浮,以及体悟到威胁生命的存在恐惧的人类本体性隐忧。

而故乡积淀的文化传统给予了莫言深层的生命启蒙。山东自古流淌着一种不惧生命威胁、处于困境中依然讲求自由奔放的生命精魂,在高密文化的流传中,冷关荣等名人身上流淌着浓厚的桀骜不驯的草莽精神,这些草莽英雄在面对人生苦厄,依然张扬着生命自由意志的形象至今在当地影响深远。④ 在祖辈、亲朋的口耳相传中,莫言不仅对这些英雄的事迹耳熟能详,而且对其身上洋溢的蓬勃生命意志有着深刻的感性触动。

莫言在访谈中曾谈到,自己在农村生活的经历中,从乡民身上感受到藐视苦难的生命精神带来的感性触动,在农村严酷的现实生存条件下,人

---

① 张旭东　莫言:《我们时代的写作:对话〈酒国〉〈生死疲劳〉》,上海:上海文艺出版社,2013年版,第163页。

② 参见莫言:《饥饿与孤独是我创作的巨大财富——在斯坦福大学的演讲》,《恐惧与希望:演讲创作集》,深圳:海天出版社,2007年版,第44—49页。

③ [意]吉奥乔·阿甘本:《幼年与历史:经验的毁灭》,尹星译,郑州:河南大学出版社,2016年版,第91—92页。

④ 参见张世家:《我与莫言》,莫言研究会编著:《莫言与高密》,北京:中国青年出版社,2011年版,第67—68页。

们"为了活下去，他们发明了幽默，也就是苦中作乐"。① 在日本北海道靠着顽强的生命意志生存了十三年的老乡刘连仁的传奇人生，也让莫言对生命的形而上力量有了更为深刻的理解，莫言在对话谈中说："刘连仁的传奇让我知道，人在大的悲剧命运前是无能为力的，但同时又大有作为。"②故土、乡人身上给予的超越化精神资源使莫言获得了一种民间淳朴而强大的生命启蒙，由此感叹道："无论多么艰难也要活下去！"③这一生命宣示不啻是莫言对担当重负却依然柔韧不屈的生命精神的深邃领悟。

在另一维度上，莫言小说的形而上哲思观照的生成也与其受到的神话超验精神启蒙相关。莫言的大爷爷、爷爷和奶奶都是讲述民间神话传说的高手，老人们曾经讲述的"嘿嘿鬼""话皮子""公鸡精""鳖精""狐狸精"等传说都给莫言留下了异常深刻的印象。荣格曾旁征博引地指出，"世间万物皆有灵性，无论花草树木还是日月星辰，甚至连最平凡的清水都隐藏着一颗隐秘的灵魂。它们有时会发出动听的音律，但有时却又沉默不语"。④ 这些耐人寻味的精灵、妖魅等故事传说均被莫言直接或间接地化用在《一斗阁笔记》⑤《天下太平》⑥《草鞋窨子》《食草家族》《我们的七叔》等小说的想象中。

众所周知，莫言有着对文化同根、精神同源的清代作家蒲松龄的致意与传承，蒲松龄的《聊斋志异》也体现了对众多神魔仙幻传说的奇幻探索。这些神话资源中的奇幻想象为隔绝生存的苦痛，为超越生命悲感提供了强大的精神资源。神话学家袁珂先生认为，"从某种意义上说，神话是人类在充满缺陷的生存中筑造的精神庇护所。在那里，人类漂泊、困窘、不安的灵魂得以栖居"。⑦

随着近现代科技的飞速发展，不由让人感叹往昔的神话光泽被机械化的理性认知所蒙尘；苍穹的静谧被升入太空的无数卫星所划破，"从前飞着天使和小精灵的光亮星际，今天被科学和工业生产出来的冰冷的金属框架所替代，高远不可知的蔚蓝被替换为失去神秘的透明玻璃"。⑧ 由是，缥缈

---

①　莫言：《写小说就是过大年》，《莫言对话新录》，北京：文化艺术出版社，2010 年版，第 270 页。

②　莫言：《谈谈战争》，《莫言对话新录》，北京：文化艺术出版社，2010 年版，第 374 页。

③　莫言：《我的文学历程——在第十七届亚洲文化大奖福冈市民论坛演讲》，《恐惧与希望：演讲创作集》，深圳：海天出版社，2007 年版，第 225 页。

④　转引自［瑞士］卡尔·荣格：《潜意识与心灵成长》，常春藤国际教育联盟译，北京：现代出版社，2017 年版，第 76 页。

⑤　莫言：《一斗阁笔记》，《上海文学》，2019 年第 1 期，第 6—9 页。

⑥　莫言：《天下太平》，《人民文学》，2017 年第 11 期，第 93—105 页。

⑦　袁珂：《中国神话传说》，北京：北京联合出版公司，2016 年版，第 505 页。

⑧　张一兵：《文本的深度耕犁：当代西方激进哲学的文本解读》（第三卷），北京：中国人民大学出版社，2019 年版，第 166 页。

难溯的神话景致被还原为黯然失色、褪去熠熠光带的客观物质。这一丧失神话想象的精神症结正如张一兵先生一语中的地指出："在科学的进步中，由于内在经验的丧失，支撑我们生命存在得以发生的'天地人神'的统一不见了，幼年时候我们曾经拥有的真正的想象不见了。"①

从此层面而言，神话想象的启明所给予莫言的精神资源显示出无与伦比的意义所在，因为这一心灵给养包孕了一种天然的哲学缘起与安妥心宇的本体力量。神话学家坎贝尔也认为："神话和宗教的意象都具有积极的作用，可以将生命推向更加深远的境界。"②阿姆斯特朗在《神话简史》中尤为提到斯坦纳的观点，该观点也认为神话之精髓"等同于人类经验中最具穿透性和转换性的宗教或形而上的经验，具有很强的感召力"。③ 对此，哲学家斯齐布瑞克亦是旁征博引地指出，"神话中包含一个无可挑剔的、饱含智慧的哲学形式"。④ 凯瑟琳·摩根则高屋建瓴地直观表述为："神话通过一个狭小的空间表现广阔的形而上学景观。"⑤

莫言从小就深受神话超验精神的泽被，这股原生的精神之流坚韧地筑造着焕发生机、宽广无量的心灵之域。神话学者坎贝尔尤其看重一个人在童年时代所受到的神话启蒙的重要性，他认为："它们将代表这些自然的力量，即存在于你身上的宇宙灵魂的力量和声音。"⑥因而，这些神话传说的陶冶与积淀不仅成为莫言创作的显在精神之源，还成为作家内心中具有哲学、信仰质素的隐性心灵给养。

此外，莫言小说中形而上的生命思考也与时代文化语境中导入的西方生命哲学、存在主义等哲学之源的精神润泽，以及莫言对此潜移默化的学习有着潜在化的关联。

莫言曾谈及自己在二十多岁时有着在训练大队任教哲学课程与自主学习哲学理论的经历⑦。由此可以看出，青年时代的莫言不仅有着哲学探索的自发性，而且也具备了一定的哲学理论素养。在 80 年代的文化语境

---

① 张一兵：《遭遇阿甘本：赤裸生命的例外悬临》，南京：南京大学出版社，2019 年版，第 114 页。

② ［美］约瑟夫·坎贝尔：《指引生命的神话：永续生存的力量》，张洪友　李瑶　祖晓伟等译，杭州：浙江人民出版社，2013 年版，第 12 页。

③ ［英］凯伦·阿姆斯特朗：《神话简史》，胡亚豳译，重庆：重庆出版社，2005 年版，第 158 页。

④ 转引自［美］凯文·斯齐布瑞克编：《神话的哲学思考》，姜翠丹　刘建树译，黄悦　孙梦迪校译，西安：陕西师范大学出版总社有限公司，2019 年版，第 84—85 页。

⑤ ［美］凯瑟琳·摩根：《从前苏格拉底到柏拉图的神话和哲学》，李琴　董佳译，雷欣翰校译，西安：陕西师范大学出版总社有限公司，2019 年版，第 288—289 页。

⑥ ［美］约瑟夫·坎贝尔：《指引生命的神话：永续生存的力量》，张洪友　李瑶　祖晓伟等译，杭州：浙江人民出版社，2013 年版，第 202 页。

⑦ 参见莫言　王尧：《莫言王尧对话录》，苏州：苏州大学出版社，2003 年版，第 97 页。

中,尼采的生命哲学思潮风靡一时,在当时浓烈的学习氛围中,莫言潜在或显在地受到过西方尼采的生命哲学的陶冶,这一点可以从莫言简明却精到的评价托思妥也夫斯基的作品中得以体现。① 尼采的生命哲学突显生命自在的价值,试图颠覆化地超拔出西方既往的超验哲学,以一种内求自我,激发内心的生命力量生存于世。

莫言在散文《我的大学》中谈到了上军艺之时,在西方哲学思潮涌入之际对"存在主义"的接触与学习。② 在存在主义的谱系上,哲学家海德格尔、萨特、蒂里希等都认为,存在潜伏着一种本体化的威胁属性,存活于世犹如浮萍之无根与寂寥的状态更贴近存在的真实;加缪则在其存在哲理思考中,确立了净化荒谬的超越哲思。在80年代的中国文坛,融入存在哲思的西方现代派思潮也有着较为持久深远的影响。作为现代派鼻祖的奥地利作家卡夫卡在热潮中普遍为中国作家们所青睐。莫言在创作谈中也屡次谈到卡夫卡对他的潜在深入影响。莫言尤其指出卡夫卡小说中深邃的形而上思考对自己的触动,对此评价指出,卡夫卡"通过荒诞、悖论写出人世的许多悖论的现象",③"他的意义在于他的小说中那种超越了生活的、神喻般的力量"。④

上文中从作家的"问题意识"出发,浓缩聚合了多元、综合化的精神资源以考察莫言小说的文化哲思的生成。总体上,这些综合化的精神之源的复杂糅合共同生成了作家具有特色的审美文化哲思的隐性基础,同时也构成了作家生成审美文化哲思背后的辽阔视域。下文中,笔者将沿着作家隐伏在小说中的思考线索,渐次勾勒与论述莫言小说体现的对历史文化与当下生存的深邃反思,对人性局限的省思与慈悲,以及思索心灵安顿,探索寰宇人生的终极意义等维度的审美哲思。

---

① 参见莫言:《作家和他的创造——2002年9月在山东大学文学院的讲演》,《莫言讲演新篇》,北京:时代文化出版社,2010年版,第148页。有论者曾勾勒出莫言对尼采生命哲学的接触与吸收的脉络,详见杜永微:《莫言作品与尼采的生命哲学》,长沙:湖南师范大学,硕士学位论文(世界文学与比较文学),2013年。

② 参见莫言:《我的大学》,《北京秋天下午的我:散文随笔集》,深圳:海天出版社,2007年版,第104页。莫言:《先锋·民间·底层——2007年1月与杨庆祥对话》,《莫言对话新录》,北京:文化艺术出版社,2010年版,第397页。

③ 莫言:《作家与他的创造——在山东大学文学院演讲》,《恐惧与希望:演讲创作集》,深圳:海天出版社,2007年版,第94页。

④ 莫言:《清醒的说梦者——关于余华及其小说的杂感》,《恐惧与希望:演讲创作集》,深圳:海天出版社,2007年版,第291页。

第三章 洞观万象:历史与时代境况的
生存哲思

文化哲学在生存哲思的维度上,不仅探索文化伦理、社会境况对人的影响,而且还有着反思、悲悯历史与当下的社会文化境况导致人之生存异化的重要内涵。莫言在反思生存境况的维度上,通过"高密乡"的寓言对历史与现代化发展中由生存机制、文化局限引发的异化与困境进行深切思考。莫言不仅透过智性和诗意透视沧桑慰藉生命,还以和谐万物的筑建抚慰悖论式的生存境况。

同时,莫言审思权力扭曲化追逐中的显在与隐匿的人生异化,延续鲁迅的文化批判眼光构思"刑具"意象,对以暴力与酷刑为表征的封建专制权力对人施加的内心规训予以洞视。此外,莫言洞达消费文化中欲望解放的悖论,不仅反思澎湃难抑的欲望之流带来的精神症候,而且还折射出试图溯汲传统与民间的哲学智慧制衡滥觞之欲的生存价值探索。

第一节 历史之境:"高密乡寓言"的生存反思

莫言在小说中以"高密乡寓言"质询与反思了历史境遇中的生存迷失与困境。莫言在切中根柢地反思生存缺憾的同时,以一种诙谐的诗意去照耀历史,搭筑历史关怀悲悯孤蹇化的生命个体。

一、抚慰历史沧桑

(一)穿越悲切的历史景象

在作品中,莫言对 20 世纪六七十年代历史运动中的悲切生存有着深切反思与抚慰。在《我们的七叔》《生死疲劳》中,作家尤以"七叔"、洪泰岳他们深入骨髓的阶级斗争思想,反思异化的阶级情感对人内心的控制。《我们的七叔》中"七叔"前半生遭遇了种种残酷的批斗,但是临到晚年在平反之后仍然在内心中潜伏着阶级斗争所施加的心理影响。在《生死疲劳》中，随着历史的前进，往昔被视为"地富反坏右"的人们在历史的拨乱反正之后都摘了反动的"帽子"，但深受阶级批斗观念制约的洪泰岳却勃然大怒。小说中，作家将洪泰岳对这些人们的威吓进行了生动形象的描绘，洪泰岳一腔愤怒地要挟要将历史的帽子永远地扣在这群人头上。在此，作家对洪泰岳、"七叔"的荒谬化行为描写并非简单化的指陈，而是蕴含深层的反思考量。洪泰岳从信仰层面来维护阶级批斗思想，在他看来一旦被定性为"阶级的敌人"，那么，对这些人实行专制也就变得合乎情理。因为"在绝对的、超越性的真理当中也没有妥协的空间。你不可能把你的'灵魂'分一半给邪恶"。① 与此同时，作家也借由"七叔"夸张而反常的决绝态度，深刻地呈现出其深受历史批斗观念影响的内心异化。学者陈庆曾关注到西方思想家斯皮瓦克创造的术语"认知暴力"②，认为这是一种不仅掌控着人对重大历史事件的认知与记忆，而且还衍变为一种深藏于人们的内心之中，施加负面影响的异化思考机制。③ 由此，莫言通过细腻的描写，不仅反思洪泰岳、"七叔"等人在偏颇化的阶级情感下的内心异化，而且也对其背后隐含的深层根源倾注了客观考量。

同时，莫言在作品中，对这一历史运动中的生存缺憾给予了切中根柢的反思的同时，更以一种智性、超离的表达照耀历史记忆，找到了穿越这段晦暗岁月的诗意支点。

作家通过《生死疲劳》中"猪撒欢"一章的"养猪运动"，对西门屯养殖场盛况之下的紊乱化生存境况做出反思。西门金龙好大喜功，为了在"养猪运动"中争做优干典范，大批购买有着"碰头疯"毛病的沂蒙猪冒充数量。在荒唐的历史境遇里，动物与人同样遭罪。而面对一群肠胃疾病缠身，纯粹充数、无人关注，被视为"碰头疯"的一群猪，饲养员"莫言"还是对其生存给予了真切的照顾。在小说里，以西门猪的叙述着重体现了饲养员"莫言"为"碰头疯"们肠胃健康而绞尽脑汁的默默关切，遍寻草药秘方为其止泻。小说中尤其通过"莫言"如哄婴孩般的言语用心良苦地劝这群沂蒙猪吃药的描写体现出智性与诙谐："我曾听到他敲着饲料桶对'碰头疯'们说：吃

---

①　［美］罗伊·F.鲍迈斯特尔：《恶——在人类暴力与残酷之中》，崔洪建等译，北京：东方出版社，1998 年版，第 242 页。

②　转引自陈庆：《斯皮瓦克思想研究：追踪被殖民者的主体建构》，上海：上海世界图书出版公司，2015 年版，第 129 页。

③　参见陈庆：《斯皮瓦克思想研究：追踪被殖民者的主体建构》，上海：上海世界图书出版公司，2015 年版，第 129 页。

吧,吃吧,吃灰眼明,吃灰心亮,吃灰还你们一副健康肠胃。"①

《猫事荟萃》中,作家在抚慰知青小陈在上山下乡运动中付出人生辛劳的同时,更以通达的智慧抚慰这场历史运动中农民们的艰辛生存。"祖母"为了改观些许成分不济的窘境,维护微薄的家族利益,于是决定盛情招待知青干部小陈。"祖母"倾尽全家之力贡献出家中最好的食粮做成丰盛的佳肴予以招待,孰料却招致了小陈的误解,尽管"祖母"以过人胆识历数种种菜肴的得之艰辛才缓和了小陈的疑虑,但是满心欢喜的宴客总归成了战战兢兢的饭局。作家的高妙处在于嵌入了"祖母"对各种新奇化的猫之传奇的讲述,由是扭转了诚惶诚恐的饭局氛围,化解了无形之中的无妄之灾。正是在趣味横生的猫的民间传奇的追溯与娓娓道来的叙述中,莫言在批判历史症候的同时又以一种智性、超脱的表达体现对这段历史的沉痛生存的超离与抚慰。

由此,莫言对这段历史的生存反思显现了一种独到的匠心。援用作家昆德拉的话说,就是营造"非诗意世界的极其诗意的形象"②。昆德拉曾在《被背叛的遗嘱》一书中对被誉为"社会良心"的英国作家奥威尔的作品予以逆向化的反思。昆德拉认为,奥威尔的作品中对社会的单维批判,适得其反地"将一个可恨的社会的生活缩减(并教人缩减)成了它的罪孽的简单罗列"③。在这点上,西哲阿多诺有过一个与此相关的深奥观点,他认为"文化批判与野蛮并非没有一致性"④。当然,昆德拉对奥威尔的指陈并不是质疑奥威尔与其作品精神内涵的正义性与正当性,而是提出更高要求与深刻提醒,即作家要力求超越社会学的阐释,找到一个独特的审美思考的支点。

正是在这个意义上,在沉重的悲切历史中楔入诙谐、智性的超离化观照,使得莫言对这段沧桑历史的生存观照闪烁着独到的光泽。对此,学者沈杏培指出,莫言在小说中书写出知青们下乡中的欢乐与以往伤痕等文学思潮里同一题材作品中清一色的暗无天日的描写与单一批判相比显示出与众不同的特质,因而这一试图穿越历史伤痛、别具一格的历史反思具有自身的独到意义。⑤

---

① 莫言:《生死疲劳》,北京:作家出版社,2012 年版,第 324 页。

② [捷克]米兰·昆德拉:《被背叛的遗嘱》,余中先译,上海:上海译文出版社,2003 年版,第 232 页。

③ [捷克]米兰·昆德拉:《被背叛的遗嘱》,余中先译,上海:上海译文出版社,2003 年版,第 235 页。

④ [德]阿多尔诺:《否定辩证法》,王凤才译,北京:商务印书馆,2019 年版,第 420 页。

⑤ 参见沈杏培:《小说中的"文革":当代小说对"文革"的叙事流变史(1977—2009)》,南京:南京师范大学 2011 年,博士学位论文,第 81 页。

　　此外,莫言对近现代文明征程的沉重化百年历史的独到反思,还体现出多维扫描式呈现的特质。《丰乳肥臀》中,上官鲁氏一家庞杂的后辈们映射出跨越世界地域、超越各种阶层,容纳五湖四海的各色人等的迥异人生,以此形成微缩版的历史全景图。这个家族牵引出身怀异术的江湖游医、妙手回春的和尚、外国飞行员等人物的生命际遇。同时该小说还容纳了诸多民间的各阶层民众,诸如铁匠上官吕氏、村干部兼兽医樊三等人物的历史言说。《生死疲劳》中,也呈现出历史阶段各个阶层的"富农""贫雇农""单干户"等人物的历史轨迹,同时还融入驴、猪、牛等动物的观感相互交织地反思历史。《牛》《司令的女人》《普通话》中,乡村底层的少年、知青们的历史生活的方方面面,以及土生土长的农村知识分子也在各自的历史境遇中得以充分展示与言说。一言以蔽之,莫言在小说中通过多维扫描,使得各个阶层、三教九流与各色的动物都在这一历史书写中能够被包容、被抚慰,以此形成森罗万象的历史景观以及多辐射面的历史反思之镜。

　　从历史哲思的层面而言,这样多维化的历史景象在某种程度上正是闪现出何以抵达真正地反思历史症结的独有内涵。法国哲学家朗西埃在其《历史的形象》中曾指出一种"大历史"书写的局限,"作为一种运动的大历史,引导着某种类型的成就,界定了某个时期的前提和任务,以及对未来的承诺,但对于所有弄错了各个前提的顺序和承诺的人来说,大历史也是一个威胁"①。可见,朗西埃认为这类历史书写指向已经固化的历史模式与套路的思考,已经预设了历史背后的运行逻辑,早已谋定了历史中事物的秩序与脉络,而这样的历史书写反而会走向一种真正遮蔽历史的悖论。朗西埃提倡历史书写的真正反思方向,是指向"在历史中,每一个人的感知和感觉都被囊括其中。历史时间不仅仅是伟大的集体命运的时间,在历史时间中,所有人、所有事都可以创造和见证历史"。②

　　在莫言小说的历史反思书写中,不论是在篇幅厚重的《丰乳肥臀》《生死疲劳》中,还是在《牛》《司令的女人》《普通话》等中短篇小说中,不仅各个阶层中的各色人物几乎全方位式的悉数登上历史舞台演绎自己的悲欢离合,倾洒人生的喜怒哀乐;而且各种动物也都默默地被历史之光所烛照,留下它们的历史印痕与见证。在这些小说中,借由驴呈现的历史诉说、借由牛呈现的历史遭际、借由猪见证的历史瞬间、借由狗体现的历史记忆而打开了慰藉创痛、溯源历史驳杂的新维度。正如朗西埃指出的,于历史书写

①　[法]雅克·朗西埃:《历史的形象》,蓝江译,上海:华东师范大学出版社,2018年版,第71页。

②　[法]雅克·朗西埃:《历史的形象》,蓝江译,上海:华东师范大学出版社,2018年版,第73页。

的"太阳之下,所有主体的平等的生命原则在此绽放"。[①] 由此,莫言对历史症结的反思书写呈现为一种全方位的跨越疆界的模式,借由各色人物与动物们的生命经历与体验不断延续与生成新的历史叙述。这不仅尽可能丰富地展现了历史生活的波澜壮阔,而且对历史进行了多维扫描式的书写与反思。由此,人们才得以深入抵达历史的隐秘之域,真正洞悉历史的症结,给予世人独到的历史慰藉。

(二)历史困境的抚慰

在《檀香刑》中,莫言借由猫腔帮帮主孙丙英勇而盲目的惨痛起义,将历史的批判触角探向外侮日亟中的"义和团"近代史运动,试图挖掘孙丙具有正义诉求的起义却在诸种离奇莫测的行为中滑入历史之难的诡谲。诚然,莫言隐含在这部作品中的微言大义折射出对于这一曲折历史的某种深入洞察。不过,需要指出的是,莫言对这段近代史的历史观照却有着将其简化为义和拳领袖孙丙与清政府之间为主要矛盾的倾向,没有跳脱出国家与民间个体的两极化的思维拘囿。学者傅正明则从更高远的眼光指出,《檀香刑》的历史生存反思尚未抵达更宏阔的视野,小说将近代民族所处的复杂的世界局势与纷争理解为较为单一化的对外国殖民者的矛盾。[②] 傅正明先生指出《檀香刑》中历史批判的局限,不失为高屋建瓴的见解。如果以这重视角考察而言,《檀香刑》中所体现的历史批判的确存在着某种局限。

而这一局限在莫言后续的小说《蛙》中有着突破。该作品中,莫言楔入深远的观照,并不偏倚地呈现出计生政策与民间生命伦理之间悖论式的生存窘境。

在《蛙》中,作家以悲悯之情深度质询了计生政策执行中的偏颇。在贯彻计划生育的政策上,姑姑们讲究的是绝不姑息的铁纪律原则。在瓦解蝌蚪义正词严的诘问中,在掘地三尺挖出王仁美中,在分解阻挠分子张拳的抵御中,在水里与耿秀莲斗智斗勇中,在识破陈鼻拖延时间的缓兵之计中,在发动全村搜寻王胆的疯狂中,伴随着生命的哀嚎与陨落。同时莫言在《蛙》中,除了悲悯不足以抗衡计生政策执行的王仁美、耿秀莲、王胆等女性群体,也对作为国家计生政策的执行者"姑姑"与小狮子们有着同情化观照。小说不仅体现了"姑姑"与小狮子在遭到村民的侮辱与抵制中的舍生

---

① [法]雅克·朗西埃:《历史的形象》,蓝江译,上海:华东师范大学出版社,2018年版,第74页。

② 参见傅正明:《民俗文学的庙堂之音——评莫言〈檀香刑〉的国家主义倾向》,杨扬编:《莫言研究资料》,天津:天津人民出版社,2005年版,第539—541页。

忘死，而且还突显了"姑姑"以平和的受难方式承受耿秀莲丈夫张拳的棍子与王仁美父母的利刃。

因而在《蛙》中，正如有学者指出的，小说还有更深层的意蕴，即莫言试图传达的是"计划生育"的政策实则有着高瞻远瞩的起点，是中国在现代化发展中融入世界化的眼光而制定的长远规划①。美国学者雅克·布道在《建构世界共同体》一书中曾指出："联合国人口基金会和捐赠者，以及发展中国家的合作表明，人口是发展战略中'可以进行编程'的部分。"②可见，计划生育是国际联盟的国家间达成共识的世界人口规划谋略。因此进而言之，在《蛙》中展现的历史生存反思意味着作家跳出了二元化的思考范式拘囿，将民族与个人，乃至全世界的人类及其发展予以一同观照时，对历史展示出的波诡予以深入探析，对历史之痛给予生存抚慰与反思。

《蛙》中展示的复杂交错、困惑丛生的生存境况，依据学者司马云杰的术语而言，属于一种生存的"复合悖论"。③ 该学者进一步指出，这一类型的悖论不仅从整体而言涉及家国、族群乃至世界与全球的利益，而且从局部而言涉及无数团体和生命个体在某种情结与意志下的纷杂价值判断，由此而形成了极端复杂精密并且扭结难开的生存环缘。④《蛙》中对于这错综复杂的生存窘境的深入细腻呈现，对悲恸源头的客观溯源不啻体现了作家对困顿化生存的深层守护，以此拂煦陷于历史困境中的人类境遇。

二、对窘迫境遇的生存抚慰

莫言小说中楔入自己的生命体验与经历，尤为抚慰在历史与时代进程中身处社会底层，处于生存罅隙中的"窘迫化生命"。莫言小说中抚慰的"窘迫化生命"有两种类型，相应地有不同的内涵。在此，先分析第一种类型的"窘迫化生命"。这一概念是指莫言作品中与普通人的常态生活状态相异，处于生存窘况的生命个体。他们不仅无所依凭、失却生存的基本依托，而且他们几乎无从受到关爱，处于孤寂、仓皇、生死无依的生命状态。更有甚者，这些生命个体还处于既被世俗社会褫夺一切，又被僻壤乡野所

---

① 王侃：《启蒙与现代性的弃物》，《当代作家评论》，2010 年第 5 期，第 57—65 页。
② ［美］雅克·布道编著：《建构世界共同体》，万俊人　姜玲译，南京：江苏教育出版社，2006 年版，第 218 页。
③ 司马云杰：《文化悖论：关于文化价值悖谬及其超越的理论研究》，西安：陕西人民出版，2003 年版，第 20 页。
④ 参见司马云杰：《文化悖论：关于文化价值悖谬及其超越的理论研究》，西安：陕西人民出版，2003 年版，第 20 页。

放逐的游离化生命状态。

在《天堂蒜薹之歌》中，莫言痛心疾首地看到乡土生活中的"窘迫化生命"个体"四婶"的可悲之处，不仅对自身沉重的苦难无从抗争，而且已经麻木、习惯。哲学家鲍曼曾经指出："这些苦难由于逐渐完全融入日常生活现实之中，从而在很大程度上不再被视为不公正的苦难，并因此不再引起反抗。"①在《欢乐》中，主人公齐文栋的生命经历固然令人叹息，但是，同村姑娘鱼翠翠的遭遇则更令人惋惜。齐文栋生前虽然在乡村底层挣扎，可毕竟还有爱他的母亲与供他念书的哥嫂。而鱼翠翠不仅生前从未得到丝毫的家庭温暖，而且更是在其过世之后，家人为了蝇头小利胡乱彻底地褫夺了她的生命尊严。莫言悲情地书写出鱼翠翠不仅活着遭到抛弃，逝去之后更被彻底地弃置的凄切与悲凉的生命状态。《弃婴》中，作家不仅透过叙述者以严谨的研究态度考辨与梳理出故乡中被抛弃的婴孩的历史，抚慰这些窘迫生命；更透过叙述者的实际行动排除万难收养了一个被遗弃在葵花地的女婴的际遇，希望以此告慰这些被抛弃的生命。《野骡子》中，乡村妇女杨玉珍因为遭到丈夫罗通的抛弃，在乡村里不啻是孤蹇的生命个体。作家透过"我"罗小通以孩童天真烂漫的思辨对母亲杨玉珍的种种吝啬、粗鲁、不可理喻的反常行为展现悲悯之意，悲悯杨玉珍承担被抛弃的命运中的诸种艰难与创痛。

在《师傅越来越幽默》中，莫言则是通过师傅老丁的离奇遭遇表达了对城镇底层的窘迫化个体的生命抚慰。企业的"劳动模范"师傅老丁在转制中被迫下岗。迫于生计，老丁将郊外的一个废弃的汽车车壳当成自己的营业小屋。一个狭小的废弃的汽车车壳不啻是个尴尬的逼仄化空间。正如有学者指出的，这类空间属于借用管制松懈、场所荒芜僻静之处的非法定空间，或是擅自违规营造的临时空间，而对于占据这类空间的人们而言也往往意味着这个空间可利用化的不稳定性与风险性。②

老丁在废弃车壳中的营业发生异常事件后，迫不得已地缩手缩脚地上报了情况，老丁在惊魂未定中忍受着勘察者对自己的严厉诘问，所幸的是这一事件以一场虚惊告终。《师傅越来越幽默》中，莫言道尽了城镇中的底层民众试图开辟一线生存空间进行艰辛的运营，却又屋漏偏逢连夜雨，遭受到如此微不足道的幽僻、狭促空间被褫夺的沉痛生活痛楚。由此，主人

---

① ［英］齐格蒙特·鲍曼：《怀旧的乌托邦》，姚伟等译，北京：中国人民大学出版社，2018年版，第131—132页。

② 参见童强：《空间哲学》，北京：北京大学出版社，2011年版，第343页。

公老丁很可能在花甲之年后还将无奈地踏上寻觅犄角旮旯中的一线空间，以图生存糊口的艰难之途。

同时，莫言还将眼光投向战争之域，悲悯战争中的无辜消逝的窘迫生命，告慰深层的生命创伤与疾苦。在《抗战轶事》①中，莫言以抽象与离奇相间的艺术表达书写出不明原委的女眷仅因为偶然地更改了发髻的样式而成为战争中无辜殒命的个体的不幸离奇遭际，对战争中逝去的生命给予深切的抚恤。《鱼市》中，作家借由凤珠满心欢喜地等待老耿父子归家愿望的落空，反衬了惨烈的战火对生命摧毁的猝不及防，以此深层地拂煦战火中易逝的生命。

《生死疲劳》中的战争场景亦是格外悲壮与惨烈，诸多生命犹如流星般即逝。由于炮火纷飞而无辜流逝的女子化为精怪，半夜追逐金童的场面令人惊悚；而为了躲避战火中炮弹的轰击，纵身跃入墓地的老妇更不由得令人唏嘘。英国学者弗格森在《战争的悲悯》中曾写道："炮击最为惨绝人寰。尽管有经验的士兵懂得如何辨别敌人炮击的方向和类型，但前线的猛烈炮击依然让人防不胜防，几发炮弹便足以在深度和杀伤力方面直接命中敌人。它暴露出来的让人绝望的脆弱性几乎成为战争最为折磨人、最让人闻风丧胆的事情。"②可见，战争中的炮火杀伤力对于战士尚且如此可怕，那么，鲜有自我保护能力的凄苦老妪与妇女的悲惨境遇可想而知。莫言曾经的参军经历使得他比一般作家更能深入战争的境遇中悲悯这些无辜、窘迫化的脆弱生命。

在《蛙》中，莫言尤其以陈鼻与陈眉的生命经历书写身处欲海时代社会底层的"窘迫化生命"的生存境遇。陈鼻为了讨回妻子豁出生命生下的孩子陈眉，不惜放下尊严乞求童年挚友让其带回孩子，但不论他如何乞求，或是无可奈何地撒泼，都以无果告终。之后，落魄的陈鼻带着他的狗在王手开办的西洋餐厅打临工。当作为跑堂的陈鼻身着"伪堂吉诃德"行头进行服务时，却被客人们嘲笑为附庸风雅，也被熟人们揶揄戏谑。就连他在解决基本温饱之余多拿一个免费面包都被人嗤之以鼻。由此可见，陈鼻们作为社会的受欺凌者，他们对美好生活的向往总是路途更为艰辛，而希冀社会地位晋升更是难上加难。

同时，《蛙》中处于窘迫孤塞态势的生命个体还有陈眉。陈眉在商业大潮中进城打工却意外地遭到火灾而失去美丽容颜，在医院看望病重的父亲

---

① 莫言：《抗战轶事》，《西南军事文学》，1994 年第 1 期，第 11—13 页。
② ［英］尼尔·弗格森：《战争的悲悯》，董莹译，北京：中信出版社，2013 年版，第 273 页。

陈鼻反而被责骂。无奈之际的陈眉成为"代孕人",分娩之际又被夺走作为母亲的资格。莫言痛心疾首地书写出陈眉遭到数重惨痛命运冲击的绝境,她既因为受到生物科技的人性僭越而沦为悲惨的代孕者,又被掌握金钱的客户褫夺为多余者,还因严重的烧伤与生存劣势难以抚养孩子而被夺去成为母亲的资格,最终沦为绝望的游魂。由此,作家热切地悲悯抚慰着陈眉被乡野、被世俗社会所放逐的被弃化生命状态。

应该说,莫言小说中对第一种类型的"窘迫化生命"状态的审视探向社会领域的方方面面,对人类最基本的生存境况,最起码的生命尊严进行深切的抚慰。莫言以出自肺腑的泣言告慰孤塞群体的创伤,以正义之心为民声立言,以形象感性的文学书写发出作家慈悲的呐喊。

第二种类型的"窘迫化生命"的"生命"概念是指向广义上的人之外的各种遭受凌虐的弱势动物等生灵,它们往往因为人们的利欲熏心或是偏颇观念而处于被肆意虐待与伤害的物化生命状态。莫言在小说中超拔出只强调人类为尊的狭隘观念,以悲悯之心泽被这些被抛弃、被凌虐的动物。在小说中,莫言不仅通过叙述者的口吻对助益人类生存的牛、驴、狗等动物楔入仁爱之心,而且对有损人类利益的动物都予以温情的抚慰。

《生死疲劳》中,由于贫困交加、难以果腹,平时为人类任劳任怨的驴就成为了被牺牲之物,遭到人们的觊觎。莫言却悲壮地写出这只西门驴自愿地英勇献身、杀身成仁,救济百姓的义举,以此体现了作家热切的抚恤之心。在小说《牛》的艰难历史岁月中,几头生产队的鲁西大黄牛并没有得到相应的爱护,反而遭受人为的严重伤害而性命堪忧,莫言写出了小孩"罗汉"尽管也曾觊觎过鲜美的牛肉,但是更多地道出"罗汉"对鲁西黄牛撕心裂肺的痛楚的感同身受,以及不避污秽为其开刀处理伤口的热心举动。

在《一斗阁笔记》的"真牛"一篇中,有一头抗拒农活的牛被村人当成可以随意处置之物而遭到发卖,命运堪忧。然而,作家借由仁心笔锋一转,描绘出希冀牛能够转至仁慈的买家手里得以安享余生的图景。在该作品的"槐米"一篇中,因为"母亲"对动物的怜爱使得公猪摆脱被弃的命运。一只无法为家里创造收益的公猪得了重疾,连兽医都放弃为其治疗。但是,"母亲"面对这只奄奄一息的猪,不惜在贫困的岁月中,奢侈地以米汁加槐叶的偏方将危难中的猪救活。

《红树林》中,珍珠的养殖与传说是小说的主线,世人只道珍珠是珍宝,却并不知孕育璀璨珍珠背后珠贝们的痛苦。珍珠的养殖其实也是人类对贝类施加的一种残酷的惩罚。正如诗人李商隐在《锦瑟》中吟咏的"沧海月明珠有泪"①那般，这些河贝、海贝不仅要承受被强行打开的痛苦，而且还要忍受身体被洞穿的折磨。而人类为了多生产珍珠，珠贝们就面临着遍体鳞伤的风险，受伤的贝类只能被动地接受被创伤的命运。莫言在慈悲宇宙万物之心的使然下，将怜悯与同情之心扩及珠贝们岌岌可危的命途，对人类过度的贪婪与攫取进行深层的批判。莫言一面以悲悯的笔触拟人化地道出受伤的珠贝们在大海中的无声哭泣与呻吟；一面痛心地写出人类无比漠视珠贝生命对其施加严酷种植的劣迹，以此张力化地描摹深层地体现出对这一几乎无人在意的水中生灵的慈悲与抚慰。

莫言在小说中对"窘迫化生命"的悲悯书写，不仅深深地抚慰了身处人类社会底层的不幸生命个体，而且将悲悯之心投向人之外的动物，同情它们被肆意凌虐的苦楚遭遇。这不仅体现洞观历史境况，拂煦底层民生疾苦的深厚伦理慰藉，还闪烁着超越狭隘生命观念的宽宏情怀之光。

第二节　诗化公义：生存景况的文化审思

莫言在小说中的生存反思不仅批判了乡土境遇中异化的权力文化；而且也反思了对权力扭曲化追逐的人生异化，尤其寓言化地揭橥了渗透于人的潜意识中的隐匿化权力影响。此外，更具特色的是，莫言延续鲁迅的历史批判眼光，创构"刑具"的小说意象，对以暴力与酷刑为表征的封建专制权力施加于人的心灵规训发出深刻的省思。

一、异化的权力文化省思

在"高密东北乡"的文学疆界内，莫言深入地对乡土境遇中的权力文化的异化予以揭示与反思。在《枯河》中，莫言以小黄狗被碾压的惨烈景象隐喻了小虎被乡村权力制约下的沉痛境遇。《挂相》中，绵羊屯的皮发红不仅占有那个年代稀缺的"金鹿牌"自行车，而且还通过僭越村长权力，觊觎着美丽的赤脚医生翠姑。在《四十一炮》中，作品的语境跨到了20世纪90年代以来的现代化乡村，村长老兰只手遮天，小说中尽管没有渲染出老兰的强取豪夺，但是老兰手中的权力确实左右着罗小通一家的悲欢离合。哲学

---

① ［唐］李商隐：《李商隐诗集》，［清］朱鹤龄笺注，田松青点校，上海：上海古籍出版社，2015年版，第1页。

家福柯曾揭示"权力应该是可见的但又是无法确知的"①,因而,权力的震慑正在于它无所不在,却又隐匿化地体现所施加的驯化力量。浪子回头的罗通正是在这种隐匿的驯化力量下一步步地违背自己的初衷,走向与老兰的同流合污中。

在《欢乐》中,作家通过退伍军人高大同的抗争经历揭示了底层乡土民众在异化权力控制下的生存挣扎。小说中的高大同既是村里屡屡遭到践踏的弱势者,同时更是视死如归、行为癫狂的偏激反抗者。但是,可悲之处就在于高大同的抗争被乡间的当权者以发疯为口实所掩盖。谁曾想,高大同的满腔愤怒终于在缄默中爆发了,却又被悄无声息地掐灭了。莫言深入地描摹出了乡土社会底层的高大同面对自身悲剧却无法真正有力地抵抗,与此同时又被遏制的悲切经历,充分地悲悯在乡野境遇中遭到异化的权力控制的底层民众的生存遭遇。

而《红树林》中,作家则通过桀骜不屈的渔家女陈珍珠的抗争异化权势的经历,揭示出底层民众对道义与公义的自觉化觉醒。在偏远庄落中长大的渔家姑娘陈珍珠出落得宛若清水芙蓉,她在偶然的机会培育出世间罕有的瑰宝"黑珍珠"。陈珍珠容姿妙曼、清扬婉约,加之身怀瑰宝,遭到了有权有势的官宦子弟林大虎一家的觊觎。林大虎一家为了陈珍珠与其瑰宝"黑珍珠",不仅想尽办法巧取豪夺,对陈珍珠极尽伤害凌辱,而且更是机关算尽,恩威并施,铺设种种陷阱试图折服陈珍珠。在林大虎一家施加的权力的阻扰下,陈珍珠与珠贝瑰宝均落入了林大虎一家之手。被胁迫与林大虎结婚的陈珍珠在婚后并没有屈服于林家权力的淫威,在得知事情的全部原委与真相后,她毅然决然地以牺牲个人幸福为代价,与林家种种的权力异化抗衡到底。

《天堂蒜薹之歌》中,乡间的瞎子弹唱人张扣想揭示真相却被乡间的黑暗权势围攻,小说中突显了乡间黑暗权势威胁张扣时用的不见血的软语言背后的残酷。同时还突显了张扣在遭到威胁,遇害之前义愤填膺的内心告白:"想封了我的嘴?! 我张扣活了六十六岁,早就活够了!"②张扣临终所言的祈使句中包含了以生命为代价,不向乡间黑暗权势妥协的正义意义,以此反衬了黑暗权势的罪过与跋扈。张扣宁可自己遭受迫害,也要坚决阻止真相埋没、道义违背,阻止世间充满嗔恚、蔓延扭曲,最后在泥泞的乡间

---

① [法]米歇尔·福柯:《规训与惩罚》,刘北成 杨远婴译,北京:生活·读书·新知三联书店,2007年版,第226页。
② 莫言:《天堂蒜薹之歌》,北京:作家出版社,2012年版,第351页。

小道中献出了自己的生命。小说中，张扣的行为也正是以生命捍卫了伸张公义与正义的精神诉求，体现了担当与良知，正如"阿伦特认为，虽然辨别是非善恶的标准丧失了，但是辨别是非善恶的能力总是存在于人类的心灵之中"①。

西方文论家萨义德对知识分子下定义时，认为知识分子的职责是秉持一种"形而上的热情以及正义、真理的超然无私的原则"②。莫言在他素朴低调的人文立场下履行了知识分子的职责，道尽了遭到异化的权力制约的底层百姓的辛酸与无奈，映照了作家守护民众，对民生之艰的生存悲悯。

同时，莫言在小说中不仅有对"高密乡"中强权者恃强凌弱的文化批判，还有着对权力扭曲化追逐的人生异化的深切化反思。对于追逐权力下的生存异化，在当代作家毕飞宇、李佩甫的作品中也有深入的揭示。毕飞宇的《平原》中，身为女支书的吴曼玲为了权力的巩固可以极度遏制自己的生理诉求；《玉米》中的"玉米"为嫁给村里的掌权者可以赌上自己生命的全部。李佩甫《城的灯》中的冯家昌为在城市扎住脚、获得权力，他全盘地接受能够留在部队、留在城市中的所有附加条件。对冯家昌来说，尊严、情感、亲情统统都是获得权力的筹码而已。

《与大师约会》中，作家张力化地描摹出金十两、桃木橛在异化权力的诱惑之下，人心在衍变与异化之后，内心灵明的下坠与陨落。作为艺术者的金十两、桃木橛都本该具有超尘脱俗、淡泊名利的恬淡心性，但他们却偏偏醉心权术，他们在追逐权力的路上越行越远，不仅丧失了应该秉持的内心操守，更失却了内心良知。金十两为达到攀附权贵的企图，竟胁迫妻子与污秽同流合污，使其身负污名受尽千夫所指。桃木橛则为了强化自身的声名与权势，展开与金十两的权力博弈，不惜将高雅的艺术探讨广角变为构陷对手的乌烟瘴气之所。由此，作家形象地反思了陷入异化的权力文化追逐中的病态心理之症，以及由此滑向不堪的鄙俗化人生。

《天下太平》中，莫言反思了以数码科技与虚拟网络镜像为媒介的扭曲化权力追逐。作为村干部的张二昆显然不满于局限在小村庄中行使有限的权力，为了掌控网络舆论的主导权，他发动村民、训练村里的老弱妇孺使用智能手机的数码摄像功能，通过肆意的剪辑、修饰、篡改，按照一己的意愿摄录所谓的真相传输至网络空间，以达到僭越化的权力行使。福柯笔下

---

① 谢治菊：《伦理责任与公共精神》，北京：人民出版社，2017年版，第88—89页。
② ［美］爱德华·W.萨义德：《知识分子论》，单德兴译，北京：生活·读书·新知三联书店，2016年版，第27页。

"全景敞式建筑"的瞭望塔中,对人进行管制的他人目光的随意化凝观已然释放了强大的权力威压①。但是显然,由数码科技相机聚焦所形成的数码目光不啻将权力的"凝视"威力扩大百千倍。凭借数码媒介驰骋于网络镜像中的异化权力角逐可以在悄无声息之间,兵不血刃之间轻易地实现翻云覆雨的权术筹谋。莫言延展至数码科技媒介与虚拟网络镜像空间中洞察扭曲化的权力追逐,不啻体现了对诸种景况下因权力导致的异化人生的审慎与警醒。

莫言在小说中对权力扭曲追求的人生异化批判与李佩甫的《城的灯》、毕飞宇的《玉米》《平原》等作品中对异化权力猎求的反思体现了一些共性,同时莫言还在更为抽象的思考层面,揭橥异化的权力文化对人施加的隐匿规训。这尤其在《月光斩》中有着典型的体现。

《月光斩》中,传说的"月光斩"是惩治权力腐败的利器,据传言,权柄腐败者已被"月光斩"所制裁。然而,小说的末尾却出现了对前文的断裂,被"月光斩"所制裁的不过是塑料人的道具罢了,由此"月光斩"成了一个废弃的传说。"月光斩"作为一个精神隐喻,其失落也喻示着人类有着跌进权力异化漩涡的风险。由是,作为普通人的"我"写信给侄子反复动之以情、晓之以理地灌输官场权谋之术。而连普通个体都如此熟谙权谋之道,正是在隐喻的层面突显出了异化的权力筹谋的深入人心。可见,这种隐匿至人的潜意识的权力"从粗野蛮横转为沉思内省,从真实转为虚拟,从生理转为心理,从消极排斥转为积极扩张",②其所施加的影响"在生命存在的日常微细发生和惯性运转"。③ 正如有学者指出的,福柯曾在其微观权力哲学思考中告诫人们,外在显赫的权力之术是我们容易察觉的,但是那些隐匿地运营于人们生命与生活乃至灵魂中的微观权力意识是我们难以抵御的。④ 就此,小说中,莫言以玄幻的手法形象深入地揭橥了异化的权力在俗世生活中对个体的人生意义诉求产生的侵蚀,对微细化权力控制下的心灵异化提出警醒。⑤

---

① [法]米歇尔·福柯:《规训与惩罚》,刘北成 杨远婴译,北京:生活·读书·新知三联书店,2007 年版,第 224 页。

② [德]韩炳哲:《暴力拓扑学》,安尼 马琰译,北京:中信出版社,2019 年版,第 1 页。

③ 张一兵:《回到福柯:暴力性构序与生命治安的话语构境》,上海:上海人民出版社,2016 年版,第 468 页。

④ 参见陈培永:《福柯的生命政治学图绘》,北京:中国社会科学出版社,2017 年版,第 194 页。

⑤ 该观点受到吴海清论著的启发,致以感谢! 详见吴海清:《乡土世界的现代性想象:中国现当代文学乡土叙事思想研究》,天津:南开大学出版社,2011 年版,第 131 页。

二、"刑具"意象中的封建专制权力反思

在莫言与李佩甫、毕飞宇、阎连科等当代作家的权力批判的生存反思谱系中，不仅有着对权力文化批判的共性，同时作家还有着思考的独特化所在。学者刘保亮曾指出，当代作家们会运用独特意象来传达自身思考的不同侧重与独特性，诸如阎连科、李佩甫在小说中分别擅长于运用印章意象、女性胴体等意象以体现对权力质询的不同侧重面。① 莫言小说中，作家独特思考在于创构"刑具"的核心意象，从现代化进程下的权力反思延展到历史深处，对以暴力酷刑为表征的封建专制权力进行深层的质询，反思了这种封建专制权力施加于人的心灵规训。

在《胶济铁路传说》②与《扫帚星》中，莫言通过无辜稚子、羸弱女眷的受难遭遇对暴力背后的封建化专制权力对生命尊严的侵害予以深切的反思。《胶济铁路传说》中，懵懂的稚子误入禁区拔木桩，不想却面临被暴力地施以严酷惩处的命途。《扫帚星》中，在动荡的历史岁月，"咱家"的"外祖母"则因为历史问题的牵连而遭到棍棒、鞭子等刑具的肆意摧楚。

莫言尤其在《檀香刑》中展现了诸多骇人听闻的刑罚，五花八门的惊悚"刑具"，试图通过铺陈晕染这些可怕的严刑峻法，反思其背后的封建专制权力规训下的生存痛楚。小说中尤其描写了清秀孱弱的"小虫子"在大难临头前对刽子手们的万般哀求，以及突显了专门为"小虫子"打造的刑具的惨无人道，以此反差化地呈现酷刑的暴虐与残忍。银库中偷窃库银的衙役被公开处以极刑，作家突显了受到极刑的衙役还试图支撑残躯坚持不倒的情节，以此反衬生命的坚执。对人们所受到的刑罚之难，鲁迅曾沉痛叹息，"非人类所能忍受的楚毒，也都身受过"。③ 尽管古往今来造成酷刑的原因机制均异常复杂，但不管施加酷刑的初衷是基于律令还是不义，酷刑同样都是吞噬、吸附生命的可怕渊薮，一旦陷于酷刑的暴力漩涡中，人就分解为可以被任意宰割与凌辱的非生物。

《檀香刑》中，作家试图通过对衙役、小山子、孙丙处于临死节点但不屈服于酷刑的描写，对封建专制权力施加于生命的过度蹂躏与践踏予以深刻批判。正如鲁迅在《病后杂谈》中对酷刑背后的封建专制权力吞噬人的身

---

① 参见刘保亮：《河洛文化视野下新时期河南文学的乡土风骚》，郑州：河南人民出版社，2012 年版，第 64—66 页。

② 莫言：《胶济铁路传说》，《莽原》，2002 年第 3 期，第 29—45 页。

③ 鲁迅：《病后杂谈之余——关于"舒愤懑"》，《鲁迅全集》（第六卷），北京：人民文学出版社，2005 年版，第 187 页。

体与灵魂的透彻揭示一般,莫言在《檀香刑》中透过眉娘的癫狂内心,小甲的憨傻眼光,赵甲的睥睨与狠辣的多重复合书写,同样对此进行了淋漓尽致的揭橥。对此,谢有顺先生、洪治纲先生都曾有过深入论述。①莫言曾在散文《迷人的〈旧宫殿〉》中互文性地指出:"暴力,从某种意义上说,是权力的核心。"②诺奖获得者的南非作家库切在小说《等待野蛮人》中,也借由备受冤枉、遭到刑罚折磨的治安官的遭遇与体验,反思了刑讯背后的专制权力对人的暴力戕害,并对此曾经有过深入的义正词严的批判。

应该说,在《檀香刑》《胶济铁路传说》等作品中,莫言不单楔入对历史残酷刑罚的批判以反思酷刑背后控制生命的异化权力机制,同时还体现出对这异化权力所施加的内心规训的透彻揭橥。因而在这些作品中,莫言通过反思林林总总的震慑民众、制裁犯人的可怕刑罚,意图传达的思考是:以酷刑为表征的封建专制权力不但是促成暴力的制度性因素,而且更是产生心灵戕害的深层文化根源。

在某种程度上,封建专制权力的可怕之处不但在于外在的暴力力量,形成制度性的恐怖,而且更在于形成施加于内心的心灵规训。莫言在散文《打人者说》中,对于封建专制权力酷刑下导致的心灵规训有着互文性的揭示,人们由此驯服于被毒打与摧残,驯服于虐术的产生。在《你的行为使我们恐惧》中,主人公吕乐之在歌舞升平的现代生活中却做出令人惊悚的自我戕害行为。《扫帚星》的"咱家"在目睹整个家族被历史权力的铁骑践踏而凋零之后,尽管日后处于太平安逸的日常生活中,他却绝然化地选择了惨烈的变换性别手术来了结余生。这使得人们看到,由刑罚的异化权力辐射的文化潜意识引发的心灵创伤及其产生的受虐心理,还是隐匿地潜伏于现代社会的人们内心中,由残酷的肉体损伤转至深层、潜在的心灵伤害。就此可以看到,莫言承续了鲁迅文化批判的历史眼光:不仅使人们看到在封建专制权力之中携带着的酷刑机制,更使得人们看到封建专制权力的暴力施展中令人内心震颤的心灵规训,看到这种残忍的武力之下实施的异化人性的诛心之恶。

同时,作家还试图透过小说中诸多刑罚展示背后所楔入的批判立场,穿越历史的暗河,思考何以荡涤历史中残酷的刑罚症候,何以规避刑罚背

① 详见谢有顺:《当死亡比活着更困难——〈檀香刑〉中的人性分析》,《当代作家评论》,2001年第5期,第20—27页。洪治纲:《刑场背后的历史——论〈檀香刑〉》,《南方文坛》,2001年第6期,第32—37页。

② 莫言:《迷人的〈旧宫殿〉》,《名作欣赏》,2009年第6期,第20—21页。

后彻底控制生命的异化权力,从而通向恢复人性尊严,通往找寻公义之途。在《红树林》中,莫言在小说中镶嵌了古代的传奇故事,借由古代采珠民的抗争对封建专制权力施加的暴行进行舒张正义的书写。由于封建朝廷对于珍珠采集的贪索无度,珠民们在酷刑的威吓下生存难以为继,由此,横空出世一位对抗暴行的女侠珠娘。当这位女侠被捕,即将备受酷刑之时,却天降暴雨阻拦行刑,这正是象征着天地之道中的超验正义对封建专制权力施加暴行的终止,给予民众以公义。

应该说,莫言反思异化权力状态中的生存境遇的独到之处,不仅在于通过"高密乡"寓言揭示诸种场景中异化权力文化对人的控制;也不仅在于揭示权力扭曲化追逐的人生异化;而且更在于从现代化进展下的权力异化反思延展到历史深处,对封建专制权力施加于人的心灵异化发出沉痛的批判。此外,还有着于历史生存的残酷之处捕捉希望,给予正义之光的审美思索。

第三节　融汇与共:抚慰万化的生存观照

莫言在小说中试图将生命、自然、科技发展纳入融合与共的生存审思中观照人类命运,体现出抚慰万物、对自然万象与社会技术发展何以融汇与共的思考。对此,正如有学者所认为的,莫言推崇"人与自然万物亲和一体"。[1] 颜翔林先生曾指出,和谐万物这一思想在先秦的庄子哲学中已经孕育了该概念的精神雏形,庄子认为"万物与我为一,更是强调众生和自我的统一和谐,以自我的谦卑姿态对于万物,服从顺应万物的变化和规律"。[2] 陈来先生认为,在中国传统哲学中,明代哲学家王阳明也有着"仁者以天地万物为一体"[3]的精神境界。在莫言这里的"万物和谐"或曰"万化一体"思考不仅指向抚慰各种形态的生命,而且跨越疆界与种属,探索宇宙自然、社会人伦、技术革新的和谐发展,融汇共存之道。

在《小说九段》"脆蛇"篇中,作家以陈蛇打破相互融合的自然生态,围捕母蛇而陨落的经历传达出万物和谐与共,人类不可以僭越宇宙自然定律

---

[1] 李常磊:《福克纳与莫言生态伦理思想内涵研究》,《山东师范大学学报》,2019 年第 5 期,第 58—66 页。

[2] 颜翔林:《庄子怀疑论美学》,北京:人民出版社,2015 年版,第 172 页。

[3] 陈来:《有无之境:王阳明哲学的精神》,北京:北京大学出版社,2013 年版,第 240 页。

的生命领悟。相似地,莫言在《天下太平》中进一步通过太平湾的生态破坏,鱼鳖变异的故事内核对自然环境与经济发展以及人的生存境遇之间错综复杂的境况予以深切反思。在该小说中,莫言试图将个体、经济发展与自然置于齐视与悲悯的眼光中,进行和谐生存的探析与抚慰。

小说中,太平湾中的鱼受到现代化养殖场严重的激素污染而变异,河鳖也变得巨大无比,且眼神瘆人。对村里的污染,养殖厂厂长袁武以科技的进步与普遍化的市场生产机制使然作为辩解的理由。诚然,袁武的话虽有狡辩的意味,但是也展现了一个经济现代化下的生产困境。哲学家伯曼曾指出"现代化所特有的集体的、非个人的内驱力:要创造一种同质的环境"。① 当这种机械化标准的养殖方式横扫市场之时,谨守古法养殖很可能血本无归,难有立锥之地,因而,紧跟大势所趋才是生存之道。这也正是小说中村中商人袁武理直气壮地回应村支书张二昆的诘问的背后逻辑。伯曼在其论著中曾用《浮士德》中的典故阐明了经济发展与个人的道德之间的悖论关联,浮士德雄心勃勃地欲要征服物资丰裕、极速发展的世界,让魔鬼靡非斯陀为其开疆扩土,孰料却难以承担后续的道德与伦理后果。② 伯曼继而指出:"即便发展的过程将一块荒漠转变成了一个欣欣向荣的物质的和社会的空间,但它同时却在发展者自身内部再创了一块荒漠。这就是发展造成的悲剧。"③ 由此可见,现代化运转使贫瘠之地转变为物资丰裕空间的同时,也会反噬人们自身的精神与伦理风貌。

追根溯源而言,在《天下太平》中体现的冲突矛盾也正是因为现代化经济发展、个人道德乃至自然生态之间的平衡被瓦解,由此造成不能和谐与共的复杂纠葛。因而,莫言在小说中敏锐地感知到需要将个体伦理、经济发展与保护自然一同置于和谐发展的际遇之下的生存必要性。在作品中,莫言别有深意地将主人公小奥忍受折磨与痛苦,竭尽全力护佑老鳖的善良举止作为升华的精神资源。应该说,主人公小奥这一护生举动背后蕴含的和谐自然与慈悲广泽,不啻是莫言将自然、社会与个体伦理予以和谐联结的精神纽带。

在《生死疲劳》中,作家借由小说主人公"莫言"撰写的《养猪记》深入地

① [美]马歇尔·伯曼:《一切坚固的东西都烟消云散了》,徐大建 张辑译,北京:商务印书馆,2013 年版,第 88 页。

② 参见[美]马歇尔·伯曼:《一切坚固的东西都烟消云散了》,徐大建 张辑译,北京:商务印书馆,2013 年版,第 87 页。

③ [美]马歇尔·伯曼:《一切坚固的东西都烟消云散了》,徐大建 张辑译,北京:商务印书馆,2013 年版,第 87 页。

反思了围捕西门猪的经历,悔悟出人类、动物互为共存,与自然生态和谐与共,互为一体的生存之道,这一反思体现出宽宏的生存境界感。

在《养猪记》里,"莫言"以追忆往昔之口吻道出当年对"刁小三""破耳朵"为首的野猪的大肆围剿之后的深刻悔悟。当年这场围剿无任何赢家,人与野猪各自损失惨重,自然生态严重破坏,不仅对于沙洲中的其他动物而言是城门失火、殃及池鱼,而且还导致了大片珍贵的植物被毁、珍稀资源难以再生的窘境。作家还借由叙述者"莫言"追今忆古,遥望历史战争,联想起古之贤相即使获得战役胜利,也会以抚恤生命的立场悲悯作为对手的另一方的损失。作家通过历史追忆,发出对当下累及各类生命的怜悯感怀,从而体现了"对一切生命负有无限的责任"①的认知。作家由此传达出各种生命体之间、生命与自然之间命运相连,理应共建休戚与共的生存圈的思考。至此,莫言超越对立与分化的拘囿,将人类、动物、植被、自然宇宙予以和谐观照,使得小说的叙述获得一种广博化的宇宙透视的生存慈悲感。莫言小说呈现的这一心灵状态,在哲学家柏格森的术语里被称为"开放式心灵"②,"因为这颗开放心灵所蕴涵的爱,甚至还可以扩展到动物、植物以及整个自然界"③。

在《蛙》中,作家抚慰万物生命的生存思考还指向对科技僭越下的人类异化生存的深切悲悯与反思,尤其深层地反思了生物科技僭越化的发展所带来的生存异化与悖谬。在此,作家试图通过反向的建构方式道出科技发展与生命伦理相互违逆之时,有必要重申生命与科技之间和谐与共的重要命题,将冲突的对立面纳入营造慈悲万物的视域中重新观照。

该小说中,莫言通过"蝌蚪"伦理选择的困惑与无奈,以及代孕人陈眉的惨重牺牲与痛苦,对生物技术科技僭越伦理底限造成的生存困境进行审思。对于生物科技带来的人伦侵害与心灵隐痛的反思,哲学家斯蒂格勒也曾有着深入透彻的揭示:

> 技术发展最耸人听闻的成果无疑是遗传操纵,这引起了一系
> 列无可奈何的争论:比干脆毁灭人类的可能性更令人担忧的是,

① 　[法]阿尔贝特·施韦泽:《对生命的敬畏——阿尔贝特·施韦泽自述》,陈泽环译,上海:上海人民出版社,2006年版,第129页。

② 　[法]亨利·柏格森:《道德和宗教的两个来源》,彭海涛译,北京:北京时代华文书局,2018年版,第37页。

③ 　[法]亨利·柏格森:《道德和宗教的两个来源》,彭海涛译,北京:北京时代华文书局,2018年版,第37—38页。

遗传学的操纵使制造"新型人"或"假人"不仅可以想像,而且是可能的;在此,我们姑且不讨论这类操纵可能带来的科幻式的可怕后果,但毫无疑问,就在精神分析学和人类学从心灵和社会团体的方面完成对亲缘问题的构造层面的研究的同时,遗传学的操纵的应用足以摧毁类似"亲缘"等人类最古老的信念。①

在《蛙》中,也正是体现出生物科技对于血缘亲情的破坏与侵袭,代孕人陈眉面临孩子金娃被生生地夺走却哭诉无门的重重困境。这一生物科技僭越人性所产生的牺牲品不单是代孕者本身,更累及代孕所生的无辜稚子。作为被代孕的孩子金娃很可能终其一生也难以寻觅到自己的亲生母亲,更不用说能与亲生母亲团聚享受天伦之乐,这无疑是人伦亲情的莫大悲剧。

法国哲学家维利里奥也曾以新颖的譬喻方式,预言了科技现代化发展的悖论,认为极速般的科技发展,诸如翻转时空的位移、电子虚拟的远程操控在各种领域的日渐渗入而全然不加调控的话,最终将导致人的实体生存在各方维度的再度压制与异化。② 对此,诚如张一兵先生指出的,维利里奥对现代科技的光速化发展的隐忧,实则是在本体上忧患人类在"存在论上的失去"。③ 哲学家波德里亚也曾洞烛幽微地指出,科技的高速发展一旦逾越人类可控的范围,各种由符码、数字等虚拟镜像营造的"客体"将会篡夺人的主体化生存,届时,"客体"的全面反击与反噬将会是人类难以招架的,"主体性发现自己很容易就被抹杀为透明与漠然"④,对此,波德里亚形象地称之为"水晶复仇"⑤。哲学家芒福德对过于极速的现代化发展,高新科技对人之主体的重新僭越与异化,曾认为人们对此应该秉持的生存之道是"放弃机械论世界模型,代之以新的有机生命世界模型,把人性摆上生命世界最高峰位置"。⑥

---

① [法]贝尔纳·斯蒂格勒:《技术与时间:爱比米修斯的过失》,裴程译,南京:译林出版社,2000年版,第102页。
② 参见[法]保罗·维利里奥:《解放的深度》,陆元昶译,南京:江苏人民出版社,2004年版,第47—60页。
③ 张一兵:《文本的深度耕犁:当代西方激进哲学的文本解读》(第三卷),北京:中国人民大学出版社,2019年版,第172页。
④ [法]让·波德里亚:《致命的策略》,刘翔 戴阿宝译,南京:南京大学出版社,2015年版,第162页。
⑤ [法]让·波德里亚:《致命的策略》,刘翔 戴阿宝译,南京:南京大学出版社,2015年版,第163页。
⑥ [美]刘易斯·芒福德:《机器神话(下卷):权力五边形》,宋俊岭译,上海:上海三联书店,2017年版,第412页。

　　正如这些哲学家以先知般的智慧所洞明的，莫言在小说中亦是预言化地勾勒出未来生存之境中，科技的极速发展与生命伦理关怀的不相匹配，将会造成的极大生存隐患与人伦悲剧。同时，莫言前瞻化地回溯中国传统哲学之源，融入泽被万化、慈爱众生的释道哲学精髓，传达出在未来发展中思虑万物生存的共荣协调之道，希冀溯源生命之尊严、回归宇宙自然之秩序的古典生存智慧。

　　综而言之，作为时代的前瞻者，莫言在小说中敏锐地感知了这一时代的现代化症候与容易迷失的生存漩涡，以其形象的文学书写向人们提出提醒之余，更以其悲悯与抚慰之情观照生存境遇的复杂悖反与困境。同时，作为一名文学思考者，莫言在小说中试图以一视同仁的理念观照大自然、经济、科技、生态的发展，传达出人的存在与自然、经济、科技、人伦相互协调、各安其位，构筑万象、万物融汇与共的哲理思考，以此为这一时代的生存困境提供审美化的生存拯救之道。

第四节　欲海澄净：消费时代的生存之思

　　20 世纪 90 年代以降的社会发展迈向释放消费需求的焕然一新时代，由此，欲望浪潮得以散向四方。德国法兰克福学派哲学家马尔库塞指出，人们在消费文化的欲望刺激中，在各种奢侈的物质追求中迷醉，"小轿车、高清晰度的传真装置，错层式家庭住宅以及厨房设备成了人们生活的灵魂"。[①] 对此，马尔库塞犀利地批判道："抑制性的社会管理愈是合理、愈是有效、愈是技术性强、愈是全面，受管理的个人用以打破奴隶状态并获得自由的手段与方法就愈是不可想像。"[②]以此参照马尔库塞的观点而言，人们在这种貌似自主的追求，满足个人林林总总欲望的商品消费文化下，感到不受任何束缚与拘束，从而令人对其施加的新一轮异化难以觉察与防范，但是这种"不干预中的隐性控制，才是最深刻的奴役"。[③]

　　正是在这种现实语境下，在一次话谈中，莫言忧心忡忡地谈到消费时

　　① ［美］赫伯特・马尔库塞：《单向度的人：发达工业社会意识形态研究》，刘继译，上海：上海译文出版社，2008 年版，第 9 页。

　　② ［美］赫伯特・马尔库塞：《单向度的人：发达工业社会意识形态研究》，刘继译，上海：上海译文出版社，2008 年版，第 7 页。

　　③ 张一兵：《文本的深度耕犁：后马克思思潮的文本解读》（第二卷），中国：中国人民大学出版社，2008 年版，第 81 页。

代的欲望过度释放下的价值观迷失与困惑,"在利润的驱动下,已经到了丧心病狂的程度。许多新产品的开发,并不是为了满足人类的生活需要,而是为了获得超额利润"。① 莫言在作品里深入地反思消费文化语境中的负面生存异化,不仅批判反思了消费文化语境中欲望泛滥所带来的生存之痛,而且还有着从中国传统与民间的宗教智慧中汲取精神养料澄净滥觞之欲,制衡这一时代症候的建构化思考。

一、欲望僭越的异化症候揭示

在《澡堂(外一篇:红床)》②《与大师约会》《四十一炮》等作品中,莫言首先批判了消费文化语境下物欲、色欲、口腹之欲等诸种欲望越过阀限所滋生的生存异化景象。

在《丰乳肥臀》与《生死疲劳》的后半部,进入 90 年代的高密东北乡处于欲望消费的生存境遇中。《生死疲劳》中一夜暴富的西门金龙、庞抗美均沉溺在一片纸醉金迷之中。在《丰乳肥臀》中,随着经济的蓬勃发展,富商老金、汪银枝、耿莲莲们打着促进人们消费的旗号,构造出各色欲望陷阱的异化图景。小说中,诸如耿莲莲为了使她与鸟儿韩合办的百鸟中心获得更大的盈利,不惜以极端的方式迎合人们无节制的欲望,一方面无耻地以百鸟宴刺激人们的口腹之欲,一方面以奇珍异宝献媚于达官显贵,激起人心的贪欲。在《澡堂(外一篇:红床)》中,置身于欲望化时代的小廖在按摩女郎"白牙"不断地与之眉目传情中蠢蠢欲动,这一欲望陷阱极易将人推向声色犬马的渊薮中。在《与大师约会》中,大师金十两则假借后现代艺术之名,行放纵色欲之实。不论是在《澡堂(外一篇:红床)》还是《与大师约会》之中,莫言深刻地呈现了身体欲望在打开禁锢之后所潜伏的生存隐患,泛滥的色欲极易越过正常的阀限恣睢放纵,带来冲撞伦理底限的不良后果。

小说《酒国》中,莫言通过"酒国"这一都市空间,通过主人公丁钩儿匪夷所思的经历,惊心动魄地展现出欲望冲破阀限的物化生存景观对人造成的可怕异化。

"酒国"不啻是一座欲望之都,无处不在的物质诱惑,使得刚踏入其中的侦查员丁钩儿就陷入强大的驯化力量中。丁钩儿踏入酒国市后发现,自己既没有出现对欲望横流的酒国市的反感,更没有上演他预先设想中惩治

---

① 莫言:《我的离经叛道——1999 年 7 月与〈丰乳肥臀〉日文译者吉田富夫对话》,《莫言对话新录》,北京:文化艺术出版社,2010 年版,第 241 页。

② 莫言:《澡堂(外一篇:红床)》,《小说界》,2011 年第 6 期,第 4—13 页。

罪大恶极的饕餮之徒的剑拔弩张的正义较量,而正好相反的是,丁钩儿受到食婴嫌疑犯金刚钻们的盛情款待。由此,肩负有重大使命的丁钩儿在"酒国"中很快就陷入极端化的口腹之欲与色欲的包围中。在酒国这一欲望国度里,与欲望放纵的结盟不再是陷于正义与邪恶的灵魂搏斗之间的艰难抉择,而是一入这一欲望国度就会陷入了醉生梦死的"温柔乡",不由自主地缴械投降。这正如哲学家波德里亚所认为的,欲望的满足"不再有不祥恳请,比如魔鬼的恳请,您需要同他签订一个出卖灵魂的协议以获得财富和荣耀,事实上充满母性的祥和氛围、丰盛社会本身已经向您提供了这一切"。①

因而,酒国这一欲望国度的可怕之处就在于其以一种柔和、享乐的隐匿化规训手段,使得陷于其中的人们无法辨识其中的诡谲。小说中,初始义正词严的丁钩儿在酒国这种柔和、隐匿的规训下不攻自破,正义沦陷。丁钩儿不仅落入金刚钻情妇的陷阱,还与之同流合污,在激愤中失手击毙情妇,在逃离中溺没于露天茅厕。丁钩儿这一最后的反抗都淹没于污秽之中。就此,莫言通过主人公丁钩儿在"酒国"这一欲望之都匪夷所思的经历,惊心动魄地展现出欲望僭越阈限的物化生存环境对人施加的隐匿规训与可怕异化。

哲学家斯洛特戴克援用俄国作家陀氏作品中的"水晶宫"意象以喻指不断激起贪欲的消费世界,并且发现其中暗含着可怕的隐藏陷阱:"对此今天的经济学家称之为'消费社会'的东西可以用陀思妥耶夫斯基的水晶宫隐喻最清楚、最有说服力地表现出来",②"在这个庞然大物中,作家看到了一个吃人的结构,坦率地说就是一个现代化的巴力神"。③ 正如哲学家斯洛特戴克以"水晶宫"喻指消费世界,莫言则以"酒国"喻指消费的生存之景;正如斯洛特戴克在"水晶宫"般的消费世界中发现其暗含着不断吞噬人的邪恶神祇一般,莫言则通过欲望之都的"酒国"淋漓尽致地透视了异化的膨胀之欲对人绵柔般的隐匿化摧毁。

在《红树林》《良心作证》④等小说中,莫言还着重对消费文化中的金钱

---

① ［法］让·波德里亚:《消费社会》,刘志富　全志钢译,南京:南京大学出版社,2000年版,第225－226页。

② ［德］彼得·斯洛特戴克:《资本的内部:全球化的哲学理论》,常晅译,北京:社会科学文献出版社,2014年版,第17－18页。

③ ［德］彼得·斯洛特戴克:《资本的内部:全球化的哲学理论》,常晅译,北京:社会科学文献出版社,2014年版,第17页。

④ 莫言与阎连科合著小说《良心作证》,莫言为第一作者。莫言　阎连科:《良心作证》,沈阳:春风文艺出版社,2002年版。

欲、物欲的过度求取对人的精神与信念产生的异化进行了深刻批判。

齐泽克分析拉康的欲望理论时,曾指出欲望由源源不断的匮缺而生成,"欲望总在自我繁殖。欲望的自我繁殖也是'匮乏'的繁殖,而'匮乏'则是欲望之为欲望的根本"。① 处于消费文化的诱导之下,对各种本能化或物质化欲望的过度猎求会耗尽生命的光华与意义,"每一次的满足只会遭到更大的空虚反噬"。②

《良心作证》中的周建设因为一次人生挫折而身心颓废,投向物质资源的猎求与物质的消费中。社会学家郑也夫曾指出,物质有着疗慰精神创伤的功效,"精神天然地有走向熵的趋向,只好借助物质来框定它,固化它"。③ 但是,以物欲的占有来排遣挫折无异于是饮鸩止渴,周建设由此走向自毁的深渊。《红树林》中,作者则以细腻绵密的心理描写犀利地描述了林岚在消费文化的欲望法则下被裹挟的异化。林岚明明爱慕马叔,却无奈地与金大川沆瀣一气,进行身体交换。在林岚这里,她无法面对时代强大的欲望法则摧毁以往一切美好情感价值所带来的心理创伤,不得不以纸醉金迷的享乐来排遣内心的隐痛,以悖逆伦常的纵欲来舒缓创伤。莫言正是通过林岚的经历形象而深入地体现了人们在消费文化物欲法则挤兑下的深层灵魂的玷污。

同时,莫言在小说中也深入地体现了人们在金钱之欲的奴役下所产生的精神创伤。德国哲学家西美尔指出,"荣誉与信用、才智与价值、美与灵魂拯救都可以交换成金钱"。④ 在《天下太平》中,小说形象地折射了僭越化的金钱物质的追求产生的时代之弊。袁武在金钱至上的观念下,为求一夜暴富不惜污染风景秀丽的太平庄的自然环境。《生死疲劳》的第四部"狗精神"转入了 90 年代的生存语境。一个时代的高贵女性庞抗美在西门金龙的金钱贿赂下,不仅破灭了对家庭的固守,而且滑向贪婪的深渊。

世人往往如飞蛾扑火般湮灭在金钱的欲求中难以自醒。由此,西美尔犀利地指出,"金钱是'低俗的',因为它是一切的等价物,任何东西的等价物。只有个别的才是高贵的"。⑤ 莫言在小说中悲愤地书写出金钱以强制的手段

---

① ［斯洛文尼亚］斯拉沃热·齐泽克:《斜目而视:透过通俗文化看拉康》,《译者后记》,季广茂译,杭州:浙江大学出版社,2011 年版,第 327 页。

② 许志英 丁帆:《中国新时期小说主潮》(下卷),北京:人民文学出版社,2002 版,第 705 页。

③ 郑也夫:《后物欲时代的来临》,上海:上海人民出版社,2007 年版,第 84 页。

④ ［德］西美尔:《货币哲学》,陈戎女 耿开君 文聘元译,北京:华夏出版社,2002 年版,第 185 页。

⑤ ［德］西美尔:《金钱、性别、现代化生活》,刘小枫编,顾仁明译,上海:学林出版社,2000 年版,第 8 页。

泯灭个体独特的精神高贵性,损害人心的灵明。在《蛙》中,逃出灯红酒绿的诱惑,逃出大火,劫后重生的陈眉却终究没有逃过金钱的操控而瓦解了对人伦原有的信念与操守。在《蛙》中,更可怕的是,由金钱搭嵌的罪恶链条已经渗透进了古朴的生命伦理。袁腮、"小表弟"们专为权贵、富豪们打造的"代孕公司"顾客盈门,以生物科技的名义动摇着生命、道义的古老信仰。

莫言以忧思的笔触书写出了笔下主人公们过度的欲望消费与金钱猎求中的诸种心灵异化,人们越发沉醉于放纵无度的体验中,安于欲望享乐,放逐人生意义的追问。消费文化促成的这种新型而隐匿的纵欲机制,重新把人们从独立的个体悄无声息地变成驯从的傀儡,正如傀儡无法发现身后操纵自身的那根隐线一般,人们在这种迷失化的消费生存中无法看到奴役的根源在何处。哲学家波德里亚在其著作《为何一切尚未消失?》中,对消费文化中的无止息的欲望流弊痛心疾首地批判道:"人类今天已经成功地将自身糟糕的异化变成一种审美和景观层面的享受。"① 消费文化的物欲症候体现了"以物的扩张冲刷主体的地基"。② 如果说哲学家斯洛特戴克、波德里亚以其高屋建瓴的哲思对消费文化生存的异化境遇作出了振聋发聩的思考,那么,莫言则以其文学形象的审美哲思敏锐地回应并深切反思了这一消费时代境遇的生存困境。

二、导向生存澄明:脱离欲海的引渡之帆

上文里论及莫言在小说中深切地反思了消费文化中欲望的放纵化追求给人带来了一种魔魇式的生存境况。与此同时,莫言在作品中也有着深化反思消费时代生存异化所植入的生存价值探寻。莫言在演讲中曾指出,在欲望化的生存处境中,人们要追溯与学习古人们的相关经验与智慧,"佛教就用'万事皆空,万物皆无'来试图扼制人的贪欲,因为贪欲是万恶之源,也是人生诸般痛苦的根源"。③ 在反思欲望生存异化所进行的价值探寻中,莫言在作品里一方面体现为植入一种理想化的方式去找寻欲望漩涡中遗落的内心灵明;另一方面则从传统与民间的哲学与宗教智慧中汲取精神养料制衡欲壑难平的症候。

众所周知,宗教的精神质素对现代化发展中的物欲横流、价值解体等

---

① [法]让·鲍德里亚:《为何一切尚未消失?》,张晓明 [法]薛法蓝译,南京:南京大学出版社,2017 年版,第 5 页。

② [法]让·波德里亚:《致命的策略》,《译后记》,刘翔 戴阿宝译,南京:南京大学出版社,2015 年版,第 283 页。

③ 莫言:《悠着点,慢着点——"贫富与欲望"漫谈》,《江南》,2011 年第 3 期,第 82—84 页。

消极因素具有抗衡性。莫言在作品中主要体现为通过汲取民间释道文化的哲学与宗教智慧来节制与净化膨胀之欲。但莫言并不是如一般社会问题小说式的寻求解决之道,不是将民间宗教资源进行简单的横向移植,给出一个明了的答案,而是提供生存价值探寻的审美化探索。作品里体现的欲海生存的价值探寻中,莫言注重汲取宗教文化里有建设性的价值参照的同时,也对民间宗教资源保有一种审慎之心。

(一)欲海中的内心灵明找寻

在小说《沈园》中,莫言保留了一片世外桃源“沈园”,以此抵御异化的欲望生存。小说的标题鲜明地透露出作家化用宋代诗人陆游的情感典故的意蕴。在消费时代的盛行中,情感的价值意义被侵蚀与消解。正是基于在欲望化的现实处境中,作家显然是希冀回溯古典情感神话的永恒意义来建构欲望放纵下的价值异化。“沈园”作为一个承载着意义诉求的永恒空间,永远安放着美好的情愫。小说里的女主人公不断地寻找着“沈园”这座凝固着美好价值的希望空间。

在《红树林》中,作家则以“珍珠”的核心意象来启明人们在欲海生存之境中找寻内心灵明,进行自我拯救。“珍珠”在其本然的寓意中就蕴含着穿越磨难凝结成美好硕果之意。小说中,通过“林岚”与“陈珍珠”两个主人公与核心意象“珍珠”复杂交错的意蕴,突显人在欲望生存中对自身失落的灵明的找寻。

来自红树林珍珠养殖场的姑娘陈珍珠,虽身处物欲化的生存环境,但却具有天然的抗衡质素,在金钱、权势暴力的摧残下,内心依然不失清明。陈珍珠在小说中也是象征着欲海中内心灵明之珠的化身。而林岚是个爱珠如命的女人,但在物欲化的生存语境中,对珍珠的爱好招致了下级以各种珍珠名目为由的变相行贿。尽管林岚在纵欲和享乐的生活中,得到各种私欲上最大化的满足,但是心灵的无所归依使之产生了严重的惶惑感。林岚终于在欲海沉浮中幡然醒悟,并在自惩中吞下满腹的珍珠。小说的结尾富含深意,林岚在恋人马叔到来之际呕吐出满腹的珍珠。有学者在分析哲学家巴塔耶著作中的“呕吐”现象学时指出,巴塔耶对此赋予了新的象征深意,巴塔耶在反思无穷地猎取、保存的物欲社会时提出一种以打破物的功利属性为核心的观念,在此意义上将“呕吐”作为吞吃的背反面以此反诘物化社会的贪婪。① 这蕴含着对这个贪求无度、需索无限的物欲社会的反抗

---

① 参见张生:《献祭,花费,呕吐与艺术——论巴塔耶对梵高绘画批评中的艺术思想》,《文艺理论研究》,2009 年第 5 期,第 63—68 页。

之意。林岚对珍珠的呕吐正是象征着对贪欲的涤净，此时滚落在地、熠熠发光的"珍珠"象征了林岚在欲海浮沉中内心灵明的回归。

（二）民间释道资源下的欲望制衡

在《沈园》《红树林》中，莫言侧重于依靠人自身寻找在欲望化生存中淹没的内心灵明。在《四十一炮》《生死疲劳》中，莫言通过描写罗小通、蓝开放等主人公在欲海浮沉中的经历，有着导入了民间释道文化的因子反思时代欲望症候的生存价值导向。

老子在千年前就以古朴的智慧指出了放纵化的欲望猎取令人错乱与迷失的真理，故而在《道德经》一书的第十九章曾建言"见素抱朴，少私寡欲"。① 在某种意义上，道文化资源对当下消费生存语境中制止物欲横流的时弊有着某种参照意义。

在《四十一炮》中，由于老兰恣睢纵欲直接导致了主人公罗小通家破人亡。无家可归的罗小通以神奇的"四十一炮"追击老兰，象征着对欲望源头的始作俑者老兰的制裁。同时，看破欲望红尘的罗小通选择了一座道教的庙宇栖身。

但是，该作品中，作家植入的生存价值探寻中并没有呈现为单纯地援引道文化资源来进行价值引导。于是，在小说中，可以看到制裁老兰罪恶的罗小通，最后安身的庙宇竟然是"五通神庙"。学者万志英精细地通过对古典文献中"五通神"演变的梳理，认为"虽然五通神崇拜在宋朝获得了来自官府和门道的认可，但其前身为邪恶山魈的事实从未被忘却"。② 该学者指出，在南宋洪迈的《夷坚志》与明代陆粲的《庚巳编》中对五通神的描绘大体是危害妇女充满欲望气息的邪魔形象。③ 因而可以看到，五通神在历史上是正邪杂糅，但更多是诸多欲念负面化的神祇形象，这就使得栖息于"五通神庙"的罗小通对欲望时代的拯救意蕴变得悖论丛生。

而"五通神庙"的这一设置正是莫言从深层的道文化审视出发，对驳杂的道教文化中某些幽微因素保持了一种警醒。正如有学者所指出的，道教文化"顺应和迎合了国人要求'及时行乐'的欲望"④，有着"让人不须付出

---

① 老子：《老子道德经注校释》，［魏］王弼注，楼宇烈校释，北京：中华书局，2008 年版，第 45 页。

② ［美］万志英：《左道：中国文化中的神与魔》，廖涵缤译，北京：社会科学文献出版社，2018 年版，第 198 页。

③ 参见［美］万志英：《左道：中国文化中的神与魔》，廖涵缤译，北京：社会科学文献出版社，2018 年版，第 205—230 页。

④ 黄健：《反省与选择——鲁迅文化观的多维透视》，西安：陕西人民教育出版社，1996 年版，第 138 页。

大的代价,便可获得现世享乐"①之局限。

而这恰恰是莫言探寻欲海生存中的价值导向的独特之处。这既有对时代语境下欲望泛滥的反思与价值的导入,但同时又对道文化因素抗衡欲望流弊的单一化、简单化的植入保有审慎②。反思欲望生存的异化之路,并非是一条一劳永逸的探索之途,"难以言说的矛盾性反而是最切近真理"③。所以,在这个意义上,莫言在《四十一炮》中这种悖论化、延宕化的价值建构叙事策略,在某种程度上反而导向了抵抗欲望膨胀,对生存价值的深化探寻。

而作家在《生死疲劳》中则垂注了佛家的般若智慧调适与净化滥觞之欲。在该作品里,莫言试图导入佛教的价值观照对小说主人公们在欲望时代的沉沦进行一种生存制衡,这在小说开卷中的"佛说:生死疲劳,从贪欲起。少欲无为,身心自在"④的微言大义中有着明显体现。

该作品在整体上也鲜明地体现出以佛性荡涤贪欲的价值导向。年轻时酷虐成性的西门金龙在改革开放的商机中投机钻营,成为巨富之后继续贪得无厌,最后不得善终。与金龙沆瀣一气、以权谋私、贪污巨款的庞抗美也以入狱自杀而终。

而饶有意味的是,作家植入的佛教价值尺度还体现在对西门族第三代人蓝开放与庞凤凰的真挚情感的有意消解上。蓝开放与庞凤凰的上一辈西门金龙与庞抗美以物质利益为纽带,进行权色交易。与之相比,蓝开放与庞凤凰在欲望时代坚守着情感信念,尤其显出珍贵的品质。但庞凤凰却在意外的难产中丧生,这对终成眷属的有情人最终阴阳相隔的情节设置正是隐匿化地体现了作家溯汲佛教的明慧所体现的生存评判。蓝开放与庞凤凰的情感诚然可贵,但是参照佛教的精神尺度而言,这种过于"我执"的人间情感亦是一种"无明"的体现。此外,还诚如有学者曾指出的,庞凤凰一代的流落街头、不得善终是作为西门金龙等父辈一代聚敛财富,贪欲贪求的后果的一种承担,因为他们的父辈正是改革开放以来的高密东北乡里最为贪婪的欲望挥霍者。⑤ 作家在此追溯贪欲之罪,正是基于反观现代化

---

① 黄健:《反省与选择——鲁迅文化观的多维透视》,西安:陕西人民教育出版社,1996 年版,第 138 页。

② 该观点受到张清华相关著作的启发,致以感谢! 详见张清华:《存在之镜与智慧之灯——中国当代小说叙事及美学研究》,福州:福建教育出版社,2010 年版,第 213 页。

③ 张玉娟:《卡夫卡艺术世界的图式》,杭州:浙江大学出版社,2009 年版,第 37 页。

④ 莫言:《生死疲劳》,北京:作家出版社,2012 年版,开卷页。

⑤ 参见陈思和:《人畜混杂,阴阳并存的叙事结构及其意义》,《当代作家评论》,2008 年第 6 期,第 102—111 页。

运转对消费时代欲海沉沦之异化的矫正。与西门金龙、庞抗美之流的贪婪纵欲者相反,小说中的白迎春在无欲无求的日常生活中所带来的内心幸福,体现出洗净欲望铅华之后的恬静与淡然,这也体现出作家对佛家投身尘世而超离欲望纷扰的澄澈心境的领悟。

可互为参照的是,藏族作家扎西达娃在 90 年代体现欲望时代生存的作品《朗杰的日子》《骚动的香巴拉》。这两部作品中,扎西达娃站在藏传佛教的价值尺度上对当下世人贪索无度、不知节制的纵欲予以批判与净化。《朗杰的日子》中,茨珍与朗杰是对昔日的情侣,茨珍在经历一段与朗杰纵欲的生活之后,窥见了这种生活昙花一现的空虚本质,最终选择皈依佛门。在《骚动的香巴拉》中,德吉引导李勇华夜夜宣淫而惨遭不幸,经由道行高深的佛僧点化的琼姬没有经得起世俗欲望的诱惑,从而堕回虫虱的原形。

不过,《生死疲劳》通过西门家族的第三代人在欲海沉浮中的挣扎体现的生存价值探寻之旅并未就此戛然而止。莫言从佛家智慧中导入了终极尺度的评判,也试图汲取其中有益的精神资源遏制贪欲,但是并没有全然取消生命洒脱的意志,对此正如有学者深远地指出的,尽管莫言为最寡欲无为的西门宝凤设置了圆满的归宿,但是只被淡淡的一笔带过,相反,却在小说的最后突显蓝千岁的生命之欢腾。① 这种复杂的悖反显示了莫言对欲望化生存下贪欲制裁的警世尺度的楔入并非是一种机械的教化,而是重在溯汲佛教的明慧之思来制衡消费时代症候下的欲望放纵,溯汲佛教中对过度欲望的"破执"来反思欲望僭越带来的沉沦。莫言这种重溯佛教明慧对滥觞之欲进行有意为之的解构,需要放在欲望过度扩张的时代生存境遇中考察其中蕴含的价值探索的积极意义所在。从这一角度而言,融入佛性净化滥觞之欲与其说是一种瓦解,毋宁说是一种荡涤、一种净化。

综而言之,在反思生存与文化的哲思维度,莫言秉持着公义之心在小说的审美思辨中不仅悲悯在历史症候与时代阵痛之下的窘困化生命;而且也深层地反思了异化的权力僭越下的生存景象,以及消费文化语境中欲望滥觞的生存异象。不论是对历史创痛的深切抚慰,对异化权力控制的质询,对无止境的欲望旋流下人伦异化的批判与忧思,还是对万化和谐与共的思考,莫言均以强烈的道德感召,融入现代化本体生存反思的深广视域探索生存的超然意义。

---

① 参见陈思和:《人畜混杂,阴阳并存的叙事结构及其意义》,《当代作家评论》,2008 年第 6 期,第 102—111 页。

第四章　映现慈悲：反思内在局限的人性哲思

文化哲学在人与内在自我审视的层面上，涉及人对自我内心的思考，对人性复杂的精神结构、人性的完善与提升等哲理命题进行追问与反思。正如哲学家施韦泽所认为的文化哲学的一个重要诉求，即是"为了个人在精神和道德上的完善"。①

英国思想家汤因比对于人类极其复杂难言的人性特质曾作出颇具哲理化的概括。汤因比认为，人类的本质属性有着巨大的张力，兼具灵明性与物性，道德性与罪恶性，无穷潜能性与有限存在性，是博大与微渺的综合体。② 在中国文化哲学反思人性的原点思考中，先秦诸子百家中的孟子、荀子、告子都曾有着为人熟知的人性命题探讨。在西方文化传统的人性反思中，强调对人性中的"路西法"因子的净化与救赎。在"奥斯维辛事件"这一世界历史惨剧发生之后，哲学家阿伦特发起"反抗'平庸之恶'"③的深刻反思，由人性根本之恶的质询导向普泛化的人性弱点的反思。应该说，不论是中国文化哲学思考还是西方文化哲学思考，对人性局限的反思、对人性负面的净化都是探究的核心。在现代文学的谱系上，作为文学中流砥柱的鲁迅先生更是发出"国民性反思"的内心呐喊。

在小说反思人性局限的哲思维度上，莫言祈望人心光曜，对人性负面进行深入反思。作家在小说中不仅深刻地批判人的潜在之恶，而且在深入探究何以拯救的追问下，导向对忏悔的思考。对此，笔者从两个向度加以论述。

这首先体现在莫言延续了鲁迅的"国民性批判"的思考，用一种"幽暗意识"④的批判眼光透视人性局限。在小说中，莫言不仅通过"刽子手""看

---

① ［法］阿尔贝特・施韦泽：《文化哲学》，陈泽环译，上海：上海人民出版社，2017年版，第61页。

② 参见［英］阿诺德・汤因比：《一个历史学家的宗教观》，晏可佳　张龙华译，上海：上海人民出版社，2016年版，第241－242页。

③ ［美］汉娜・阿伦特：《反抗"平庸之恶"：〈责任与判断〉》，杰罗姆・科恩编，陈联营译，上海：上海人民出版社，2014年版，封面页。

④ 张灏：《幽暗意识与民主传统》，北京：新星出版社，2010年版，第22页。在此运用受到赵思运论文中的观点启发，致以感谢！详见赵思运：《马知遥诗歌中的幽暗意识》，《星星》，2010年第7期，第117－123页。

客"等形象的塑造深入地揭示人性中的晦暗面；而且还融入了历史反思的观照，深入质询更为普泛与隐蔽的人性弱点。尤为可贵的是，作家超越单层面的人性批判，在小说中还体现出释然人性局限之后，超乎其外地给予悲悯与宽宥的心灵观照。

其次，莫言在深化反思人性局限的追问下，导向了忏悔思考。这一思考主要体现为三大层面。一是体现在内化了作家主体对自我局限的指认，在小说中体现意识到作为"同谋者"的忏悔思考。二是在面向个体自我忏悔的层面上，作家在小说中传达了延绵不断、永在过程中的忏悔思考。同时，小说还触及对"形而上之罪业"的忏悔之思。三是在"面向他者"的观照点上，作家传达了反思忏悔效度的思考。在这一向度上，莫言认为忏悔并不能消弭罪过。这一思考在某种程度上，与法国思想家列维纳斯的"他者"伦理思想中，以"他者"的关系来考量个体自身道德的完善性有着一定的共鸣。对忏悔效度的反思体现了莫言对人性光曜的至高追求。

第一节　人性限度的洞察与内审

莫言在小说中对人性诸种负面局限有着透彻而犀利的审视，正如有思想家所洞明的，"重新开垦人类史的任务，包括让人类清清楚楚回忆起自身以往的邪恶；这些邪恶若不揭露、不悔改，还会重新回来继续祸害"。① 莫言试图通过小说深度揭橥与深刻辨析人性诸种负面的反思方式，以通往抵达人心净化、映现内心纯良之光的路途。

张灏先生曾提出"幽暗意识"这一概念，这一术语是"发自对人性中与宇宙中与始俱来的种种黑暗势力的正视和省悟：因为这些黑暗势力根深蒂固，这个世界才有缺陷，才不能圆满，而人的生命才有种种的丑恶，种种的遗憾"。② 在《幽暗意识的形成与反思》一文中，张灏先生明晰地指出该概念提出的初衷不在于社会维度的人心管辖，而在于对理想化人性的展望；同时还指出这一概念虽然正视人性中的不完美与晦暗面，却是在本着对人性的光明追求而要求遏制这些缺陷提升人性德行。③ 因而，这一意识不是

---

① 转引自［美］刘易斯·芒福德：《机器神话（下卷）：权力五边形》，宋俊岭译，上海：上海三联书店，2017 年版，第 410 页。

② 张灏：《幽暗意识与民主传统》，北京：新星出版社，2010 年版，第 23 页。

③ 参见张灏：《幽暗意识与民主传统》，北京：新星出版社，2010 年版，第 313—314 页。

横向移植西方宗教传统的"性恶论"审辨人性,而是汲取了某些宗教理念中对人性中潜在之恶的警醒与"超越、执着的抗恶精神"①。从人性观照角度而言,它的归结点是道德伦理追求之下完成人性的自我完善,它力图以更纵深透彻的反思,时刻警惕与批判人性中的负面。某种程度而言,莫言对人性局限的批判思考也正是体现了这样一种观照眼光。在此洞察之下,莫言勇于面对人性中的诸种缺憾与晦暗,揭橥出人性中潜在、隐伏的局限性,同时更给予慈悲与原宥的心灵之境,以求复归人性光耀,回应人性完善的伦理诉求。

一、负面人性的反思

莫言在小说中着重通过惨烈化场景透视人心的深层异化,尤为通过典型化的"看客""刽子手"的内心挖掘,对游离于常态人性之外,藏匿于人心深处的晦暗因子进行深切反思。在文学史上,对于看客、刽子手们的分析,鲁迅先生的反思可谓是最透彻犀利的一个典范,这在以《阿 Q 正传》《病后杂谈》《写于深夜里》等为典型的经典文本中都有鲜明的体现。

在《一斗阁笔记(二)》②的"黑猫"一节中,莫言入木三分地刻画了围观暴力却无动于衷、心如铁石的看客的冰冷内心。一只流浪的黑猫被群狗阻击,身负重伤冲出重围,但是看客水库为了继续围观黑猫负伤的悲惨景况,不惜罔顾黑猫撕心裂肺的呼喊,向乡人好胜信口胡诌,诬赖黑猫是吞噬其宠物的罪魁祸首。由是黑猫在好胜的愤怒之下遭到惨烈的打击。在《我们的七叔》中,莫言也以犀利的笔触一语中的地道出看客们的阴暗心理。街坊乡邻看着"七叔"狠心地追打犯了大忌的儿子解放而无人上前劝慰,这些无动于衷的看客们仅仅为了给贫乏的生活增添乐趣、笑柄与谈资,而巴望着"七叔"与儿子展开对决。《玫瑰玫瑰香气扑鼻》中的黄胡子、支队长在玫瑰的不幸命途中充当了冷酷、轻慢的看客角色。他们眼见着怀有身孕且孤苦无依的玫瑰非常真切的内心焦灼与恐惧却视若无睹,从而导致玫瑰被暴戾之徒拖入备受折磨的境地。哲学家鲍曼曾在专著中,引证心理学家克拉克森的一首诗对冷眼旁观、毫无仁义之心的看客心理进行形象化反思:

> 忍受着暴力、恶意、邪恶和罪恶,而且,有人站在那里
> 消极地观看,单纯地诉说,畏缩不前,为没有行动寻求借口,

① 黎鸣:《问人性》(上册),北京:团结出版社,1996 年版,第 165 页。
② 莫言:《一斗阁笔记(二)》,《上海文学》,2019 年第 3 期,第 4—15 页。

再也感受不到仁慈，我们人类的仁慈，还有彼此的存在和痛苦。①

在此，莫言实则提出了一个有力的诘问，这些看客们何以对他人的痛苦视若无睹、充耳不闻？法国学者朱利安在诠释人类对他人痛苦的冷漠感知时，曾提出一个术语"闭塞性"，②"即人意识的麻木和瘫痪，就如器官的麻木和瘫痪，人与人互相联结的道德感一旦冷漠就会导致人固恋于硬化的并且变得完全平凡无奇的行为举止里"。③ 对此，朱利安还特别关注到中国先秦哲学家在反思人性时曾提出这样的观点，即认为人们之间的"'不通'是'恶'之源"。④ 与此相关的，英国学者科恩在《恶的科学》一书中则提出"共情腐蚀"⑤的概念，用于诠释人们之间的恶行之所以产生是因为内心对他人情境与伤痛的共鸣是"零度共情"。⑥

小说中，莫言对这些围观暴行却无动于衷的看客行为，发出犀利的伦理批判，尽管有些看客不曾主动地施暴于他人，但是其袖手旁观的行为不可置疑地加剧了他人的苦难与折磨。因此，面对他人深陷暴行、面对生灵遭受伤害、面对妇孺处于窘境，人们"因沉默而有罪"。⑦ 哲学家津巴多在其反思人性的力作中就指出："邪恶最具关键性、同时也最不为人知的促成因素并不是明目张胆鼓吹暴力伤害的人，而是在他们背后沉默的大多数，目睹一切发生却视而不见，听而不闻的人。"⑧

莫言在小说中不仅揭橥了看客作为冷漠的旁观者有着"沉默之罪"，而且还批判了看客们贪婪的罪恶心态。莫言的《檀香刑》里，尤为通过余姥姥对看客残酷内心的透彻揭示，痛斥了看客们围观酷刑的痴迷与不义。这一反思与获得诺奖的波兰作家显克维奇的代表作《你往何处去》，对看客的嗜

① 转引自［英］齐格蒙特·鲍曼：《被围困的社会》，郇建立译，南京：江苏人民出版社，2006年版，第196页。
② ［法］朱利安：《画中影》，卓立译，上海：华东师范大学出版社，2017年版，第195页。
③ ［法］朱利安：《画中影》，卓立译，上海：华东师范大学出版社，2017年版，第194页。
④ ［法］朱利安：《画中影》，卓立译，上海：华东师范大学出版社，2017年版，第195页。
⑤ ［英］西蒙·巴伦－科恩：《恶的科学：论共情与残酷行为的起源》，高天羽译，桂林：广西师范大学出版社，2018年版，第21页。
⑥ ［英］西蒙·巴伦－科恩：《恶的科学：论共情与残酷行为的起源》，高天羽译，桂林：广西师范大学出版社，2018年版，第21页。
⑦ ［美］汉娜·阿伦特：《反抗"平庸之恶"：〈责任与判断〉》，杰罗姆·科恩编，陈联营译，上海：上海人民出版社，2014年版，第209页。
⑧ ［美］菲利普·津巴多：《路西法效应：好人是如何变成恶魔的》，孙佩妏　陈雅馨译，北京：生活·读书·新知三联书店，2015年版，第361页。

血残暴的揭示有着跨越时空的呼应。在《你往何处去》里,君主尼禄当政的罗马时代,罗马广场上演着血腥的"观光晚会"。罗马的看客们一面雍容自在地品尝着点心水酒;一面无耻地对残酷异常的戕害品头论足。就此,作家显克维奇与莫言对于看客们残酷行为共同的深入揭示,构成跨越时空、相互共鸣的人性反思。

在刽子手形象的人性观照上,莫言在心理探索之维拓宽了人性审视的疆界。莫言在《红高粱家族》中,曾塑造过在日军胁迫下对罗汉大叔处以酷刑的刽子手孙五,执刑之后的孙五最终发疯了,他的发疯在某种程度上正是其良心未泯的佐证。而在《檀香刑》中,刽子手赵甲与余姥姥却甘愿异化与沉沦,在残酷的刑罚执行中一点一点地泯灭自己的人性,在行刑前他们将自己的脸用鸡血抹红,随之剔除了自身残存的一丝良知。刽子手赵甲还以残酷杀伐为尊荣,视其为毕生的"事业",将他人的哀嚎、眼泪与鲜血作为自己仕途与名利的阶梯,甚至面对儿媳绝望的哭喊与哀求,还能异常冷酷地针对儿女亲家孙丙设计出骇人听闻的檀香刑,以求为自己的职业生涯画上圆满句点。透过酷刑这一介质,作家深入地描摹出了赵甲放逐良知、暗黑丛生的凋敝化内心意识。

而赵甲最深的内心异化之处似乎还不止如此。可以说,莫言构思的刽子手赵甲形象体现了哲学家齐泽克在其著作中较为深入探讨的一种"真正的恶"。① 齐泽克认为,"真正的恶涉及对善和恶之间的区别的模糊——即,将恶抬升为一种始终如一的伦理原则。比如,一个革命恐怖主义者如果不仅仅是一个嗜血的刽子手,出于纯粹的自我本位主义的卑贱而杀害、折磨别人,而是一个忠诚的理想主义者,决心牺牲一切追求事业,相信自己正在为人类谋福利"。② 因而,赵甲行刑时释放的内心残暴固然指涉了人类品性的缺陷,但赵甲之恶更在于所涉的是对伦理价值观之根柢的动摇,试图泯然与撼动不可磨灭的人心道德信念。这不由令人想起鲁迅的作品《阿金》。鲁迅先生在其中指出,"我"对阿金的愤怒不在于阿金诸种令人义愤难平的劣根性,而是在于她触及人心道德的根本,要堵塞"我"内心中对于人心、女性所坚守的理想祈望,这才是"我"对她深恶痛绝的原因所在。由刽子手赵甲之恶所触及的道德伦理价值底线的思考,正是折射了莫言透

---

① 〔斯洛文尼亚〕斯拉沃热·齐泽克:《幻想的瘟疫》,胡雨谭 叶肖译,南京:江苏人民出版社,2006 年版,第 293 页。

② 〔斯洛文尼亚〕斯拉沃热·齐泽克:《幻想的瘟疫》,胡雨谭 叶肖译,南京:江苏人民出版社,2006 年版,第 293—294 页。

视人性中的晦暗因子的深层反思所在。

在《复仇记》《酒国》中的刽子手形象则以隐匿而正当的"厨师"身份出现。《复仇记》里大毛小毛的"爹"仅为了添置一道下酒菜,异常残忍地虐待动物。在《酒国》的驴街中,酒国厨师们将古代的酷刑在虐食驴子中予以应用,而最可怕惊悚的一幕体现在酒国的刽子手厨师戕害肉孩的可怖菜肴"麒麟送子"上。由此可以看到,作家通过《檀香刑》中的赵甲、《复仇记》中的大毛小毛的"爹"、《酒国》中的女厨师等"刽子手形象"的塑造充分反映了人性中潜在的暗黑因子。莫言透过对刽子手的人性反思也意在提醒人们必须警醒在酷刑与暴行境遇中激发的人性中潜藏之恶的倾向。

同时,作家不但警醒在酷刑态势中人类容易激发的潜在负面性,而且对于战争状态下极易触发的人性晦暗面也有着深度的反思。研究战争的学者曾对战争中爆发的人性暗黑面如是指出:"人类应该记住根本之恶(radical evil)和反人类罪行",[1]"所谓根本之恶,就是那些足以动摇道德根基的行径"。[2] 在《蛙》中,作家融入历史观照,有着对日本侵华历史中的刽子手需要为其反人类之罪责承担人性救赎的深切思考。小说中,作家尤其通过日本军官杉谷的后人杉谷义人为其父辈所造下的"根本恶"的罪行进行谢罪,以及愿为其终生赎罪的情节设置来予以体现。

在世界文学的横向谱系上,可相互参照的是南非作家库切的《等待野蛮人》。该小说讲述了一位戍守边疆的地方治安长官从被迫成了看客,甚至是刽子手,再到重新踏上人心救拔之路的故事。原本治安长官"我"戍守边境自安自在,却被搅进"野蛮人"的事件中。上级派来乔尔上校督办治安长官捉拿"野蛮人",就此,这位治安长官被迫成了刽子手,刑罚与审讯的恐怖笼罩着这个边境小镇。无数所谓的"野蛮人"嫌疑犯被施以酷刑,其中不乏手无缚鸡之力的儿童、少女与老人。对此,面对毫无道理的命令,面对成千上万的鲜活生命,治安长官并没有放弃了自己的思考与自决权。尽管面对不容违背的军令,治安长官没有成为诸如二战时期纳粹军官艾希曼式的人物,他始终对围剿野蛮人的计划有着警惕。当乔尔上校逼迫被削去职位的治安长官围观对野蛮人的残酷殴打时,他也没有沦为无良的看客,尤其是当他看到受到酷刑虐待弄瞎了眼的老人、奄奄一息的孩子时,他的良知

---

① 李红涛　黄顺铭:《记忆的纹理:媒介、创伤与南京大屠杀》,北京:中国人民大学出版社,2017 年版,第 2 页。

② 李红涛　黄顺铭:《记忆的纹理:媒介、创伤与南京大屠杀》,北京:中国人民大学出版社,2017 年版,第 2 页。

受到了震颤而觉醒。这位治安长官突然发现,所谓的剿灭野蛮人计划在根本上有违道义,是对公义与人性的践踏与毁灭。由此,这位治安长官义无反顾地走向了弥补因酷刑导致眼盲、脚踝重伤的异族女子的人心救拔之途。尽管这条恢复人性之路道阻且艰,但这位治安官都决心将这乌托邦式的理想变为坚定切实的人心净化之旅。

与作家库切在《等待野蛮人》中体现出的显性化的人心救拔不同,莫言隐含在小说人性负面审思中的人心净化是潜在化的,隐现于作家犀利的批判与反思的内在肌理中。应该说,不论是莫言小说对"看客"还是"刽子手"的人性审思都实则蕴含着深层的人性哲理思考与对人的深厚伦理慰藉。在犀利化反诘的背后,莫言试图探索的是,如何阻断对他人态度的冷漠蔓延;如何实现人与人之间的易位思索,并发自内心地体会与观想他人的痛苦;如何构建具有道德良知与和谐与共的人际相处模式;如何在人与人之间营造"唇齿相依的'命运共同体'或曰'系统关系体'"。① 莫言小说这一人性批判背后的深层哲理思考,不由令人联想起铭刻在犹太纪念碑上的沉重的世纪思考命题。这一纪念碑上刻写的文字启示人们,不要因为罔顾他人的痛苦而沉默,不要冷眼相看他人的泪水,倘若一次一次地目睹他人罹难而无动于衷,最后自身也必然被悲剧的命运所吞没。在某种程度上,莫言小说人性局限质询背后的深层人性哲理思考与铭刻在犹太纪念碑上的沉重的世纪思考命题有着一定程度上的精神交汇与共鸣。

二、对难以触碰的人性缺憾的探析

在更为深入审视的维度上,莫言在小说中不仅通过"刽子手"等形象审思极端化的人性灰暗面,而且在《茂腔与戏剧》《小说九段》等作品中对常规思维中不易触及的"弱小者""弱势者"乃至"受害者"的人性共同弱点进行反思,透视了这种难以触碰与面对的人性缺憾,同时又是更具有普泛性的人性局限。

《茂腔与戏剧》中,乡村女人麻子婶在偏远的农村是底层的弱势者,但是她却千方百计地压制、中伤乃至撕打比自己更为命途飘摇的乡村姑娘王美。《丰乳肥臀》中庸碌无能的弱势者上官寿喜因为妻子连续生了七个女儿,居然在妻子上官鲁氏刚生产完还处于月子中的时候对其施加毒刑。在《枣木板凳摩托车》中,莫言揭示了弱势者的异化内心下扭曲的人伦情感。因时代际遇而落魄的弱势者张小三的"爹",纵然在外受到了时代的掣肘,

---

① [美]朱迪斯·巴特勒:《战争的框架》,何磊译,郑州:河南大学出版社,2016年版,第147页。

但是却在家中对更为弱势的妻儿颐指气使，对于家庭遭受重创的妻弟吕大舅也是言语讥讽，泯灭亲情。

在《初恋》《小说九段》《猫事荟萃》等作品中，莫言则通过"弱小的孩子"形象，深切反思了弱小者身上的人性缺陷。

在《初恋》中，作家忧虑地写出年幼弱小的孩子在贫困境况下的贫瘠化内心。对于年幼同伴金斗遭受偏见与蒙冤，周围的年幼孩子们几乎毫不在意、无人问津，任由其在烈日炎炎中遭受屈辱，更有甚者还向其投掷小碎砖。《小说九段》的"翻"一节里，孩子小龙充满戾气，习惯于无端地折磨小动物进行发泄。在《猫事荟萃》中，一帮羸弱的乡村孩童以挑唆猫与狗之间的生死搏斗为乐趣，因为施加动物之身而剔除了任何负罪感，就此可以看到正是这些弱小者们促使了惨烈的暴力的发生。

如果说在《小说九段》等作品中，对小龙等弱小者的人性暗黑面反思是属于一种抽象化揭示的话，那么，莫言在《蛙》《扫帚星》《生死疲劳》中则通过黄秋雅、柳白毛、金童在这一历史境遇中的表现，传达了对特殊历史场景中的弱势者、受害者的人性反思思考，这一反思闪现出思想史的穿透力。

在《蛙》中，处于阶级弱势层的黄秋雅对根正苗红的"姑姑"万心进行了恶毒中伤，这些诽谤使得"姑姑"置于水深火热之中。在《扫帚星》中，"咱家"的"外祖父母"对遭人欺凌的弱势孤儿柳白毛照顾有加，但是在历史运动中，柳白毛良心消散倒戈相向，组织一群学生闯入吕家大院残忍地殴打"外祖母"。正是这个貌似弱小的、受害的、无辜的柳白毛的忘恩负义与兵刃相向造成一个家族几近覆灭的人伦惨剧。

在《丰乳肥臀》的"上官家族遭批斗"一节中，莫言也充分体现了作为弱势者与受害者的人性晦暗面。郭平恩本来是个饱受凌虐的弱小者，批斗混战之后充分发挥狠毒老辣的打手潜质，对昔日亲眷挥刀霍霍。此外，莫言尤其着笔墨深入描摹了一番金童这个在批斗中被凌辱的弱小受害者对有朝一日翻身后进行报复境况的想象。在把郭秋生、郭平恩、巫云雨等人处以各种骇人的惩罚幻想时，上官金童完全沉溺在恐怖的刑罚幻想中洋洋自得，可见人性"一旦它展现出阴暗的一面，那也必然是最危险的一面，它会引诱人沉溺于邪恶的诱惑和无限夸大的妄想之中"。[①] 由此，可以看到金童这个在历史中受迫害的弱小受害者一旦能够逆转形势，也将会退变为施

---

① ［瑞士］卡尔·荣格：《潜意识与心灵成长》，常春藤国际教育联盟译，北京：现代出版社，2017 年版，第 192 页。

暴者,甚至更有过之而无不及。

正是在这个维度上,莫言不仅是在抽象思考下反思弱势者们的人性缺憾,更是融入了反思特殊历史中人性创伤的观照,在这一历史运动中弱小者、受害者身上也暗含着自身的责任。莫言自己曾对此反思道:"我觉得我们不应该把一切问题的根源都归罪于外界,当有一场巨大灾难发生时,实际上无论是施害者还是受害者都负有责任。我在'文革'期间只是一个十几岁的儿童,但我觉得我也洗不干净。"①莫言还参照二战中惨痛的世界历史的人性反思对此深刻地指出:"你更不能用这是上边的指示我只是执行者就把自己洗净了,何况你不仅仅是一个执行者。如果那样,希特勒也不必承担罪责,因为他并没有亲手杀人;那样,纳粹的刽子手也不必承担罪责,因为他们只是执行了上边的指示。"②由此,莫言小说的人性反思绽现出深刻的内核,让人们震悟到历史之罪过亦是个体之罪责。

意大利学者莱维以奥斯维辛集中营的幸存者身份深入地反思了这段历史惨剧,曾痛心疾首地发现人心的晦暗区块,弱小者、受害者们身上潜伏着的隐性罪恶③,"意识形态的诱惑;对胜利者的奴态模仿;短视地渴望所有形式的权力,尽管这些权力可笑地只限于某些时间和空间;懦弱;还有,最后的,精明的算计,希望逃避强加的命令和秩序。人们会同时带有一种或多种动机,但无论如何,所有这些动机,都在形成灰色地带的时候发挥着重要的作用"。④ 哲学家阿伦特在反思这一世界历史惨剧时也有着相似的惊世骇俗的观点。对此,林贤治先生指出,"波特莱兹在一篇文章中的概括是准确的:'取代罪大恶极的纳粹,她给我们的是'平庸的'纳粹;取代作为高尚纯洁的犹太殉教者,她给予我们的是作为恶的同案犯的犹太人;而代替有罪与无罪的对立的,她给了我们是犯罪者与受害者的'合作'"。⑤ 思想家莱维、阿伦特无比深刻地反思人类历史上历来作为"弱小者""受害者"自身的内在局限促成的造恶。

而这在切近历史现实的人性反思维度上,莫言在其作品中置入创伤历史的语境反思"弱小者""受害者"自身局限与阿伦特、莱维对于二战历史中

---

① 莫言 许戈辉:《文学没有获奖配方:专访莫言谈诺贝尔奖》,任瑄编:《文学与我们的时代:大家说莫言,莫言说自己》,北京:人民日报出版社,2013 年版,第 76—77 页。

② 莫言:《说老从》《北京秋天下午的我:散文随笔集》,深圳:海天出版社,2007 年版,第 167 页。

③ 参见[意]普里莫·莱维:《被淹没的与被拯救的》,杨晨光译,北京:中信出版社,2017 年版,第 33—67 页。

④ [意]普里莫·莱维:《被淹没的与被拯救的》,杨晨光译,北京:中信出版社,2017 年版,第 40 页。

⑤ 林贤治:《沉思与反抗》,上海:复旦大学出版社,2010 年版,第 220 页。

深刻的人性内审的精神谱系上回响着一定程度的精神共鸣。由此，莫言深入人性中鲜为人知的幽僻角落的人性审思，不仅体现了历史观照的深度，而且还闪烁着升华整体人类的人心光华的精神诉求。

第二节　内心匮乏的症候反思

对于心灵荒芜，缺失独立省思与道德责任的内心匮乏的反思，莫言承续了鲁迅的国民性审思的思考，在小说中不但揭示了人在无意识中甘受糟粕文化奴役的局限，而且尤其深入反思了人主动地进行自我奴役的内心症候。此外，作家也对人在群体境遇中的内心匮乏症候有着敏锐的洞察与反思。

一、无意识中受糟粕文化制约的局限反思

莫言出生于齐鲁大地的偏僻农村，从小成长于斯，对农民甘受各种残存的糟粕文化遗毒的奴役有一种深刻的反省之心，试图从根底处进行有力的反诘，以使人们真正觉醒。

莫言在小说里深入地反思了人在无意识中臣服于不良的礼教文化的局限性。《白狗秋千架》里，"八叔"由于非常在意"我"这个有着身份的城里人与落魄的"暖"之间的尊卑身份差距而竭力阻挠"我"与"暖"的会面。作家以"我"执着地与"暖"见面的举措驳斥了"八叔"的褊狭。《天堂蒜薹之歌》中，作家对于等级文化左右下的人性懦弱进行深刻的批判。小说中方四爷与家里的耕牛均被车撞伤而殒命，只因为肇事者是村支书的司机，平时为人刁钻的两个儿子就畏缩不前，不由自主地冒出卑屈性而任由宰割，结果一条人命只换回寥寥的钱与一捆带鱼。在《传统与中国人》一书中，著者对人深层地受到礼教等级秩序钳制而体现的卑躬屈膝性如是指陈，倘若该人处于家族与社会的最底层便只能甘于奴役，一旦上升一层便意欲奴役他人，于是就会造成人们既狠戾又奴颜谄媚的低劣品格。①

在《倒立》《复仇记》中，作家也反思了人在异化的权势文化下的扭曲化臣服。《倒立》中，魏大爪子无意地在修车中收进黑帮老大支付的假钞，修鞋匠秦胖子却认为魏大爪子就此获得了一次与掌着大权的黑帮老大攀上交情、得以臣服其麾下的契机。在《复仇记》中，王先生等人只知道依附、谄

---

① 参见刘再复　林岗：《传统与中国人》，北京：中信出版社，2010年版，第187－188页。

媚于掌有权势的老阮,对自身所受的文化奴役没有任何觉醒,老阮的一次深夜赏赐食物的无意之举足以令其飘飘然。对此,哲学家别尔嘉耶夫如是犀利指陈:"人处在受奴役的状态,他常常不能发现自己的奴役地位,有时还喜欢这个奴役。"①

在《扫帚星》中,作家沉痛地批判了人迷失于糟粕文化习俗中的昏聩。作为接生婆的"祖母"在扭曲的乡俗文化的左右下,但凡碰到难产的孩子一律视为"讨债鬼",并错误地采用封口、拔塞子、拴绳、大声叫嚷等迷信的手法化解,结果无端地加剧了难产妇女的痛苦,更耽误了宝贵的有效救治的时间,使得婴儿不幸殒命。

二、自动要求奴役的内心症候反思

同时,莫言没有止于人在无意识中甘受糟粕文化奴役的质询,而在更为深入的层面上,尤为揭橥出人有意识地自动要求自我奴役的内心症候。糟粕文化潜藏在人的无意识下导致的心灵缺失固然可怕,但是更悲惨的还在于人自愿地主动欲求奴役。

法国哲学家德勒兹和瓜塔里于《反俄狄浦斯》一书中从思想史的反思之维也发现了这种类似的欲求奴役的内心症候:"为什么奴隶有愿意被奴役、被剥削者有愿意被剥削的欲望呢?"②这一内心症候正是反映了一种人内在自动要求强权文化或是强权者规训的依赖心理。在小说《模式与原型》《檀香刑》中,莫言尤其以"狗"、老囚犯、孙眉娘的经历深入揭橥与反思了这种深层的自我奴役的内心症候。

《模式与原型》中的"狗"为了取悦"高人一等"的城市人不惜作践自己,惟妙惟肖地模仿动物。在"狗"身上都反映着这种让人心酸的卑弱心理,对于贵贱之分、尊卑有别的封建礼教进行自觉体认。而《檀香刑》中的孙眉娘则是自动地臣服于男权文化的规训。眉娘对男权文化畸形审美下的"三寸金莲"向往不已,不但不珍惜自己健康的"天足",而且反而懊悔阻拦了婆婆用利刃对自己"天足"的修理。相似的,还有《丰乳肥臀》中于大巴掌的妻子于鲁氏,这位对外无比强悍的女性也是对三寸金莲念念不忘。而比孙眉娘的行为更荒唐的是,在新的风俗与社会风潮均转为劝人放弃裹小脚,并向

---

① [俄]尼古拉·别尔嘉耶夫:《论人的奴役与自由》,张百春译,北京:中国城市出版社,2002年版,第292页。

② 冯俊:《从现代走向后现代:以法国哲学为重点的西方哲学研究》,北京:北京师范大学出版社,2008年版,第316—317页。

人们历数裹脚对于身体的摧残与危害之时，这个于鲁氏甚至仍以小脚为傲，并且蛮横地捍卫裹脚的陋习。这不禁令人联想起鲁迅先生对于自我奴役的症候所进行的透彻论述。学者张梦阳曾经以鲁迅的《〈狭的笼〉译者附记》一文为例分析指出，鲁迅在这篇文章中，借由对印度妇女不满英国人禁止"撒提"的历史事件，对甘受殉葬的蛮俗奴役的主体丧失问题予以深入批判。[①] 就此，套用鲁迅先生在《〈狭的笼〉译者附记》的批判之言，莫言小说中这些自甘奴役、自甘自我摧残的人物不但不愿意过正常的人生，善待自己，而且还竟然愤然于陋俗的被废，甘于被糟粕文化所诛心，实在是可悲可叹。[②]

莫言在小说中还通过描摹孱弱、扭曲的内在心理展示人内心的病态与缺陷，进一步揭橥出了人的内心匮乏、丧失尊严的病态性。这在《天堂蒜薹之歌》中的老囚徒身上有着鲜明的体现。在牢房里，犯有虐婴罪的老囚徒对任何侮辱自己人格的无理要求，不仅无条件地顺从，而且还谄媚地附和。在牢头的威慑下不但自己逆来顺受，而且还帮着劝新来的囚徒自甘受虐。在老囚犯的身上体现的这种心理症候，参照学者孙隆基的术语而言，这是一种"自我压缩的人格"[③]，一种内在压迫与矮化的内心痼疾。孙隆基援引黑格尔在《历史哲学》中的分析指出，由于生命个体间的意识混沌极易造成自我贬抑，而这是对道德的严重违背。[④] 在《天堂蒜薹之歌》中，囚室中"四嫂子"对女犯人进行泯灭自尊的"开导"，也正是体现了黑格尔所指陈的对道德的背离。对此，孙隆基先生进一步指出："自己当工具的人，也易于倾向把别人当工具。试问，一个不尊重自己'个体'的人，又怎么会去尊重别人的'个体'？"[⑤]

哲学家梁漱溟于《中国文化要义》中认为"中国文化最大之偏失，就在个人永不被发现这一点上"[⑥]。的确，人受制于不合理文化中显示出的卑屈心理尤其令人深思，但若是人心甘情愿受制于不合理的文化之下却着实更令人可悲可叹。另一方面，这种主动的自我践踏、自我奴役还体现了一种沉溺于受虐的心理。"四嫂子"、老囚徒们在受虐心理上有着自甘堕落的

---

① 参见张梦阳：《鲁迅对中国人的思维批判》，北京：东方出版社，2011年版，第58－59页。
② 鲁迅原文为："他们并不戚戚于自己不努力于人的生活，却愤愤于被人禁了'撒提'，所以即使并无敌人，也仍然是笼中的'下流的奴隶'。"详见鲁迅：《〈狭的笼〉译者附记》，《鲁迅全集》（第十卷），北京：人民文学出版社，2005年版，第218页。
③ 孙隆基：《中国文化的深层结构》，桂林：广西师范大学出版社，2011年版，第250页。
④ 参见孙隆基：《中国文化的深层结构》，桂林：广西师范大学出版社，2011年版，第305页。
⑤ 孙隆基：《中国文化的深层结构》，桂林：广西师范大学出版社，2011年版，第305页。
⑥ 梁漱溟：《中国文化要义》，上海：上海人民出版社，2011年版，第238页。

放纵,这种自动要求的内心奴役越是深重,自尊的丧失亦越是深重,这其中的根本缺陷在于"允许自身的绝对异化"①。

在一定程度上,自我奴役的内心匮乏与人们对"权威"的体认与认同相关联。哲学家阿伦特在论著中曾对"权威"的重要性有过阐述,"权威,以过去的一次奠基(foundation)作为它不可动摇的磐石,为世界带来了永恒性和持久性。世界的永恒性和持久性正是人类所需要的,因为他们是有死之人,是我们已知的最无常、最脆弱的存在者"②。正如阿伦特分析的,"权威"有其根深蒂固的根源,不管是"权威化"的事物还是"权威型"的人格都有着某种超越化的恒定性、稳固性与可依托性,而人因为其软弱与渺小注定难以承担人世的风险,由此在某种程度上,有赖于对各种不同类型的"权威"的倚仗。因而,从文化历史的潜意识而言,人对于"权威"的留恋与依靠最初源起是基于一种对人世的恐惧,对于相对恒定法则的攀附。尽管说这种自甘欲求奴役的内心症候有其历史文化的根源所在,但是从人的内在意识而言,因为内心意志的薄弱与恐惧而急于寻找依凭、攀附恒定,缴械投降般全部交出自我却不得不说是一种内心的异化了。

三、"群体"境遇中的内心匮乏反思

莫言在小说中打开人性的层层迷雾,不单对个体自身存在缺失独立的内心审思的局限进行深刻的人性辨析,而且也深入审视了置于"群体"场景中的人性境况,探析人在群体的合力之下,内心生发的多重断裂与异化。在切近历史维度的人性反思中,《檀香刑》《初恋》等作品均较为典型地体现了在群体合力下,主体丧失自我与独立研判的内心症候。

《檀香刑》中,马桑镇居民响应猫腔帮主孙丙起义而形成"神拳"的群体组织,作家深入展示了在这一群体境遇中人的自我意志被裹挟、受驱使的诡谲变幻。作品同时还揭橥出由于处在群体喧嚣状态中个体产生扑朔迷离的冲动,导向滑入不可控的历史悲剧的内在缘由。在相关研究中,学者余杰曾对《檀香刑》里一干民众的看客心理以思想家勒庞的"乌合之众"的群体心理理论为观照进行过深入论述,分析出群体情势下人类涌动的难以

---

① 杜小真:《存在和自由的重负——解读萨特〈存在与虚无〉》,济南:山东人民出版社,2002年版,第 231 页。

② [美]汉娜·阿伦特:《过去与未来之间》,王寅丽　张立立译,南京:译林出版社,2011年版,第 94 页。

自察的诸多负面心理的胶合状态。①

　　起初在某种程度上,马桑镇民众的悲剧可以被减缓,甚至可以避免其他无辜者的牺牲。但是,群体中民众的盲动、非理性情感的泛滥、基本判断的丧失,最后汹涌而来的情感决堤造成了群体的失控,造成无辜民众惨痛的伤亡。小说中以知县钱丁的视角写出往昔淳朴的乡民处在造势的群体中,个体迷失基本常识判断所做出的诸种荒唐举止。这些拳民受到群体的激愤昂扬的情绪指引而一腔孤勇,喷涌出根本不受辖制的非理性化情绪,这种陷于群体造势中激起的情感煽动,最终导致了意外与悲剧的发生。诚如法国思想家勒庞认为,群体中的民众可以"被顺应、夸大所受到的刺激等方式激发出高涨的热情"。②

　　《檀香刑》中,令人叹惋的还有试图营救出孙丙的小山子的经历。原本为流民的小山子在丐帮群体的影响下,未经任何周详的计划而轻易地将生命交付。这一举动尽管不乏悲壮色彩,但是倘若小山子不是简单地受到群体情绪的鼓动而盲目决策的话,也极可能减少连累无辜生命陨落的悲剧。如果说在《檀香刑》中传达出随着群体所处的境遇的不同,会形成不同的合力造成诸多维度的人性心理的诡谲化转换的话,那么在《初恋》等作品中,则更多地体现出群体境遇中人的内心意识有着极大的被裹挟、被引导乃至被恶性化扭曲的风险。

　　在《枣木凳子摩托车》中,正是受群体情绪牵引与裹挟造成了吕大舅的不幸命途。接二连三遭遇不幸的吕大舅原本用新买的摩托车载着外甥张小三外出兜风,不料却在骑车返家途中,在众人的围观助推下变成了炫技的摩托杂耍。在群体的吆喝氛围中,吕大舅逐渐丧失了自我的控制,做出弃生命于不顾的冒险行为,酿成了车散架、人受重伤的惨痛后果。在《初恋》中,被围困于群体压力之中的孩子们亦是丧失起码的对错判断与亲情观念。小说中的杜六指与金斗由于家庭出身问题在全班颇受歧视。同班的杜风雨在群体化的情感左右下对同族亲戚杜六指加以构陷,使其深陷污名。而杜风雨对金斗的围攻更是集中突显了群体中的个体蛮横化的私欲泄愤,蒙冤的金斗被大肆恐吓追打,毫无招架之力。由此可见,在群体压力之下,个人易于放弃基本公德、背弃公序良俗,转为不加节制化的情绪倾吐。

---

①　参见余杰:《在语言暴力的乌托邦中迷失——从莫言〈檀香刑〉看中国当代文学的缺失》,《社会科学论坛》,2004 年第 3 期,第 4—19 页。

②　[法]勒庞:《群体心理学与大革命》,王铭启译,北京:民主与建设出版社,2016 年版,第 45 页。

　　哲学家津巴多曾指出,群体或组织当中的"情境力量会挑战个人人格、个性和道德观的稳定性及一致性,从而影响人性的表现,引导人做出诸如非理性、愚蠢、自毁自弃、反社会、不计后果的行为"。① 对此,思想家霍弗也透彻地指出,在群体中的个人容易放逐自我的思考,抛弃伦理制约,追随"一种无愧无疚地去恨、去恫吓、去撒谎、去凌虐、去背叛的自由"②。 由此,作家对人在群体境遇中因内心匮乏丧失自我的局限进行了深刻洞察。应该说,莫言在其作品中对任何形式下的心灵的荒芜与匮乏的反思都是警醒而犀利的。

　　从根本而言,莫言在小说中不论人在无意识中甘受糟粕文化奴役,抑或主动地进行自我奴役的内心症候,还是依附于群体之中的人心迷失都指向了盲从与随意放弃自身的思考与道德伦理判断的人性局限。

　　哲学家阿伦特从西方二战中的惨痛历史得出无比沉重的人性反思,指出人们放弃思考、放逐良知而最终促成历史惨剧的恶是一种"恶的平庸性"③体现,她认为"无思和愚蠢是比邪恶更普遍的现象"④。"这样的人的存在平淡无奇,就像少量的海水一样没有颜色,却隐藏了他们的行为的共同的肮脏"⑤。

　　哲学家莱维以犹太幸存者的身份在反思这段惨痛历史的人性境况时,得出与阿伦特相似的观点,认为在当时造成惨痛的"奥斯维辛事件"的背后,有其因为"灵魂的懒惰,鼠目寸光的盘算"⑥的缘故。在哲学家芒福德看来,这是指向人性中的一种"惰性的罪"⑦,他认为"最严重的罪或许更多的是惰性的罪而非暴力的罪"⑧。的确,外在的人性暴戾容易辨识,而因懒散放弃思虑、放弃善恶道德甄别的人性缺憾貌似微弱,往往难以意识,这在不加以思索的生活中看似很普通,在平时与罪大恶极的邪恶似乎相去甚远,甚至有质的差别,但其危害性却是颠覆性的,甚至是毁天灭地的,一旦

---

　　① [美]菲利普·津巴多:《路西法效应:好人是如何变成恶魔的》,孙佩妏　陈雅馨译,北京:生活·读书·新知三联书店,2015 年版,第 249—250 页。

　　② [美]埃里克·霍弗:《狂热分子》,梁永安译,桂林:广西师范大学出版社,2011 年版,封底页。

　　③ [美]汉娜·阿伦特:《反抗"平庸之恶":〈责任与判断〉》,《编者导言》,杰罗姆·科恩编,陈联营译,上海:上海人民出版社,2014 年版,第 19 页。

　　④ [美]汉娜·阿伦特:《反抗"平庸之恶":〈责任与判断〉》,杰罗姆·科恩编,陈联营译,上海:上海人民出版社,2014 年版,第 168 页。

　　⑤ [美]刘易斯·芒福德:《生活的准则》,朱明译,上海:上海三联书店,2016 年版,第 130 页。

　　⑥ [意]普里莫·莱维:《被淹没与被拯救的》,杨晨光译,北京:中信出版社,2017 年版,第 230 页。

　　⑦ [美]刘易斯·芒福德:《生活的准则》,朱明译,上海:上海三联书店,2016 年版,第 130 页。

　　⑧ [美]刘易斯·芒福德:《生活的准则》,朱明译,上海:上海三联书店,2016 年版,第 130 页。

爆发,足以动摇人性的本根,使得社会伦理决堤。正如莱维、阿伦特、芒福德等哲学家们所慎明的,不曾思虑与判断的境遇往往潜藏风险的暗礁,不论在何等境地中,一旦不假思虑地交出独立的审思,随波逐流地放逐良知,这将不仅是对自我意识的背弃,而且也给社会生存增添不稳固的因素,带来潜在的生存隐患。

应该说,不论是哲学家莱维、阿伦特、芒福德以惨痛的历史境遇为借鉴的人性反思背后,还是莫言在小说中对自我的内心意识匮乏的犀利批判背后,都隐含着扭转人性状态的昏聩,重新构建人的内在伦理判断与道德思考的重要性。那么,何以摆脱内心匮乏的人性局限,何以履行起心灵自省的道德责任? 阿伦特在其著名的论著中给予人们有益的启示,要担负起个体省悟的内心责任,要学会以独立地审思与研断重塑凋敝、匮乏的内心世界,要学会"揭露一切未经审问明辨之意见的偏颇,继而铲除了那些我们习以为常,而且经常顽冥不化之价值、学说、教条,甚至是信念的偏执迷妄"[1]。

第三节　超离人性局限的心灵境界

尤为可贵的是,莫言超越了单向化的人性批判,在小说中体现出洞达人性局限之后,超乎其外地给予悲悯与宽宥的主体境界。这在小说中的隐性体现角度上,显现为以多维的心灵声音突显复杂的人性内在结构,以呈现客观生存境遇的方式同情地理解与悲悯人的过失或恶行。在显性体现角度上,主要呈现为直接地通过叙述者对人之恶行的原宥与宽谅体现作家的慈悲、宽宏的精神境界。

一、隐性体现:对人性负面的同情化观照

在小说中,作家通过多维度的心灵声音体现复杂的人性内在结构,追溯与呈现人物艰难困苦的生存境遇与分裂化的内心世界,以展现隐性化的悲悯与宽宥。英国哲学家科恩曾专门对"共情"[2]的概念如是定义:"它使

---

① [美]汉娜·阿伦特:《反抗"平庸之恶":〈责任与判断〉》,《中文版导读》,杰罗姆·科恩编,陈联营译,上海:上海人民出版社,2014年版,第7页。

② [英]西蒙·巴伦—科恩:《恶的科学:论共情与残酷行为的起源》,高天羽译,桂林:广西师范大学出版社,2018年版,第22页。

我们理解别人的想法或感受,并用恰当的情绪来回应这些想法和感受。"①莫言小说中也尤为通过"共情化"的心境悲悯人在无奈的状况下的过失、恶行与苦衷,以此体现隐性的宽宥。

《爆炸》中,莫言展现了"我"即艳艳爹充满张力的内心声音倾吐。"我"对艳艳娘的娘家对自己的倨傲态度倍感愤怒,但同时"我"又深入潜意识之中反复审辨与追问自己在处理艳艳娘蓄意有孕累及自己前途一事是否暗藏着不可饶恕的私心。然而,当"我"发现爹娘护短、艳艳娘的蛮横无理时,又诱发了"我"内心的灰暗面,气急败坏地对艳艳娘做出决绝的处理。莫言透过"我"的多维内心声音,细致地体现出了人性的复杂与张力。尽管"我"不乏自我反思,但还是充满着满腹的怨恨。这多重内心声音的演绎使得作家在审视人性负面的同时,也突出了对人性缺陷的一种同情与悲悯。"我"内心的腹诽与戾气也是源于对孤寂的处境、对前途渺渺的恐惧以及内心的无助无援等多重因素而爆发的,于此,莫言对这些源自社会处境、前途压力给"我"带来的负面影响做了深入追问。

同时,更为重要的是,"我"多重内心声音的演绎也是莫言对过错者内心痛苦的"共情化"的悲悯。对于"我"的过错并没有进行主观化的价值评判,而是聆听主人公多声部的内心宣泄,在"我"过失中审辨出背后的难言之隐、深层隐忧与内心苦痛。由此,体现出作家立足于一种更高点上抚慰人性中复杂难言的境况,悲悯人性的豁达境界。

《红树林》里,林大虎作为南江市官宦人家的权贵子弟,平日结交狐朋狗友,胡作非为、霸占民女,恶行可谓数不胜数。但在卢面团穷奢极欲的"美人宴"中,所有的与宴者面对桌上秀色可餐的"美人"都极尽调戏、极尽侮辱之能事时,却只有林大虎出面阻止,并慷慨地给予照顾。因而,作家不仅书写出林大虎的无视法纪、肆意妄为的恶行,同时更通过追述林大虎年幼失怙不幸的身世,在顽劣不堪中闪现真挚,在混沌中隐现仗义,由此隐含地体现作家的悲悯。

《模式与原型》中,讲述了纵火犯张国梁的游街示众以及追溯了他悲戚的过往经历。作者在犀利批判张国梁诸种恶行的同时,也呈现了他以往的生存处境与不堪的境遇。乳名为"狗"的张国梁被乡人当成蝼蚁一般践踏,而可悲的是,"狗"在这些欺辱中甚至都忘记了自己响亮的大名。张国梁还常年在乡间遭受挑唆与毒打,乡痞三叔曾狠毒地欺负与毒打过他,三叔的

---

① [英]西蒙·巴伦-科恩:《恶的科学:论共情与残酷行为的起源》,高天羽译,桂林:广西师范大学出版社,2018年版,第22页。

百里寻亲，试图重新要回自己的女儿，却被村寨里的人当成拐骗孩子的人贩子而被打出重伤。老刘因此成了劳改犯进了筑路队。而在筑路队中，由于对女儿鲤嬗的思念使得老刘误将另外一个姑娘回秀当成了自己的闺女，就在老刘试图凭借女儿身上的胎记认领回秀是自己的闺女时，被当成恶人而遭受殴打、放逐。在此，莫言也悬置了老刘最后的结局，对老刘在阴差阳错之下，被迫进行的所谓"恶行"予以理解与宽宥，以此体现对老刘被命途所捉弄而潦倒不堪的人生境遇的隐性化悲悯。

美国哲学家弗雷泽旁征博引地指出："对受苦的他人的同情性的同胞之情意味着，我们会参与到他人不完美的本性之中，努力适应它们，或者协助克服它们。"[1]应该说，莫言在《筑路》中深刻地潜入这些筑路队员们的命运与人生中烛照幽微，呈现昏暗与野蛮、疯狂与僭妄、无耻与贪婪、悲情与神伤的明暗沉浮、黯然失色的内心世界，剖析他们的悲剧根源，抚慰他们的创痛人生。

在《筑路》《模式与原型》《爆炸》中，莫言深入杨六九、张国梁、艳艳爹的内心潜意识，倾听他们被黑暗吞没的嘶喊，倾听他们绝望的恐惧，倾听他们无声的羞愧与歉疚，与他们一同感受那种暗黑力量的凝视，与他们一同沉向那没有光感的罪恶渊薮，于此痛苦中一同感受痛苦，于此绝望中一起感受绝望，于那黑暗的地方一起承受暗夜的侵袭。但是，在所有的痛苦、绝望与黑暗之处，莫言却希冀主人公可以走出光亮与星星点点般的希望，作家以此充分体现了静默无言、隐藏于文字背后的深层仁爱之心。

在现代作家张爱玲的笔下也有着宽宥与谅解人性中的负面的隐性化悲悯情怀。在《金锁记》中，张爱玲尤其在小说结尾以悲悯的叙述立场，叙述了偏狭的七巧在临终前充满懊悔与歉疚的回忆，细致地描摹出七巧的泪洒席枕的内心悔过，以此突显出张爱玲对这一行恶者深深的隐性的悲悯。学者何怀宏在论述陀思妥耶夫斯基小说时，指出其小说中宽宥恶人的一种独到精神境界，即在追究道德伦理责任的同时对于"恶人"作恶进行"共情化"理解的观照，陀思妥耶夫斯基不仅注意到犯罪的恶人在行恶之时的境遇与内心，而且将其还原为与我们一样的普通人立场去理解某个个体的行为，没有单一地因为该个体的恶行而注销与诋毁其主体性，同时深刻地反观我们自身，反思一样有着人性局限性的我们如果与该个体一样的境况是

---

① 转引自［美］迈克尔·L. 弗雷泽：《同情的启蒙：18 世纪与当代的正义和道德情感》，胡靖译，南京：译林出版社，2016 年版，第 197 页。

否能够避开恶行。①

以此观之,莫言小说中的隐性悲悯与陀思妥耶夫斯基的悲悯之境不论是在对人们在作恶与行不义时,内心焦灼、灵魂下坠的痛苦感同身受的"共情化"观照,还是在试图以恳切之心聆听这些苦痛下堕的心灵的内心嘶喊,都与陀思妥耶夫斯基有着跨越中西、超越时空的深层共鸣,"即使面对那些心灵卑琐、行为恶劣的小人也同样充满了悲悯,写出了他们无奈、寂寞而凄惶的心境"。② 应该说,在这一隐性悲悯的人性哲思的向度上充分体现了莫言对待笔下苍生的一视同仁之心与热切的慰藉之情。

二、显性体现:超越化的"宽宥""慈悲"之境

在显性体现角度上,莫言在小说中直接地通过叙述者对人之恶行的原宥与宽恕体现作家"宽宥""慈悲"的精神境界。

在早期作品《红蝗》中,莫言就藉由"我"原宥九老爷的恶行体现了"宽宥"的精神。小说中,当劣迹斑斑的九老爷因为干尽坏事,"像只被吓破了苦胆的老兔子一样畏畏缩缩地站在我身旁时,我的心里涌起一层怜悯弱者的涟漪",③尽管"我"充分洞悉了九老爷的毒辣心理之后,"我"依然很欣慰自己对九老爷萌生的怜悯与宽宥的态度。在《表弟宁赛叶》④中,笔名为宁赛叶的"表弟"秋生狂放无状,到了而立之年还在家中无所事事,打着"表哥""我"的名号在外招摇撞骗;宁赛叶不仅对"我"的时常帮助置若罔闻,而且到处散播流言,屡屡对"我"呼来喝去,大加中伤。在外层叙述中,"我"面对宁赛叶各种荒唐不经的事情也予以反驳与批判,但是在内层的叙述中,尽管"我"屡屡批评"表弟"种种不靠谱的无稽之事,但是"我"还是一次次义不容辞地为宁赛叶的诸种闯祸出手相助,暗暗体恤他的时运不齐,包容他的矫情与冷傲。因而,该作品体现出了作家包容人性诸种缺陷与人性弱点的宽宥之情、宽容化内心境界。

在《五个饽饽》里,莫言则借由金斗娘对张大田的原宥体现出谅解人性弱点之后的宽宥精神。少年金斗家境贫寒,全家好不容易在新年到来之际,倾出所有积蓄换来面粉蒸出五个大饽饽过年。但是,在除夕当晚,五个

① 参见何怀宏:《道德·上帝与人:陀思妥耶夫斯基的问题》,北京:北京大学出版社,2017年版,第112—113页。
② 赵学勇 王贵禄:《守望·追寻·创生:中国西部小说的历史形态与精神重构》,北京:北京大学出版社,2012年版,第190页。
③ 莫言:《红蝗》,《食草家族》,北京:作家出版社,2012年版,第92页。
④ 莫言:《表弟宁赛叶》,《花城》,2018年第1期,第11—14页。

大饽饽却在张大田登门讨饺子之后消失了。由于五个饽饽的丢失，全家失去了过新年的口粮，因而金斗娘不得不承受家人诸多的怨言。尽管金斗娘对张大田顺手牵羊的行为心知肚明，但却宁愿以沉默来保全张大田的人格尊严，宁愿自己承受家庭的压力与新年挨饿的滋味，也要体恤与宽宥更贫寒的张大田。

在《一斗阁笔记（三）》"墙梦"一篇中，作家以玄幻的方式讲述了势不两立的两面墙从相互撕斗、吞并到最终的和解与共融，寓言式地体现出消弭怨怼的宽谅化心境。东西两面墙在历史波诡云谲的推力下相互夹击、互为怨怼。于常规逻辑而言，该作品行文至此很可能被创作为两面墙之间相互意欲倾轧的寓言，但是小说中，莫言却以一种旁逸斜出的新姿态描绘了两面墙在相互愤怒的撞击之后融合诞生出"小墙"的奇幻之思，隐喻化地体现对历史过往的释怀、淡然与从容，乃至愿以一种融合与共的新生传达出释然与宽宥之境。

在《生死疲劳》中，西门猪面对同伴们遭遇的毁灭性打击却不曾对人类生出复仇之念，相反西门猪最终选择救落水的孩童而牺牲，由此正是体现了作家豁达的悲悯人性之情。此外，莫言还通过西门牛宽恕世人与金龙对其施加的暴行体现了慈悲的心灵之境。面对牛的隐忍不屈，金龙更为残酷蛮横地征用母牛的力气对西门牛施加拉断鼻环的酷刑，继而用火焚烧牛身。周围的人们看着这幕惨剧的深化而无人制止。西门牛对人世中人性的残酷有着不失清醒的认知，却以凡俗难以企及的忍耐来予以包容；在忍受金龙丧心病狂的暴虐中毫无怨怼；面对围观者的嗜血与昏聩，有着一种殉难中的宽宥；在残忍的酷刑面前，了然无声与缄默蕴含着超拔力量。于是，在西门牛身上"因同情而缄默"[1]的慈悲具有了强大的感召力量。

同时，《生死疲劳》中还更深一层地体现了感念娑婆世界的众生颠倒、纷乱的人生苦相而悲悯众生的慈悲，"念众生妄为有为之法所缠缚，受生死苦，故起悲心"。[2] 佛教中的"慈悲"意为"无缘大慈，同体大悲"，[3]"慈悲是万善之本，众德之伏藏"。[4] 发慈心不分亲疏远近、贫富妍媸，发悲心亦如此，将一切"有情众生"与"无情众生"均一视同仁，对任何一切生灵遭遇苦

---

① 释昭慧：《佛教规范伦理学》，北京：宗教文化出版社，2013 年版，第 191 页。
② 转引自习细平：《大乘佛教的慈悲精神及其生态伦理启示》，觉醒主编：《佛教与当代中国文化》，北京：宗教文化出版社，2015 年版，第 267 页。
③ 释昭慧：《佛教规范伦理学》，北京：宗教文化出版社，2013 年版，第 230 页。
④ 李鸿祥：《图像与存在》，上海：上海书店出版，2011 年版，第 370 页。

难、承受苦楚均愿以慈心摄之、以悲心悯之。① 莫言在该小说中不论阶层、不论贫富,对世间因人性晦暗造成的痛苦均给予接纳,通过轮回中的提升以净化嗔恚、怨怼,以消解人性中所有的"无明",令世人最终以释怀与放下来救赎自身。在此意义上,正如李敬泽先生所言,该作品"力图抵达安宁,呈现的是'慈悲'"②,体现出"慈悲"垂照下愿为无量生灵拔除苦痛的心灵境界。

如果说在《生死疲劳》中,莫言更多是以佛教的慈悲境界完成对人性晦暗的度化,那么在《等待摩西》中,莫言通过一个普通的村妇马秀美历尽劫难,不论是历史年代的迫害、家族的倾轧,还是新时代的风云变幻,都一心一意护持家庭,爱护丈夫柳卫东,被丈夫抛弃大半辈子却依然宽恕丈夫的故事,昭示出另一种心灵境界上的宽宥精神。

马秀美的丈夫在 60 年代的历史运动中是欺师灭祖的恶徒,为求自保不惜将本名柳摩西改为柳卫东。在改革开放年代,柳卫东离乡经商,一去音讯全无,任由妻女乞讨度日、自生自灭。对于抛家弃子三十五年的父亲,女儿们坚决不肯原谅与回头,丝毫没有妥协的余地。小说中通过柳卫东的诸种难以饶恕的恶行与其女儿们对父亲决裂的态度,体现马秀美宽宥丈夫的艰难性与不可思议性。这一宽宥的弥足珍贵性即在于"宽恕是对不可能性的反思,宽恕是一种赠予"。③

主人公马秀美这个受尽人生沧桑、备受抛弃之苦三十五年之久的人,如果以世俗的准则衡量与揣度,极有可能就如"我"最初以为地那样活成鲁迅笔下的"祥林嫂"。然而,她却借由自己的信念发现一切苦难和困厄都只是人生之途上必经的考验;借由信念而宽宥一个最不可能被原谅的人。在某种意义上,"宽恕不可宽恕的才是真正的宽恕"。④ 当"我"再次见到马秀美时,她滋生的秀发、神采奕奕的脸,眼中闪耀着幸福的光耀,都足以证明她的宽宏与原宥带来的幸福馈赠与内心喜悦。

由此,马秀美红润的容貌与绽放异彩的神情,以及柳卫东的回归使得原宥与宽恕的真义不言而喻,"我"想要问的答案已经明了。于是,在小说的结尾,悄然而退的"我""看到院子里影壁墙后那一丛翠竹枝繁叶茂,我看

---

① 参见习细平:《大乘佛教的慈悲精神及其生态伦理启示》,觉醒主编:《佛教与当代中国文化》,北京:宗教文化出版社,2015 年版,第 268 页。

② 莫言 李敬泽:《向中国古典小说致敬》,陈晓明主编:《莫言研究》,北京:华夏出版社,2013 年版,第 179 页。

③ 岳梁:《从幽灵到宽恕:德里达晚期思想研究》,苏州:苏州大学出版社,2014 年版,第 157 页。

④ 岳梁:《从幽灵到宽恕:德里达晚期思想研究》,苏州:苏州大学出版社,2014 年版,第 112 页。

到压水井旁那棵石榴树上硕果累累,我看到房檐下燕子窝里有燕子飞进飞出,我看到湛蓝的天上有白云飘过"。①

宗白华先生认为"一切美的光是来自心灵的源泉"②。他曾化用蔡小石的《拜石山房词》来诠释三层内心境界,指出映现感性物象,是为第一境界;体现生命奔腾之象,是为第二境界;其内含澄净冲淡,是为最高境界。③小说中的"我"感受到了马秀美宽宥柳卫东的精神境界而看到吐芽的绿色新生生命;于静观处看到植物含苞开放、燕子低语的生命灵动;于心境澄明中看到了高贵心灵所映射的天空的至纯蓝色。因而,可以说,"我"所关注的景色不仅体现了感性物象的第一重境界与体现生命勃发的第二重境界,而且还体会到因其心境澄明领会到原宥的美丽心灵的光泽,因而达致最高境界。

在当代文学史上,作家余华的小说《我没有自己的名字》中,身处底层的来发被乡人视为傻子,屡屡受到欺骗与作践,甚至被乡间流氓许阿三褫夺了唯一的动物伙伴。余华借由来发隐忍痛苦的厚道与静默无言的反思体现出良善敦厚的原宥之情。在现代文学史上,京派作家沈从文的《萧萧》中,被迫做了童养媳的萧萧因为受到花狗的诱惑险先被"沉潭"或是"发卖"。然而,沈从文写出的不仅是萧萧婆母的狠辣,更重要的是,他超越人性负面刻画,给予萧萧降生男婴而改变命运的结局,为萧萧细究极悲的人生赋予了一丝亮色。正如有学者曾指出的,沈从文小说流淌出的"仁"从天地"不仁"之处创生。④ 沈从文在《萧萧》中为萧萧凄风苦雨的人生增添的一抹亮色体现了这位京派作家悲悯人性的仁爱精神。"仁德是一种宇宙的生机,牵一发而动全身,冯友兰先生谓之来自于一种'天观',对万事万物都有一种'同情'的了解即对万物生机的认同、欣赏与'通感'"。⑤ 这仁心背后不啻蕴含了对生命的洞达与对世间万象的澄澈之识。在文学史上,京派作家沈从文对人性昏暗的超越,更多地体现了传统儒道哲理文化对于人性负面的超越态度,一种因对生命的通透理解而显出一种对人世的豁然与达观。作家余华的《我没有自己的名字》中体现的人性宽谅则体现出了传统儒家伦理中仁者的敦厚之情。

---

① 莫言:《等待摩西》,《十月》,2018年第1期,第5—13页。
② 宗白华:《美学散步》,上海:上海人民出版社,2015年版,第76页。
③ 参见宗白华:《美学散步》,上海:上海人民出版社,2015年版,第83页。
④ 翟业军:《"无为而无不为"的自然与"无不为而无为"的人——论〈边城〉》,《中南民族大学学报》,2017年第1期,第167—171页。
⑤ 李洪卫:《良知与正义:正义的儒学道德基础初探》,上海:上海三联书店,2014年版,第60页。

如果说,沈从文的《萧萧》、余华的《我没有自己的名字》中,作家们超越人性局限更多地体现出中国传统哲理中的"通脱"与"仁爱"的精神境界,那么,从上文观之,可以看到莫言笔下对人性负面与晦暗的超越则有着兼具东西方哲学智慧对待人性的慈悲与宽宥的精神境界。

第四节　人性净化:面向"生灵"与"他者"的忏悔

上文章节中,笔者曾论及莫言在小说中深入地反思了人性负面与内心匮乏的诸种人性症候。而一旦产生对人的局限性的清醒审视,就自然会涉及对此承担与拯救的忏悔思考。

因而,在进一步探究莫言的忏悔思考前,有必要先扼要地谈及莫言面向自我内在局限进行的反思。在《生死疲劳》《我们的七叔》中,可以看到莫言在自我内心的反思中,对自身的晦暗面进行了自我指认。《生死疲劳》中的"莫言"出于饶舌与妒忌心理向蓝解放告密金龙与互助的隐秘私情;《我们的七叔》中的"我"则在心里暗自期盼看到"七叔"父子相残的境况。这个小说人物"莫言"与"我"的出现不应该简单地从"元叙事"技法层面来理解。这些小说中,作家运用本名"莫言"的主人公叙述,我们有理由相信正是作家将自己纳入否定的观照中,对自我内在的灵魂进行一种严厉的检视与反思。就此,可以清楚地看到莫言承续了鲁迅的自我剖析与解构的精神,"鲁迅从未把自己算作是这个世界清白无辜的一个'例外'。在揭露历史'吃人'罪恶,在解构和颠覆传统的同时,也解构和颠覆了自己"。①

就此可以看到,在莫言的忏悔思考的逻辑起点中,首先容纳了作家对自我局限进行清醒认知的一种审视。莫言在演讲中也明确地标示了由面向自我的人性反思而升华的忏悔思考:"要触及自己的灵魂,触及到自己的病灶。首先要以毫不留情的态度向自己问罪,不仅仅是忏悔。"②总体而言,莫言的忏悔思考正是源于对人性中难以避免的弱点的深刻体认,对自身晦暗面的勇敢担当与悔悟。诚如哲学家芒福德认为的,"生命的每个阶段、每个时刻都不断可能出现罪,片面、视野狭隘、追逐私利、严峻、误算、顽

---

① 黄健　王东莉:《文学与人生》,杭州:浙江大学出版社,2004 年版,第 75—76 页。
② 莫言:《土行孙和安泰给我的启示——2007 年 10 月在韩中文学论坛的讲演》,《莫言讲演新篇》,北京:文化艺术出版社,2010 年版,第 53—54 页。

固的骄傲,不幸地涉及恶从而裹挟着人经过惊涛骇浪"①,"只有当我们承认我们牵涉其中并且亲自担起改正它们的责任时,才能改正它们"。②

在中国民间文化信仰的谱系中,也有着"忏悔"思考的源流,曾有学者指出,"忏悔与赎罪成为东岳信仰与城隍信仰中的突出主题"。③ 需要注意的是,莫言的"忏悔"思考与西方的忏悔意识在性质上有着根本的分野。尽管在西方宗教文化中认为人身上映射着某些超验的属性,但在其忏悔理念中,不认为人可以逾越自身原罪的阀限,并倚靠人自己的力量进行自我拯救。而在莫言这里,正源于对人自身有着难以逾越的障碍的反省,同时更进一步意识到应该反思与跨越人的这种内在拘囿,"人作为一个有限的罪责存在",④"同时又应当是以良知为据面向自身的审问者"。⑤ 应该说,莫言的这一忏悔思考中同时容纳了"对人的有限存在的辩护和对无限的超越之思"。⑥ 从这个意义上而言,莫言的忏悔思考是立足于倚靠人自身力量的人性净化与拯救。在《罪与文学》中,该书著者对"忏悔"的内涵做了细致的区分,"狭义忏悔是带有宗教色彩的对于罪责的承担;广义忏悔则是灵魂的自我拷问与审视"。⑦ 按照这一划分,莫言的忏悔之思通过坚定地秉持良知对自身内心进行深度的检视与博弈应该属于普泛意义上的忏悔思考。

在莫言作品里,深化反思人性局限的忏悔之思有着鲜明的独特性。其一,体现为内化了作家主体对自我局限的指认,在文本中传达出突显主人公们意识到作为"同谋者"的忏悔思考。其二,莫言基于对人的有限性的深刻指认而将忏悔延展为一种永不止息的"过程式"的忏悔。其三,莫言在作品中扩及动植物等一切生灵予以忏悔反思。更难能可贵的是,莫言深入追问人的内心良知,触及对"形而上之罪业"的忏悔思考。其四,在"面向他者"的观照上,作家反思了忏悔的效度。立足这一观照,莫言认为忏悔仍然不能消弭罪过。这一思考在某种程度上与法国思想家列维纳斯"他者"的伦理思想中,以"他者"反观个体自身道德的完善性有着一定的共鸣。对忏悔效度的反思体现了莫言对人性道德状态的至高追求。

---

① 〔美〕刘易斯·芒福德:《生活的准则》,朱明译,上海:上海三联书店,2016 年版,第 131 页。
② 〔美〕刘易斯·芒福德:《生活的准则》,朱明译,上海:上海三联书店,2016 年版,第 131 页。
③ 〔美〕万志英:《左道:中国文化中的神与魔》,廖涵缤译,北京:社会科学文献出版社,2018 年版,第 188 页。
④ 王乾坤:《鲁迅的生命哲学》,北京:人民文学出版社,2010 年版,第 145 页。
⑤ 王乾坤:《鲁迅的生命哲学》,北京:人民文学出版社,2010 年版,第 145 页。
⑥ 王乾坤:《鲁迅的生命哲学》,北京:人民文学出版社,2010 年版,第 146 页。
⑦ 刘再复　林岗:《罪与文学》,北京:中信出版社,2011 年版,第 417 页。

一、意识到作为"同谋者"的忏悔

笔者先分析内化了莫言的自我反思的主体意识,在作品中突显的主人公们意识到作为"同谋者"的忏悔思考。

在五四文学中,鲁迅的小说《伤逝》不仅有着对人自身限度进行忏悔的思考,而且率先触及了意识到作为"同谋者"的忏悔思考。子君与"我"在张扬个体的新潮思想下恋爱与结婚。然而,在个性解放退潮后,"我"心有畏葸,既无力抵御外界的重负,又困于窘迫的生计,于是选择了比自己更为弱小的子君做牺牲,从而迫使子君又坠入了黑暗之渊,不久便殁于人世。得知子君过世的"我"于是幡然意识到正是由于自己的自私与软弱,使自己与冷酷对待女性的父权制度构成了害死子君的同谋关系。在小说的结尾,"我"想象着受尽地狱般无尽的惩罚来传达对子君悲剧的无限悔恨与忏悔。《伤逝》中,鲁迅借由"我"的忏悔开了意识到作为"同谋者"的忏悔思考的先河。

在莫言的小说《罪过》中,大福子和小福子是一对亲兄弟,由于大福子呆头呆脑,而乖巧伶俐的小福子自然获得父母的欢心,为此大福子常常为爹娘的褊狭愤愤不平。一次河边的玩耍,小福子在恍惚中追随河中的红花而卷入河中,觉醒过来的哥哥大福子为弟弟小福子落水时的无作为愧疚忏悔,因为大福子悔悟到自己无作为的背后隐含着的不纯动机。"我"大福子心有腹诽而没有及时制止奔向河中的小福子就相当于"我"是参与加害小福子的一分子。[①]《生死疲劳》中,作家通过当年狠命毒打他人的治保主任杨七的忏悔传达了深刻的忏悔思考。小说中的拨乱反正之后,摘下帽子的人们在一起聚会的场面中,当年的打手杨七走过来,向这些人进行忏悔:

> "爷们儿,西德总理勃兰特,冒着大雪,跪在犹太人死难者纪念碑前,替希特勒的德国认罪、赎罪,现在,我,杨七,当年的治保主任,跪下,向你们认罪,赎罪!"[②]

小说中杨七的忏悔举动足以表明,杨七意识到了在历史压力使然下,倘若个体全然放逐一己的良知,那么,个体便在无意中与历史境遇联结为同谋的态势。因而,杨七没有将行恶的罪过简单地推给他人,而是主动地

---

① 张志忠:《莫言论》,北京:北京联合出版公司,2012 年版,第 117 页。

② 莫言:《生死疲劳》,北京:作家出版社,2012 年版,第 361 页。

面对与历史形势结成同谋关系的自身罪责。为了突出对杨七这一忏悔的珍贵性,作家着重以西门猪的视角对杨七的忏悔之举发出由衷的赞叹。

《蛙》中,作家通过"我"作家蝌蚪、"姑姑"万心体现意识到作为"同谋者"的忏悔思考。"姑姑"作为一名乡村妇产科医生,在计划生育政策的极端化执行中,强行终止了很多未出世孩子的生命。"姑姑"晚年在古朴的生命伦理呼唤下,意识到自己在执行任务中,对胎儿进行强行流产是负有罪责的。"姑姑"由此因罪感的牵引而与泥塑者郝大手达成心灵的契合,通过郝大手捏造的泥娃娃来引渡无辜身殒的孩子。"蝌蚪"也直面内心的自私与龌龊,勇敢地意识到因为自己的私念使自己与他人一同加害了妻子、代孕人,并为此而忏悔。

二、"延宕化"的救拔:"过程式"的忏悔

莫言充分意识到基于人自身有着难以跨越的弱点,因而其忏悔具有深刻指向的同时也使得忏悔必然具有某种不彻底性,故在其思考中,忏悔成为一条漫漫的求索之路,没有终结的彼岸。对此,莫言将其概括为"一直到生命的尽头"[①]的过程式的忏悔。

从文学史的维度上考量,这是莫言对伤痕、反思文学中未被深入触及的忏悔思考的进一步深化。莫言对新时期文学伤痕、反思文学思潮中涉及的忏悔思考的限度进行反思,认为这些作品中对人的内在心灵世界的"灵魂拷问依然不够"。[②] 具有深刻意味的是,莫言还继续指出,我们"没有从反面来忏悔,善的背后有没有虚伪"。[③] 正像哲人别尔嘉耶夫对人性的洞察所认为的,很可能"在美好的心灵背后,隐藏着疾风暴雨,洞开着无底深渊"。[④] 正是在这种犀利的眼光下,作家在作品中以间离化眼光超越当事者的局限,对主人公们忏悔的不彻底性进行不断地质询。同时莫言也对忏悔中的困境注入感同身受的悲悯之情。

在作家间离化的叙述中,可以看到《生死疲劳》中,尽管杨七的忏悔指向了自我归咎,但其忏悔只是体现为与"某一历史事件相联系,而不触及人

---

① 莫言 兰传斌:《莫言:把自己当罪人写——与莫言对话茅盾文学奖作品〈蛙〉》,贺立华 杨守森《莫言研究三十年》(下),济南:山东大学出版社,2013 年版,第 334 页。

② 莫言 李乃清:《莫言:他人有罪,我也有罪》,《南方人物周刊》,2012 年第 36 期,第 42—45 页。

③ 莫言 李乃清:《莫言:他人有罪,我也有罪》,《南方人物周刊》,2012 年第 36 期,第 42—45 页。

④ [俄]别尔嘉耶夫:《文化的哲学》,于培才译,上海:上海人民出版社,2007 年版,第 29 页。

的共同本性、人的自由意志或本心"。① 在《罪过》中,大福子基于自身的自由意志的悔悟既是其深刻之处,又是其局限所在。大福子不虚伪不做作,真正触及自己那颗具有限度的本心,忍受肉体与精神的苦楚,为腹诽亲兄弟的罪过而真诚地悔过。但是大福子的局限在于无法从自身生发一种超越性的力量,摆脱狭隘化的偏颇与愤恨。

在《蛙》的"姑姑"忏悔中,作家首先以"蝌蚪"的视角为我们暴露了"姑姑"在有限的忏悔之外有意无意遗漏的罪责所在。"姑姑"退休之后在醉酒的傍晚,被化成"蛙"的孩子鬼魂所恫吓而生发忏悔之意。尽管"姑姑"做出忏悔,但是对自己身上的真正罪过却触及得并不深入,甚至将有些罪过深深地隐匿了起来。于是,我们并没有看到"姑姑"在历史运动中恩将仇报地对待老院长,使其不堪凌辱的罪责有着自责之意;以及对小狮子婚姻问题上,对小狮子的专横与对王肝的残忍有着丝毫醒悟。而更负面的是,"姑姑"在做出忏悔之后,为了求得赎罪的果实对小狮子假孕的纵容,使得"姑姑"不自觉地参与到对社会"零余者"的褫夺中。

正是通过小说的间离化叙述呈现了"姑姑"忏悔的裂缝,进而暴露其忏悔的性质问题。"姑姑"大量言行举止表明其忏悔很难归结为源自内心的一种觉醒,而更多地体现为惊惧于阴司惩罚的"良心发现"。如果"姑姑"的忏悔行为只是为减免自己的不幸,求得自保的一种襄解?作家正是通过这种间离化的叙述传达给我们,比起"姑姑"这种单一的忏悔而言,毋宁说深度意识到自身深处的罪感更为任重道远。倘若缺乏对自身罪恶性的深度检视,没有深入到灵魂的自省与博弈,何谈"忏悔",更何谈"自我救赎"?尽管这其中交织了难以简单辨明是非曲直的复杂境况,但这鲜明地突显了"姑姑"忏悔的限度所在。

相较而言,反倒是作家蝌蚪之忏悔更复杂地呈现出灵魂的博弈状态。与"姑姑"对自身罪过的"混沌"发现相比,蝌蚪深知自己的罪过所在,因为基于名利、基于自己的夫权威严,将王仁美推上了不归路。小说中,尽管最终蝌蚪因夹杂私心而降低了忏悔的力度,但其忏悔限度中也折射了作为有限的个体在两难化的伦理处境中的困境。蝌蚪选择拥有孩子,对不孕的妻子而言是给予其安慰,也是对人生中缺少子嗣遗憾的弥补。而选择支持妻子的决定,则意味着对无辜者陈眉的残忍、对童年伙伴陈鼻的背弃与不义。为此,不论是站在妻子一端选择拥有孩子金娃,还是不得不以陈眉作为牺牲品的艰难选择,都进一步地道出了蝌蚪在面临伦理悖论中的错愕、惶惑

---

① 邓晓芒:《文学与文化三论》,武汉:湖北人民出版社,2005年版,第49页。

与苦痛心境。尽管蝌蚪的忏悔限度明显,但却是按照乡俗、惯例的选择而导致的困境。这也着实让人们看到,人作为有限存在的自我忏悔的艰难与不易。在某种程度而言,蝌蚪最终失败的忏悔是因为"在伦理的(例如善与善的)两难选择中,个体无力承担选择的道义后果"。①

而《蛙》中别有深意的忏悔思考还体现在小说尾部的那幕戏剧中。在戏剧中,所有的人物悉数登场,人们得以再次对"姑姑"、蝌蚪的忏悔限度进行清楚地审视。在这幕戏剧中,可以看到他们为了缓解良心的惶恐都进行了自我欺瞒,良知在自身的罪恶难以领受之际的被迫妥协与湮灭。在这个意义上,《蛙》中通过对"姑姑"、蝌蚪的忏悔,拷问出了内心晦暗中的光亮,但更以一种清醒审慎的意识执拗地揪住隐藏在冠冕堂皇的言行之下难以拂除的灰暗。就此,作家通过深入挖掘小说主人公们在光影斑驳的内心深处的博弈,步步深入地审视他们的忏悔,从而描摹出了一种深入灵魂的内在景观。与此同时,莫言通过作品传达人们,人性弱点与有限性决定了面向个体自身维度的忏悔的不彻底性,"忏悔"只能是一条漫漫前行而没有终点的求索之路。

三、忏悔:面向万物生灵与触及"形而上之罪业"

在另一层面,莫言小说中还体现出融入佛家智慧,有着对动物,乃至植物等一切生灵的忏悔思考,这在《牛》《蛙》与《天下太平》等作品中都有体现。

《牛》中,"我"罗汉面对着朝夕相处的伙伴鲁西牛被阉割而产生深深的同情,特别是当溜牛时担心自己被阉割的牛们围攻时,流露出了恳切的忏悔之意。尽管这一忏悔意识不尽彻底,但是却隐含着对扩展到动物进行忏悔的情绪萌芽,显得尤为可贵。《蛙》中,蝌蚪不仅对于身边的人们有着深刻的忏悔意识,而且也非常明晰地扩展到了对动物这些无辜生灵的明确忏悔,蝌蚪对于少年无知之时肆意捕捉与虐待"小青虫"充满自责与懊悔,对无辜"小青虫"发出"我错了"的忏悔之言。②

在《天下太平》中,莫言借由孩子小奥向老鳖的忏悔,并且竭尽护其周全的描写,突显了将忏悔推及动物等其他生灵的深层思考。孩子小奥欲放走被人从河里抓住的老鳖,不料却被惊慌恐惧的老鳖咬住手指紧紧不放,

① 刘小枫:《现代性社会理论绪论——现代性问题与中国》,上海:上海三联书店,1998年版,第170页。
② 罗兴萍:《重新拾起"人的忏悔"的话题:试论〈蛙〉的忏悔意识》,《当代作家评论》,2011年第6期,第53—61页。

小奥忍着疼痛向这只鳖进行了认真而真诚地忏悔。小奥认为自己被鳖咬住不仅与上一辈们的肆意杀生相关联,而且最主要还与因为自己对老鳖曾有过伤害的念头相关联。① 小奥历经两三个小时的磨难后终于鳖口脱险了,备尝痛楚的小奥还是力排众议守护老鳖,最终使得老鳖平安返回水湾。在《生死疲劳》中,叙述者通过对围剿野猪事件的反思中,透过对惨烈现场的深深悲悯,不仅对无辜受难的野猪们体现出深深的忏悔歉疚之意,而且还难能可贵地体现出对植物等"无情众生"的歉疚之情,对无辜受到牵连的马松林等稀有植被有着深深的惋惜与懊悔之情。在此,作家将悲悯之心扩展到一切生灵身上的忏悔,不啻体现出忏悔思考背后深厚的伦理学蕴涵。

此外,值得注意的是,莫言在《天下太平》《生死疲劳》的人性反思中还触及了对"形而上之罪业"的思考,以及对此的悔悟之思。

学者徐贲在研究历史与记忆的问题时,尤为关注到德国哲学家雅斯贝尔斯在《德国罪过问题》里提出的四种罪过的概念,前两种是法律与政治意义上的责任,后两种分别是道德责任与形而上的罪责。② 其中尤其引人深思的是"形上罪责"③的提出。雅斯贝尔斯这一深邃的概念是指:"在作为人类的人与人之间存在着一种团结,它使每个人对这世界上的任何一桩错误和非正义之事都负有一份责任,尤其是对发生在他面前或他所知晓的罪行负有一份责任。如果我不能尽我所能阻止这些罪行,那么我也负有罪感。如果他人被谋杀时,我在场却不能全力相助,那么我负有的就是一种在法律、政治和道德罪过之外的(形而上罪过)。"④哲学家鲍曼在论及雅斯贝尔斯的这一概念时准确精辟地指出,此概念立足在基于人类共生共存的责任之上,"在形而上学的意义上,无论我是有意还是无意地导致了另一个人的痛苦,我都是有罪的"。⑤ "罪犯的行为和受难者的痛苦之间的因果联系的缺失,并不足以消除罪恶:这是因为,绝对的人类团结这样的假定是所有道德的基石,并且,它与道德立场密不可分"。⑥ 应该说,雅斯贝尔斯在

---

① 韩春燕:《从容聊世事　自在演风波——读莫言短篇小说〈天下太平〉》,《当代文坛》,2018年第 5 期,第 115—117 页。

② 参见徐贲:《人以什么理由来记忆》,长春:吉林出版集团有限责任公司,2008 年版,第 84—85 页。

③ 徐贲:《人以什么理由来记忆》,长春:吉林出版集团有限责任公司,2008 年版,第 85 页。

④ 转引自徐贲:《人以什么理由来记忆》,长春:吉林出版集团有限责任公司,2008 年版,第 105 页。

⑤ [英]齐格蒙特·鲍曼:《被围困的社会》,郇建立译,南京:江苏人民出版社,2006 年版,第 197 页。

⑥ [英]齐格蒙特·鲍曼:《被围困的社会》,郇建立译,南京:江苏人民出版社,2006 年版,第 197 页。

此概念中,对他人深陷险境而生发罪感的心境,与对一切众生之苦予以"同体大悲"的境界相共鸣,这不啻有着升华个体道德,恢复人心光华的意义。

　　于此意义而言,在《生死疲劳》的西门猪对刁小三的忏悔中在无意间还触及到了对"形而上之罪愆"的可贵领悟。来自沂蒙山的公猪刁小三与西门猪的猪王竞争中败北,由于刁小三渐渐不能胜任动物的繁殖职责,而惨遭阉割催肥的结局。于常情而言,西门猪与刁小三的比试是基于动物世界的法则的遵循。成为猪王之后的西门猪也从未褫夺过刁小三的交配权,放弃交配权是刁小三的自主决定。基于此,刁小三为此遭受到的严酷惩罚只能由自己承担后果。然而,在道德与习俗层面均可免责的西门猪,却在深层的良知追问下深入挖掘了自己与刁小三被阉割的隐匿因果联系。在深层良知的使然下,西门猪执着地在并非与自身直接相关且盘根错节的联系中步步深挖,蓦然发现正是由于自己的立名心切,从而使自己在客观上导致了刁小三的不幸命途。由此,西门猪生发出命运休戚与共的分担意识,直接指认因为自己袖手旁观的无作为使同类遭受酷刑是有罪愆的,并由此发出痛哭流涕的真诚忏悔。

　　在《天下太平》与《生死疲劳》中,所潜藏的思索还触及了与佛教精神相关联的"形而上之罪业"的忏悔。《天下太平》中,莫言不单体现了将忏悔遍及动物的思考,而且还闪现着小奥对其"形而上之罪业"予以忏悔的精神光亮。作品中暗示出老鳖对小奥的伤害并非无端,而是冥冥之中自有定数,正像小奥自己所体认的与上辈人的恶业息息相关。因而小奥对老鳖的忏悔实则暗含着对上辈人的恶业共担责任的共业者的体认。由此,小说不单体现了小奥对缥缈难溯的罪业予以指认以及垂怜老鳖的行为,而且还突显了小奥自主地萌生出为了承担这份罪业,愿意以手指献祭的念头。这些正是体现了作家借由小奥勇敢的担当行为触及了对"形而上之罪业"的忏悔思索。

　　在《生死疲劳》中,莫言还以西门闹对簿地府之后轮回的经历隐含地体现对"形而上之罪业"的忏悔思考。尽管该作品中没有明确地涉及主人公西门闹的忏悔,但是正如有学者曾提及的,莫言超越西门闹的自恃清白与无辜,借助于佛教的逻辑将其投入畜生道的轮回之中使其直视前世今生有意与无意之间所犯下的人生贪念①,尤其让人省思。学者刘再复与林岗曾指出,佛教在人之罪的溯源是上溯过去、现在与未来三世的,这是由于无始劫以来的因果业力决定的,而这些人生超验与此世的罪都是需要纳入忏悔

---

　　① 参见陈思和:《人畜混杂,阴阳并存的叙事结构及其意义》,《当代作家评论》,2008 年第 6 期,第 102－111 页。

中的。① 小说中,西门闹的轮回之旅不仅是对于此世罪责的承担,同时也是对于过往世中无量劫导致的隐匿性罪责的承担。而这正是触及了"形而上之罪业"的深层次,这一罪过"指向'存在'的原初'罪责'"。② 莫言将西门闹安置于轮回中,使其超越自身局限,不断审视自身的罪责,同时也通过不断地提升其身上的精神光亮来隐性地体现对悔悟"形而上之罪业"的审思。

这在小说里尤其体现在莫言强化了西门闹每次轮回转世的惨烈化结局与殉难色彩来隐性地体现对其罪责的忏悔与救赎。为驴的一世,饥馑之年的灾民瓜分食了西门驴的身躯;为牛的一世,西门牛倒在了人们与其儿子的疯狂屠戮之下;为猪的一世,被落水的孩童蹬入了湖心底层而溺亡;为狗的一世,为其主人而殉难;为猴的一世,为掩护庞凤凰而被发疯的蓝开放开枪击毙。第六世的西门闹因为之前的五世轮回荡涤了部分的罪责而在新千年降生为大头婴儿蓝千岁。在《生死疲劳》中,莫言对西门闹之罪的轮回之路,以及轮回中不断提升其身上的精神光亮的设置,正是表明作家在对人的有限性注入同情化理解的同时,又有着在先验的存在意义上悔悟"形而上之罪业"的深入思索。

四、"面向他者"观照下的忏悔效度反思

在小说《蛙》尾部的写信部分,作家蝌蚪突然意识到自己所做的诸种忏悔行为对前妻王仁美与被堕胎的婴孩而言似乎无可弥补,感到自己的负罪与歉疚感日渐弥深。而退休后的"姑姑"也有着与蝌蚪一样的困境,"姑姑"在做出忏悔之后,脑海中总是还回响着张拳老婆耿秀莲临终时对自己的咒骂与愤怒,同时心里也回现着王仁美最后单薄冰冷的样子。

而这其中蕴含的思考正是体现了莫言在更深一层上立足于"面向他者"的观照反思忏悔的效度所在。在列维纳斯的一次关于"他者"思考的对话中能够了解到"奥斯维辛事件"这一历史悲剧是其形成这一思考的重要缘起。③ 列维纳斯说:"对他人负责,就是成为人质。成为人质是不公的,但这一不公就是责任的本质。"④

---

① 参见刘再复 林岗:《论汉传佛教的忏悔及其罪意识:从佛教诸忏法到禅宗"无相忏悔"》,《中国文化》,2012 年第 1 期,第 64—78 页。

② 黄瑜:《他者的境域:列维纳斯伦理形而上学研究》,北京:中国社会科学出版社,2014 年版,第 169 页。

③ 参见[法]单士宏:《列维纳斯:与神圣性的对话》,姜丹丹 赵鸣 张引弘译,上海:华东师范大学出版社,2018 年版,第 25—28 页。

④ [法]单士宏:《列维纳斯:与神圣性的对话》,姜丹丹 赵鸣 张引弘译,上海:华东师范大学出版社,2018 年版,第 46 页。

列维纳斯的"他者"伦理中"面容"①不啻是个核心概念，在列维纳斯的论述中，它容纳了一些具象的体现，诸如"他人的毫无防御的双眼"。② 在形而上的层面理解，"他者面容""不再停留于表面以美丑、衰老年轻作为标准的外表形式，而是跨越了它具有迷惑以及稍纵即逝性质的表层，达到了它作为人类面孔的唯一意义。人的面孔所代表的首先是对痛苦与死亡的召唤。它负载和反映的是人性，以及对人类脆弱和不幸的提醒"。③ 简明言之，它超越于可见的形象之外，是一种至高无上的超越力量，激发"道德自我意识"。④ 小说中，故去的王仁美、流产的婴孩、耿秀莲的出场体现了一种"他者面容"的显现之下，对人的良知进行的深层呼唤。对"姑姑"和蝌蚪而言，正是在这种介入了"他者"形象的伦理呼唤下，他们意识到了自己的忏悔的局限所在。

在小说里，"姑姑"在忏悔之后被一个长相凶悍的小男孩送来的包在纸里的青蛙吓得口吐白沫而昏厥。这个小男孩正是在计划生育中惨死的耿秀莲的孙子。作家对这一情节的设置并不是遵循着果报的逻辑，而是试图暗示在"面向他者"的现实观照中，"姑姑"的忏悔的确并不能消弭自己的罪过。正是在这个意义上，莫言在《蛙》里，借着蝌蚪之口对忏悔的效度才会感叹，倘若灵魂背负了罪感实则是难以澄清的。

莫言在一次关于忏悔思考的对话访谈中，为"面向他者"观照下的忏悔效度思考提供了感性理解的参照。莫言从现实经验的他人关系入手，对忏悔"有效性"问题进行了深入思索。莫言指出："罪过一旦犯下来，一旦有了受害者，其他任何赎罪的方式都不能让过去的罪过消失。只能是自我安慰，一种转移。"⑤德国学者格罗伊斯曾指出："他者具有某种主体性，就是说，有某种看清我并对我进行评判的能力。"⑥就此而言，正如莫言指出的，

① ［法］列维纳斯：《总体与无限：论外在性》，朱刚译，北京：北京大学出版社，2016 年版，第 169 页。

② ［法］列维纳斯：《总体与无限：论外在性》，朱刚译，北京：北京大学出版社，2016 年版，第 183 页。

③ ［法］单士宏：《列维纳斯：与神圣性的对话》，姜丹丹　赵鸣　张引弘译，上海：华东师范大学出版社，2018 年版，第 58－59 页。

④ 黄瑜：《他者的境域：列维纳斯伦理形而上学研究》，北京：中国社会科学出版社，2014 年版，第 149 页。

⑤ 莫言　李乃清：《莫言：他人有罪，我也有罪》，《南方人物周刊》，2012 年第 36 期，第 42－45 页。

⑥ ［德］鲍里斯·格罗伊斯：《揣测与媒介：媒介现象学》，张芸　刘振英译，南京：南京大学出版社，2014 年版，第 52 页。

尽管个人赎罪的举动可以延续,但是以他人的立场而言,罪依然难以恕①,因为它"并不能够弥补你原来犯过的罪行,并不能让事实不存在,只能是精神安慰"。② 莫言的这一思考也与列维纳斯提出的,"认识到我对他者那种无法证成的苦难负有无限责任,我对他们遭受的恶负有无限责任"③的思考有着共鸣。而这一从"面向他者"的伦理维度对忏悔效度的反思就对人性的完善提出了至高要求与期待。

综而言之,莫言小说中反思人性局限的哲思观照,源于作家坚定执着的正义探寻,努力不懈地思索人在何种生存境遇下会发生人性变异,在极端或是残酷的境遇下如何发生内在的心灵异化。人们应该如何避免对他人痛苦的漠视,如何在一种深层苦难中,与他人建立守望相助的信任,如何履行起人类义不容辞的道德与伦理责任。同时,也思索面对人性中难以应对的局限与负面,人们应该何以通往人性净化与自我拯救之途?这在很大程度上回应了哲学家鲍曼、哲学家阿伦特以及哲学家列维纳斯以创痛的世界历史为参照所思考的人性命题。

莫言在了然人性症候的同时溯源中国传统文化伦理抚慰人心创痛,抚平人性异化,其人性哲思观照潜隐着人性思想史的脉络,其中深刻的精神属性既是历史的、经验生存的,又是超越时空的。因而可以认为,莫言小说人性哲思的审美呈现之所以深刻,是因为驱动莫言反思人性的内核指向是源于哲学与思想史的探索。

莫言在小说中基于探索人心的深切"问题意识"对人性局限进行层层深入质询:从对人性负面审思到面向万物生灵、触及"形而上之罪业"予以承担的忏悔思考,再到"面向他者"之维对忏悔效度的反思。对鲁迅的"国民性反思"的精神承续,超越单维的人性负面拘囿,融入宽宥的慈悲观照,给予伦理境界的提升,一同构成莫言小说人性哲思的深刻特质。在显在的层面而言,莫言小说对人性局限的犀利洞视与具有悲悯厚度的人性审思相互交织极富审美张力,而在潜在的层面,不管是对人性局限的审思还是内置于其中的慈悲与宽宥的心灵之境,都从恢复人性光耀与寻求内心良知的维度上汇合,由此莫言小说的人性哲思达成一种探寻人心正义上的和谐之境。

---

① 参见莫言 李乃清:《莫言:他人有罪,我也有罪》,《南方人物周刊》,2012年第36期,第42—45页。

② 莫言 严锋:《文学与赎罪》,王德威等:《说莫言》,上海:上海书店出版社,2013年版,第196页。

③ [美]理查德·J.伯恩斯坦:《根本恶》,王钦 朱康译,南京:译林出版社,2015年版,第223—224页。

第五章　抵达超验:"生命创生"·"形而上希望"

文化哲学的形而上维度关涉到对终极化的寰宇人生的思考,这主要指向对存在之域层面的人生意义世界的追寻,对无垠的心灵疆宇与玄奥之境的探索。莫言在创作谈中曾指出,作家的使命指向探索"人的命运和遭际"①,要以"借助内心观照外物"②的内在心灵视角打量世界。在形而上维度的文化哲思观照上,莫言在小说中挖掘生命本源的力量蕴含的争天抗俗性,探寻了生命内在光泽的超验意义。同时,莫言在小说中从抽象维度透析"悬浮""恐惧"等心灵之域,不单揭示存在深渊的可怖,而且更通过"光与梦"的审美之思,展现心灵抗衡存在深渊的引渡力量。此外,莫言还通过奇幻的神话想象体现了一种形而上层面的希望精神与哲韵智慧,对悲感化生存与生命的终极困境予以智性纾解。

第一节　本源观照:生命泰然的启迪

莫言基于生命意志的尊重,着重探讨了生命本源的力量。这一本源的生命力量不仅可以抗衡心灵规训,突显争天抗俗的精神意志,而且所折射出的精神光韵更有着唤起人的内心澄明的启示价值。

莫言在《红高粱》《红蝗》《白棉花》等作品中通过"我爷爷、我奶奶"、同族男女、方碧玉等主人公展现了坚毅生命力量对扭曲化的道德规训的抗争。同时,这一生命抗争更有着形而上意义,它不仅激活了生命内在的自由精魂,而且还赋予个体一种真正的心灵泰然。

创作于1985年的《红高粱》为登上文坛不久的莫言赢得了殊荣,也奠定了莫言在当代文学中的地位。发端于寻根文学时期、张扬生命力的《红

---

① 莫言:《我的〈丰乳肥臀〉——2000年3月在哥伦比亚大学的讲演》,《莫言讲演新篇》,北京:文化艺术出版社,2010年版,第132页。
② 莫言:《在金砖国家文学论坛上的主旨发言》,《当代作家评论》,2018年第2期,第4—5页。

高粱》固然有着时代思潮的推力影响,但是其中对超验的生命意义的挖掘却是超越于时代,有着更为深层的生命哲理意义。《红高粱》里,"我奶奶"戴凤莲在生命力的启蒙下,彻底反抗封建礼教的心灵规训。"我奶奶"因生命启蒙得到了爱情的归宿,同时也唤醒了内在的心灵意志,她不仅在逃离麻风窝时以生命伦理义正词严地诘问苍天,而且更在临终时幸福地回忆争天抗俗的短暂人生。在《白棉花》中,方碧玉与在棉花厂做工的李志高产生爱情的火花,坚决地反抗恃强凌弱的强权者为其指定的婚姻,为此方碧玉受尽折辱亦不动摇。这次基于生命启蒙而果断的抗争也直接成为方碧玉九死一生、亡命天涯的导火索。归根结底,"我奶奶"、方碧玉这些女性们的行为与壮举在某种意义上,"确立了关于善的新标准,以自己的尺度重新定义合法性,这一新标准再反向回溯其行为,赋予其一种合法性"。①

　　相比较"我奶奶"、方碧玉而言,莫言在《红蝗》中通过同族男女的生命历程更为抽象寓言化地深入探讨了生命本源力量对强大的规训禁锢的突围。在《红蝗》中,食草家族的族长意图剿灭内部族人通婚引发的种族退化,为此不惜以惨无人道的火刑来阻止。不幸的是,有一对同族相恋的年轻男女,因为违抗族人戒律而缚在了火刑祭坛下。他们浑身被涂满了厚厚的油脂,脚下是厚厚的柴草堆,女人的肚子已然显示身孕。在熊熊烈火中,他们毫不妥协地实现了彼此生命的融合,迸发出生命最璀璨、决绝的本体力量,进而打开了超验的精神之门。这股生命气象之强足以逾越生死,他们的身体虽然灰飞烟灭,但所绽放的生命光华却在灰烬中熠熠生光。这股生命的本源之力通过激发个体甘愿承担痛苦与毁灭的勇气,以不畏牺牲获得一种形而上的精神诉求。

　　生命的本源力量不仅有着争天抗俗的意志,更有着抵达生命泰然的诉求。不论是《红高粱》中的"我爷爷"和"我奶奶"、《白棉花》中的方碧玉,还是《红蝗》中被烈火吞噬的食草家族先辈,都正是借着生命本源力量激活了心灵意志,使生命主体超越出他律规训,从而达到了生命的内在启明。英国思想家以赛亚·伯林在其著作中谈及生命启明的殊俗意义,作为生命主体"最重要的,是自主行动,而不是被动行事"。② 伯林进一步援引阿波罗之子法厄同驾驭阿波罗战车而殒身的例子来予以阐明,法厄同不屈从于外在的世俗力量,是自我掌控命运,是在驾驭自己的人生,而不是被外在的力

---

① 于琦:《齐泽克文化批评研究》,北京:中国社会科学出版社,2012年版,第109页。

② [英]以赛亚·伯林:《扭曲的人性之材》,岳秀坤译,南京:译林出版社,2009年版,第224页。

量所奴役。① 因而可以看到，莫言通过生命本然力量的光泽启示着生命内在启蒙的意义。这一生命维度的启明，意图根据自己的生命意志，成为"不断积累逾越的历史经验的真正自律的存在生命体"。②

同时，莫言在其小说中也充分展示了生命个体处在生存困境之下，倚靠生命坚韧的精神质素下的心灵意志，"精神力量只有在困苦和斗争中，才充分证明生命的存在"。③《粮食》中，梅生娘在野有饿莩的困苦时代，以超验的母爱支撑起来的生命韧性度过了饥馑中的人生苦厄。《断手》中的留嫚、《白狗秋千架》中的"暖"都在生存困境下，以柔韧不屈的内心力量抗衡生存的重压。尤其是《白狗秋千架》中的"暖"以决绝与惊世骇俗的生命愿望抗争命运，激荡着人心，"痛苦只能摧毁崇高的人，却不能摧毁崇高的人格力量。在这个意义上说，人在命运之前并非无能为力，人能够选择，选择即是反抗"。④

莫言还通过《透明的红萝卜》中的小黑孩在生命韧力下的超越，深一层地体现了生命的自渡。小说中，几乎无人在意的小黑孩在被小铁匠掠夺了菊子姑娘所给予的唯一关爱后，既不打闹也不哭嚷，而是以赤手捏住了高达几百度高温的钻子来体现生命的超越。小说中通过小铁匠落荒而逃，几近疯狂的反应，传达出黑孩忍受超出正常阈限的高温剧热所发出震慑人心、令人肃然起敬的生命震撼力。法国学者维尔热里在其著作中曾指出，生命通过赋予人内心充实与坚执的方式以弥合人所承担的痛苦。⑤

此外，莫言在《丰乳肥臀》中也传达了一股超越人生困境的生命延展力，以及生命所给予人的内心澄明的力量。"母亲"上官鲁氏晚年似乎也在教堂感受到了某种生命启迪，但是，纵观其一生能够明晰地看到"母亲"还是以自己的超验化生命力量承担了不幸的遭际。历史风云瞬息万变，时代的诡谲夹带诸种苦厄向"母亲"袭来，数次与女儿、儿孙生离死别的孤塞命途笼罩着"母亲"。在历史动荡中，上官家族的女儿们尽数香消玉殒，所有的孙子孙女们也几乎悉数殒尽。大哑二哑、司马凤凰姐妹、沙枣花等死于非命；鲁胜利、鹦鹉韩作奸犯科入狱；司马粮远走他乡、销声匿迹，徒留一身

---

①　参见［英］以赛亚・伯林：《扭曲的人性之材》，岳秀坤译，南京：译林出版社，2009 年版，第 224 页。

②　［法］高宣扬：《福柯的生存美学》，北京：中国人民大学出版社，2005 年版，第 262 页。

③　转引自吴晓：《意象符号与情感空间——诗学新解》，北京：中国社会科学出版社，1990 年版，第 88 页。

④　吴晓：《意象符号与情感空间——诗学新解》，北京：中国社会科学出版社，1990 年版，第 89 页。

⑤　参见［法］贝尔特朗・维尔热里：《论痛苦——追寻失去的意义》，李元华译，杭州：浙江人民出版社，2003 年版，第 194 页。

创伤的"母亲"与心理年龄停滞不前的儿子相依为命。在前大半生,"母亲"身上体现了生命坚韧不屈的"创生精神"。① 同时,小说还体现了"母亲"晚年在洞达命运的晦暗之后的泰然心境,在对儿子、对后代极度失望之后依然达观淡然。这正是在深层地体会到意义的空无,了然万事万物的本然之后进行的生命超越。"母亲"历经劫难之后,返璞归真的内心恬淡与澄净有着弥足珍贵的生命意义,昭示着生命在一种有限的存在中拓展了内在心宇的韧力与光韵,以此见证了生命的超越。

由此,莫言小说中涌动着一股强大的生命之源,它不仅能够激活生命的超验意志,释放桀骜的灵魂,而且其中蕴涵的形而上力量闪烁着赋予个体一种澄明性的启明。

第二节　慧悟存在:抵御"心灵沉沦"

德国哲学家贝克在其著作中提醒人们,难以觉察的无形之物的威胁未必如镜花水月般缥缈,恰恰相反,有可能比现实隐患更有着潜在威胁:"脱离感知的事物不仅不再是虚幻的,反而成了更高阶的危险现实。"②也正如学者赵静蓉指出的,"被'无形化'的危险更令人紧张"。③ 哲学家鲍曼在《流动的恐惧》中,正是着重描述了对这一类型的恐惧的洞察,"它无名无姓,其中渗出更加浓厚凶恶的恐惧"。④ 鲍曼引昆德拉《被背叛的遗嘱》中的"迷雾中生存"隐喻与这种"无形化深渊"所带来的生存恐惧进行了比较,指出生存于迷雾中仍可被感知与预计,而这种无形的隐患却是无法被估算的:"'在雾中生活',我们的'确定性'将我们预先应对麻烦的努力瞄准并集中于可见、已知且在近处的危险,这些危险可以被预见,它们的可能性也能够被计算出来——但是到目前为止,最可怕、最令人恐惧的危险正是那些不可能或者极端难以预见的:那些始料未及,很有可能无法预见的危

① 董根洪:《传统生生观——中国人的生存智慧》,《浙江社会科学》,2015 年第 4 期,第 97—102 页。

② [德]乌尔里希·贝克:《风险社会:新的现代性之路》,张文杰　何博闻译,南京:译林出版社,2018 年版,第 41 页。

③ 赵静蓉:《文化记忆与身份认同》,北京:生活·读书·新知三联书店,2015 年版,第 260 页。

④ [英]齐格蒙特·鲍曼:《流动的恐惧》,谷蕾　杨超　孙志明　袁飞译,南京:江苏人民出版社,2012 年版,第 5 页。

险。"①这种无法设防性正是强化了人在洞察到生存的虚无之后无法言表的深层惶恐。

莫言在《蓝色城堡》《二姑随后就到》《辫子》《扫帚星》《十三步》等小说中正是透析这些无形的恐惧、悬浮的隐秘化心灵之域,透视存在深渊的可怖,反思了人在存在之境中诸种"沉沦"的心灵异化。而在抵御存在之渊的进一步思考中,莫言在《白杨林里的战斗》等小说中,通过主人公们的勇往直前,体现人类在存在之域中漂泊的同时,又积极进行超验化抵御的形而上生命精神,以此体现作家审美化的超验关怀。

一、"心灵沉沦"的境遇透视

在《蓝色城堡》《辫子》等小说中,莫言不仅揭示了无形的存在之境的可怖,而且也反思了人于存在深涧中,生命"沉沦"状态下的心灵异化。这种对心灵潜藏的异化状态的直视、透悟所隐含的对人类本体之境的思考,体现了作家的形而上的审美生存观照。

在《扫帚星》中,作家借用"荧惑守心"的诡谲天象隐喻化地辐射出小说主人公性别颠倒的阴郁人生,以及其族人不幸的凄苦命途。在《二姑随后就到》中,这则寓言式的小说同样体现出象征层面的存在渊薮对人的恐怖侵袭。"二姑"的孩子"天"与"地"两兄弟一夜之间席卷食草家族,整个食草家族一时之间哀鸿遍野,食草家族的老一辈都被"天"与"地"擒住受到可怕的折磨。但对于食草家族所有人的命运如何发落,还要等着"二姑"前来裁决。至于"二姑"什么时候到,"天"与"地"异口同声地咬定随即将到,于是所有食草家族的成员都在满腹狐疑与心惊胆战中等待着"二姑"的降临。由是,《二姑随后就到》中强化了存在黑暗对个体施加的令人惊惧化的凝视。"二姑"虽然迟迟未到,但是她的派遣使者"天与地"的到来已经使得世间平地惊雷,不得安宁。小说的最后"二姑"依然迟迟未到,但"天"与"地"依然斩钉截铁地认为"二姑"会旋即到来。这在隐喻的层面象征了令人恐惧与不安的无形威胁对食草家族所有人的布控感,悬而未决的惨淡命运之途令人难以安生。

在《蓝色城堡》②中,莫言将《荷马史诗》中"奥德修斯"在神谕恩准返回故土征途中的片段经历予以重述与重写。学者张曙光曾指出,思想家"利

① ［英］齐格蒙特·鲍曼:《流动的恐惧》,谷蕾　杨超　孙志明　袁飞译,南京:江苏人民出版社,2012 年版,第 13 页。
② 莫言:《蓝色城堡》,《青年作家》,2013 年第 1 期,第 22—23 页。

奥塔赋予了'重写'以哲学上的意义"。① 相应地,"神话重写""旨在为存在命名"。② 在小说的这一重述中,莫言打破了《荷马史诗》中神谕拟定的奥德修斯的光明前途,将奥德修斯抛向扑朔迷离的命途。莫言在《蓝色城堡》中,不仅将奥德修斯被送到了数千年之外的国度,而且还让他在茫然无措中观看大剧院舞台上演的自己被神谕设定的原初命运。而这千年的延宕与错置的时空,恰恰标示着某种偶然的未知因素对奥德修斯必然命运的无端篡改与颠覆。这位众望所归、所向披靡的无敌英雄也一下子陷入了无可把握的悬浮化的存在之境中。

在《红树林》中,主人公林岚的命运跌宕起伏,她的命运在小说中总是被一种神秘无形的声音所笼罩。小说中,在林岚报复马叔而放浪形骸地在酒店厮混时,在为儿子的闯祸担忧时,在绝望地倒在奢华的海滨别墅中声嘶力竭地哭喊时,这一无形的声音通过画外音式的叙述到处弥漫化地窥伺林岚的生活,一步步地暗示林岚岌岌可危的命途。法国学者希翁在著作中曾阐释过"无形音角色"③的内涵,这是指"一种不见声源的角色",④它有着令人不安的弥漫一切、窥视一切与击溃一切的超能性,"无形音角色具有无所不见(see all)的能力;第二,具有无所不知(omniscience)的能力;第三,对于事情处置的无所不能(omnipotence)的力量"。⑤ 莫言在小说中正是通过以这样的无形化声音叙述突显了捉摸不定的命运深渊对林岚人生的侵蚀。

此外,莫言着重通过《十三步》通篇展现着谵语、悖谬、可怖的暗黑叙述,深刻而形象地展现了处于无形的存在威胁之下的生存"恐惧""惶惑"与"癫狂"的诡谲世界。

小说由神秘化的吃粉笔的笼中叙述者开始荒诞不经地叙述故事,该小说的核心情节围绕教师方富贵与张赤球的离奇经历展开。方富贵累死在讲台上,却又死而复生。复活过来的方富贵在同事张赤球的妻子,殡仪馆整容师李玉蝉的整容下变为假的张赤球。假的张赤球(方富贵)重新登上讲台授课,真的张赤球则外出做生意,从而引出张、方两家人的诸种荒唐、

① 张曙光:《堂·吉诃德的幽灵》,北京:北京大学出版社,2014年版,第180页。
② 张曙光:《堂·吉诃德的幽灵》,北京:北京大学出版社,2014年版,第181页。
③ [法]米歇尔·希翁:《视听:幻觉的构建》,黄英侠译,北京:北京联合出版公司,2014年版,第113页。
④ [法]米歇尔·希翁:《视听:幻觉的构建》,黄英侠译,北京:北京联合出版公司,2014年版,第113页。
⑤ [法]米歇尔·希翁:《视听:幻觉的构建》,黄英侠译,北京:北京联合出版公司,2014年版,第114页。

悖谬、可怖的生存经历。同时,该小说中神秘的笼中叙述者在主干情节中又蔓延出若干个延伸,呈现出不同时间维度的情节。在整部作品中,时间循序混乱,溯源过往、记叙当下与讲述未来交织往复。

哲学家德勒兹在研究时间哲学时曾创造出一个可以概括为"晶体"[①]的概念,这是指"时间应该在每一刻都被分解为现在和过去,它们在本质上是不同的,或者把现在分为两个异质方向,一个面向未来,一个追溯过去"。[②] 可以说,参照德勒兹的概念,《十三步》中现在时间与过去时间的分裂,不同时间维度的混乱叙述也构成了这样一种一边朝向将来,一边溯源过往的时间"晶体"结构,一方面意图抗衡存在的黑夜,然而另一方面又因为朝往将来的时间维度被封锁,沉溺于往昔展现的存在之渊中。[③]

小说中,复活了的方富贵与张赤球互调身份,打开生存的黑暗模式是小说主干情节的重要转折点。在整容师李玉蝉的操刀下,方富贵在拆开层层纱布之后是一张让自己不敢正视的脸,这也意味着死而复生的方富贵将在余生都过着一种面具化的生存。而恰恰此时,张赤球家的镜子忽然破碎成几百片了。哲学家波德里亚在《致命的策略》中讲述了一个镜像的故事,西班牙丑陋无比的公爵以凸面镜子扭曲篡改美丽妻子的容颜,让其误以为自己也是长相丑陋怪异,以达到束缚妻子的目的[④],波德里亚通过这个形象生动的故事折射反客为主的镜像生存对人的主体性的险恶剥夺。因而,从这层意义而言,镜像生存意味着客体对主体的挤兑与压榨,意味着主体的失落。那么,《十三步》中的镜子破碎,正是意味着方富贵具有可以挣脱镜像生存,重新赎回自己的主体性的可能性。

但是,诡谲之处就在于,小说中死而复生的方富贵却以此为人生的转折点,被彻底沦为生存的客体。顶着张赤球面容的方富贵与久别的妻子屠小英重逢,他的坦诚告白不但被妻子严词拒绝,而且顶着张赤球的面容又使他陷入了与整容师李玉蝉的情欲漩涡中。第一次死亡使得方富贵丧失了主体的身份;第二次整容后顶着张赤球面容的面具化生存,又使得方富贵彻底失去了主体性回归的资格;第三次被妻子屠小英的拒绝,方富贵真

① [法]吉尔·德勒兹:《时间—影像》,谢强 蔡若明 马月译,长沙:湖南美术出版社,2004年版,第127页。
② [法]吉尔·德勒兹:《时间—影像》,谢强 蔡若明 马月译,长沙:湖南美术出版社,2004年版,第127页。
③ 参见[法]吉尔·德勒兹:《时间—影像》,谢强 蔡若明 马月译,长沙:湖南美术出版社,2004年版,第127页,第137页。
④ 参见[法]让·波德里亚:《致命的策略》,刘翔 戴阿宝译,南京:南京大学出版社,2015年版,第188—189页。

正成了被彻底放逐的离魂。最终,历尽劫难而重生的方富贵终于倒在讲台上,再次逝去。因而,方富贵的过去因为过度疲劳而被送入殡仪馆,在将来的维度中刚刚出现曙光之际又被扼杀。小说中,张赤球亦是如此,在过去作为一个普通的教师,生活拮据。在未来生活中,又因为替代了自己的方富贵再次逝去而只能此生漂浮,终结将来的光亮。

学者吴晓东曾在分析福克纳的《喧哗与骚动》时指出:"萨特从存在哲学的意义上探究了时间的问题,把潜在性、可能性和未来性看成界定人的基本维度。没有这个潜在性和可能性的维度,人就是没有希望的、濒死的,就像昆丁一样。"[①]萨特在《存在与虚无》中认为,"将来是诸种'可能'的持续的可能化,如同现在的自为之意义那样,因为这个意义是未定的,而且它完全要彻底地逃离现在的自为"。[②] 因未来时间其潜在的变化性,可以游离与跳脱出当下时间的掌控性,暗含无限的生成性。就此而言,在《十三步》的时间结构中的"过去"时序突显了黑暗的渊薮,"现在"时序的生存状况紊乱不堪,而且最为可叹的是,指向将来的"未来"时空又缺失光明,注销了潜在的生机,该小说以此形象而深刻地体现出了被虚空黑暗侵袭,难以突围的存在困境。

在另外一方面,《十三步》还呈现为一种时间结构上的"缠绕叙述"。该小说艰深的寓意与繁复的语言流通过不断交织的"缠绕叙述"强化令人恐惧的无形化的生存深渊。这一"缠绕叙述"犹如德勒兹所认为的"时间迷宫"一般,不仅不断地生成时间交汇,流淌在当下的时间点,又往返于过往的时间洪流中,而且还混淆了现实域与幻想域,为时间轴的过往与当下提供了千差万别的叙述想象。[③] 这种叙述在《十三步》中也着重体现出了一种疑窦丛生的特质,令人云山雾罩,如坠烟氲。

《十三步》的"缠绕叙述"在主干内容中不断穿插新内容,生发出许多子故事,涉及驳杂的人物与广阔的生存域。正如德勒兹指出的,时间的分叉会将人带向两重性,"一是毗邻性,涉及无意中遇到分叉的人物;一个是灵界性,指将分叉带到过去的人物(有时是同一个人物,有时是另一个人

---

① 吴晓东:《漫读经典》,北京:生活·读书·新知三联书店,2008 年版,第 23 页。
② [法]萨特:《存在与虚无》,陈宣良等译,北京:生活·读书·新知三联书店,2014 年版,第 174 页。
③ 参见[法]吉尔·德勒兹:《时间—影像》,谢强 蔡若明 马月译,长沙:湖南美术出版社,2004 年版,第 207 页。

物)"。①《十三步》里蔓延出各色不用的人物,交织着各种道听途说与神话传说,由此,小说主人公屠小英、方富贵由现实界跨向异界,与神话中过去的人物汇合,虚实难辨、捉摸不定。在叙述整容师李玉蝉的经历中,又缠绕化地追溯了她与老情人的暧昧往事,与饲养员的隐秘幽会以及龌龊交易;卖香烟的女人对李玉蝉的秘密监视与告密,以及最后李玉蝉重新堕入窥探者老情人的儿子隐秘化的盯梢、敲诈与布下的罗网中。如此种种的"缠绕叙述"展现密布黑暗烟氲的生存境遇。

在方富贵的妻子屠小英的生存处境中,小说又交织讲述屠小英在历次批斗与加工厂被羞辱、被损害的经历,以及屠小英在夫亡后改嫁而飞黄腾达的数个传说。但是,《十三步》中,这些连环的时间"缠绕叙述"丝毫没有更改主要内容的主旨,相反,正是这些叙述讲述一个个蔓延开来、貌似独立的小故事强化地展现了命运黑暗的渊薮的交织密布,更加深了该小说主旨展现怪异、阴森可怖的存在渊薮的整体基调。

整体上,小说中的屠小英、方富贵、张赤球、饲养员、李玉蝉均被生存的深渊所吸附,诸位人物生存的可怕境遇已然被提前预示却又无法设防,弥散令人惊惧的气氛。哲学家鲍曼指出,"恐惧最令人恐慌之时,是在它弥漫开来、呈分散之势时,这时的恐惧模糊不清、无依无支、自由飘荡,谁也不知它从何而来又当如何处置"。② 莫言通过该作品的"缠绕叙述"潜入了主人公们的心灵深处,对主人公们混淆时空的诸种暗黑化潜意识的描摹体现了他们迷失于存在之渊的苦痛与凄然。因而,《十三步》异常深刻地体现了莫言对无形之域的敏锐洞观以及对晦暗莫测的存在之境的深邃探索。

在上述的《蓝色城堡》《扫帚星》等作品中,莫言着重揭示与透析了无形的存在威胁的可怖。在《辫子》中,莫言以深刻睿智的寓言方式着重反思了人被"无意义"引诱下的心灵空浮的异化。

在《辫子》中,主人公胡洪波一日突然发现妻子郭月英只会反复强调以"大辫子"拴住他,向他进行威胁。从此,"大辫子"成了胡洪波日常生活的"无形羁绊"。不论是在家里、办公室还是外出的办公地或是医院里,"大辫子"的幻象无所不在地闪现在胡洪波的脑海里,点点滴滴的日常生活无不被"大辫子"所困扰。胡洪波一日外出偶遇余甜甜,貌似发生冲出郭月英的

---

① 〔法〕吉尔·德勒兹:《时间—影像》,谢强　蔡若明　马月译,长沙:湖南美术出版社,2004年版,第 82 页。

② 〔英〕齐格蒙特·鲍曼:《流动的恐惧》,谷蕾　杨超　孙志明　袁飞译,南京:江苏人民出版社,2012 年版,第 2 页。

"辫子"魔咒的转机,然而结果却是重新沦陷到新一轮的"大辫子"包围圈中。小说里,使得胡洪波陷入水深火热生活中的"大辫子"究竟有什么意味呢?从经验层面,或许可以理解为世俗婚姻生活中围城般的禁锢力量。然而在该小说中,围困胡洪波的"辫子"完全游离出现实化属性的所指,呈现为一种意义内涵上的空白。而正是从超验的层面而言,可以发现"大辫子"的吊诡之处正是在于它似乎没有附着任何有意味的内涵,而只是一句束缚人类生存的无形化、无意义的咒语,它"凸现了无意义能指的威力"。① 哲学家波德里亚曾说:"人的理智无法抗拒咒语,必然会被意义轮空的地方所施咒"②,"朝向虚无的东西,人们有千百种打开它的理由。什么都不能说明的东西,人们有千百种永远不忘记的理由"。③ 的确,诚如波德里亚认为的,越是无意义与空白之物,越是能激发起人们在无穷好奇下的靠近与难以忘怀。正是在这个意义上,小说《辫子》寓言性地传达了在心灵悬浮的境遇下,"空白与无意义"对人施加的致命蛊惑。

二、抵御"沉沦"境遇

莫言并不止于在小说中透视存在渊薮的可怖以及揭示生命沉沦的诸种心灵异化。在《长安大道上的骑驴美人》《白杨林里的战斗》等小说中,莫言通过主人公们在存在渊薮中的心灵反抗,传达了人类对无形之域进行超验化探索的思考。

在《长安大道上的骑驴美人》中,作家通过侯七的经历,传达出人类满怀憧憬地追求超验价值,抵御灵魂下坠的形而上思考。主人公侯七远远地望到一个骑着驴的古典美人由骑马的卫士护卫着穿越大道,因其阻隔,侯七只能以尾随的方式跟随。最后他人都纷纷离开,只剩下执着的侯七紧随其后。在大道上,当侯七马上能够追赶上骑驴美人与骑马卫士的时候,他们却突然风驰电掣般疾驰而去,使侯七永远望尘莫及。

曾有学者论及以"芝诺悖论"来阐释人永远没有办法靠近他神往目标的深刻意蕴,并同时指出人类对超验目标有着不懈的执求。④ 小说中护卫红衣女子的高贵勇士尽管借助于有形的载体,但是却是承载着神秘而不能逾越的超验格局,寓意着超越于尘世间的某种神秘力量的守卫,拒斥人类

---

① [法]让·波德里亚:《论诱惑》,张新木译,南京:南京大学出版社,2011年版,第113页。

② [法]让·波德里亚:《论诱惑》,张新木译,南京:南京大学出版社,2011年版,第113页。

③ [法]让·波德里亚:《论诱惑》,张新木译,南京:南京大学出版社,2011年版,第114页。

④ 张德明:《卡夫卡的空间意识》,《浙江大学学报》,2004年第4期,第137—143页。

的僭越。正如有学者曾指出的:"在康德的哲学体系中,曾为人类的心智能力划定了界限,他提醒人们防止理性的潜越,防止用'理性'去侵占那个人类的感觉经验永远达不到的被他叫做'物自体'的地方。我们所能做的,可以越来越接近它,但我们必须清醒总有我们认识不了的东西存在着。"①

学者曹文轩曾提出"憧憬"与"空扑"这一互为推动的存在结构,并指出这一存在结构产生的巨大催动力不断引领着生命勇往直前。② 在小说中,尽管侯七的执着并不能如愿以偿,但亦丝毫不曾动摇侯七进一步探索奥秘的执拗。作家尽管道出了由于超验的神秘阻隔而导致人类难以为继的生命流浪状态,但是,更体现了人类在处于悬浮化存在境遇的同时又心怀喜悦地探索未知、神秘的超验之域,"超越意识是人性最本质的渴望。在人类完成其进化之后,他们察觉到对'超验'的渴望已经根植于他们作为人的存在之中"。③

而对于人类如何在存在深渊中进行自我拯救的进一步思考,莫言借由《白杨林里的战斗》中"我"与黑衣人、葵花脸的博弈之后,坚定地勇往直前,抽象化地体现人类不屈于漂浮与放逐状态的超验抗争。该作品中,作家尤为通过"我"突围两重考验来深入地体现拒绝心灵堕落的内心博弈。在第一重考验中,"我"在无端地被裹挟到一群野蛮孩子的械斗中,遇见了诡秘的神祇黑衣人。无端降临的黑衣人将械斗中的孩子们固定在生死边缘的瞬间,同时以孩子们的命数向"我"要挟。"我"在黑衣人的威逼利诱中,慷慨激昂地欲以献出生命来拯救现世的苦难。就在"我"自愿牺牲的千钧一发之际,黑衣人出手挽救了我,同时与"我"展开生命价值与意义的论辩。与黑衣人的辩驳中,"我"悟到了壮心豪言的虚假底色、功名价值诱惑的虚妄之后,放弃名利价值的留恋。而根据黑衣人提示下的探索中,"我"却又遭遇到了象征世俗安逸的葵花脸女人与其琥珀色茶的诱惑。正是通过对黑衣人、葵花脸的考验与抗争中,"我"不仅抗拒了世俗沉沦,同时窥见有赖于神祇拯救的僭妄。于是,小说中的"我"便义无反顾、坚定地起身。而"我"断绝了浮华功名利禄的引诱,放逐了世俗价值的蛊惑,拒绝了外在神明的拯救,那么,"我"要向哪里去呢? 至此,"我"对现世沉沦、无形羁绊的抵御走向了艰难的求索。"我"力图通过义无反顾地勇往直前弥合世俗与神圣,生成超越既定价值的混沌。但这显然不是抹平高低价值的犬儒主义

---

① 张玉娟:《卡夫卡艺术世界的图式》,杭州:浙江大学出版社,2009 年版,第 19 页。
② 曹文轩:《经典作家十五讲》,北京:中信出版社,2014 年版,第 53 页。
③ 〔英〕凯伦·阿姆斯特朗:《神话简史》,胡亚幽译,重庆:重庆出版社,2005 年版,第 29 页。

式的混淆,而是面临虚无的形而上冒险,这无疑指向了更高层面的精神探求。

《白杨林里的战斗》中,"我"奋不顾身地向前的精神意蕴不由令人联想到鲁迅《过客》中"过客"的一往无前的精神共鸣。《过客》中,"过客"面对老人的劝阻与叹息,面对紫发女孩慷慨馈赠的布片,仍然坚持着跋涉艰险,踏上险恶之途。"过客"通过老人与小女孩的考验跨过有形世界的羁绊,独行求索至无形的世界。在觉察了沉重的本体生命悲感后,却仍然以无畏跋涉作出对心灵深渊的抗衡。

而需要进一步指出的是,《白杨林里的战斗》与《过客》中两者体现的精神之境还是有一些内质上的区别。《过客》作为《野草》中的一篇,体现了鲁迅更为厚重的哲思精神,也更具终极意义的形而上指向。鲁迅所体验到的是对近现代社会中深刻的危机洞察而转化为绝望心境的刻骨体会。在鲁迅的精神世界里,由"过客"所体现的抗争与鲁迅惟"'黑暗与虚无'乃是'实有',却偏要向这些作绝望的抗战"①的这一人生哲学有着同构化的血脉联系。

而在《白杨林里的战斗》中,莫言尽管借由黑衣人、葵花脸两者的考验也突出了"我"抵御沉沦的精神意蕴,体现了对鲁迅的精神脉络的内在继承;但是该小说中,些许情节设置的随意化,以及一些运用过度的叙述技法影响了精神探寻的深度。因此,应该说,鲁迅的《过客》通过"过客"果敢悲壮的选择,体现出"抗争于不能抗争之境,期望于没有希望之中"②的精神境界更为形而上、更为厚重。

应该说,在《扫帚星》《辫子》《蓝色城堡》《白杨林里的战斗》等小说中,莫言不仅反思了"无形式[amor-phon]的、邪恶的、无形象的[aneidon]"③存在之境,而且更展现了人类试图超拔心灵下堕的境遇,超越存在之悬浮、命途之缥缈的超验化思考。

---

① 鲁迅:《两地书·四》,《鲁迅全集》(第十一卷),北京:人民文学出版社,2005年版,第21页。
② 张一兵:《启蒙的自反与幽灵式的在场》,哈尔滨:黑龙江大学出版社,2007年版,第237页。
③ 转引自[意]乔吉奥·阿甘本:《潜能》,王立秋 严和来等译,桂林:漓江出版社,2014年版,第298页。

第三节　心韵搭筑："光与梦"的审美哲思

莫言在小说中不单从生存境遇与抽象维度透析了历史命运的诡谲、存在之渊薮的可怖,而且还通过"光与梦"的审美哲思,开启广辽的心宇畅游,进一步体现对生存窘境的超离,深层展现心灵抗衡存在迷雾的超拔化引渡力量。

一、心灵启明："光"之寓意

对于"光"的描绘在中国古典文学源头的《楚辞》中有着丰赡的体现。在《楚辞·九思》的"守志"一篇中写道:"扬彗光兮为旗,秉电策兮为鞭"①,"三光朗兮镜万方"。② 在《楚辞·九歌》里,细致地描写"云中君"出现之时的光束四射之象,"与日月兮齐光"。③ 在《楚辞》中诸多"彗光""三光""日月同辉"的光之意象不仅描摹出审美想象中的绚丽璀璨景致,而且更在于这些光之意象以象征之笔法,映衬了处于历史动荡时局中,高洁的文人士大夫们的内心之光。

"光"作为超验化的启明寓意不仅存在于文学典籍之中,在西方的哲学谱系中也有着体现。哲学家阿伦特在其意蕴隽永的哲理随笔散文集《黑暗时代的人们》中,则将奉献自身、喷发生命之泉的作家作品视为点燃正义之灯的"光源"所在,"这光亮源于某些男人和女人,源于他们的生命和作品,它们在几乎所有情况下都点燃着,并把光散射到他们在尘世所拥有的生命所及的全部范围"。④

(一)光的启迪

在学界中,曾有学者从绘画的艺术角度论及莫言作品中"光线"对于人物情节构型的关联。⑤ 在此,笔者着重从"光"的哲理蕴涵层面予以观照与诠释。莫言在小说中闪现于生存层面的光束在《爆炸》《师傅越来越幽默》等作品中均有着形象化体现。在《爆炸》中,天际中折射的暗蓝色光束忽然唤起了"我"对亲人的愧疚与怜惜之情。《师傅越来越幽默》中,颓唐的失业

---

① 《楚辞》,林家骊译注,北京:中华书局出版社,2015 年版,第 400 页。

② 《楚辞》,林家骊译注,北京:中华书局出版社,2015 年版,第 401 页。

③ 《楚辞》,林家骊译注,北京:中华书局出版社,2015 年版,第 42 页。

④ 〔美〕汉娜·阿伦特:《黑暗时代的人们》,《作者序》,王凌云译,南京:江苏教育出版社,2006 年版,第 3 页。

⑤ 周文慧:《莫言与后期印象派绘画》,《中国文学研究》,2019 年第 3 期,第 174—181 页。

师傅在回家途中，却发现一派生机盎然，路遇往昔同伴盛情招呼，路遇抚摸动物的女孩莹然有爱，这一切折合成温暖之光透进师傅心房，使之一振，重新有了谋生的斗志与勇气。

在《天堂蒜薹之歌》中，张扣以自己的牺牲冲破了笼罩着的生存雾霾，以自身的受难点燃正义的光源，在天堂县上空绽现出生存的光曜。莫言在小说中洒落的"光"不仅有社会生存层面的慰藉之光与正义之光，更有着形而上意义层面的超验之光。

《蛙》中，泥塑大师秦河塑造泥娃娃必须在月光下进行制作，秉承月光而诞生的泥娃娃被人们奉若珍宝。在此，皎洁的月光不单单是自然之光，更是化为泥娃娃精魂的超验之光。同时，"光"作为超验化的启明寓意在莫言的小说《透明的红萝卜》中也有着鲜明的体现。在该小说中，小黑孩不仅有着强大的忍受困苦的心灵意志，更殊为可贵的是，小黑孩还发现了非寻常人所得窥见的"光"与浓缩着"光"的"透明的红萝卜"的独异景象："光滑的铁砧子，泛着青幽幽蓝幽幽的光。泛着青蓝幽幽光的铁砧子上，有一个金色的红萝卜"[1]，"从美丽的弧线上泛出一圈金色的光芒"。[2]

对于"透明的红萝卜"这一超验意象的复杂况味的论述，曾有学者高屋建瓴地将小黑孩看到"红萝卜"意象与三藏法师在西天取经路途中看到的观音圣像相比拟，该学者认为不论是"透明的红萝卜"或是观音圣像，两者均是人在绝望之境看到的精神之源。[3]

尽管说，佛教中三藏法师在取经途中汲取的宗教超验力量与小黑孩由个体的超验生命感悟凝聚成的"透明的红萝卜"意象在性质上有质的不同，但是，该学者这番直感化的论述正是触及到了"透明的红萝卜"意象中最核心的内在因素。小说描写的"青光、蓝光"，以及小黑孩所看到的洋溢在"透明红萝卜"中的"金色光芒"都正是由小黑孩自己的生命超验力量攒聚起来的"生命之光"的审美外化，而这是一种超越人生苦厄与生存荒芜的个体生命的超验之光。

人是趋光的存在，小黑孩即使是在最为无助、最为困顿的时候，依然秉持着一种心灵信念，不竭地追溯闪烁的光源。对于"红萝卜"中"光"的发现正是映照了小黑孩坚韧强大的生命之光。正是借着这一心域之光的形而

---

① 莫言：《透明的红萝卜》，《欢乐》，北京：作家出版社，2012 年版，第 35 页。

② 莫言：《透明的红萝卜》，《欢乐》，北京：作家出版社，2012 年版，第 35 页。

③ 胡河清：《论阿城、莫言对人格美的追求与东方文化传统》，杨扬编：《莫言研究资料》，天津：天津人民出版社，2005 年版，第 193 页。

上力量,小黑孩同时获得一种不惧任何胁迫的自渡力量,它自主赋予生命主体于黑暗中求索到光亮,给予个体一种心灵的湛然。

在题目"透明的红萝卜"中,透明之色亦是蕴藏深意,透明之光具有澄怀的属性不啻是一种心灵澄净之光。黑孩只有历经困苦的洗练,付出不得不割舍的生命创痛,内心体味孤蹇所带来的淋漓凄切,自悟自渡的澄澈之光方在此刻开启。易言之,只有艰难地穿越悲苦的境遇,才能得以开启净化之光,映照内心的澄湛。因而"透明的红萝卜"中折射的透明之光不仅仅是小黑孩对自己的生命历程的照耀,对于小黑孩周遭的人们而言,亦会被小黑孩身上积聚的光所照耀、所净化。

张爱玲的《金锁记》中,七巧以阴鸷决绝的谎言摧毁女儿长安与其恋人童世舫的爱情时,作者借用童世舫的眼睛道出,生怕谎言露馅而回避上楼的七巧正在通往没有任何光亮的漆黑世界。而这一没有光亮的世界正是隐喻着七巧走向晦暗的阴郁生存。于是,该小说中童世舫起身离开了七巧那所没有丝毫光照的阴暗大宅,远离了沦陷在晦暗中、感受不到光的可怕人生。由此,《金锁记》以一种反向言说的方式传达出"光"之于人的重要意义与价值。应该说,"光"从一般意义而言就具有明朗与冀望的蕴涵,"光这一概念本身带来的联想是:温暖、力量、开放、自由、喜悦、生命、方向、奉献、慷慨"[1],对其追求也是深刻地镌刻于人类的生命存在之中。

"光"这一审美意象在宗教文化谱系中有着形而上的意蕴。在佛教典籍《无量寿经》中有着"智慧光、常照光、清净光、欢喜光"[2]的"光"的神圣意象。在《金光明经》中有云:"佛日晖曜,放千光明"[3],"慧光无垢,照彻清净"。[4] 这些都旨在以光为喻映现超离尘世、引渡无明、垂注佛光的无量般若智慧,因而见到"光"意味着一种超验的开悟。《维摩诘经》中还有提到佛教中与"光"相关联的"无尽灯"[5]法门,"无尽灯者,譬如一灯然百千灯,冥者皆明,明终不尽"。[6] 当代的圣严法师曾对此法门扼要地阐明指出,点燃自己的一盏心灯,照明度受限,倘若可以主动点燃他人内心的佛性光灯,那么灯灯薪火相续,必能使光明普照,佛光普度。[7] 因而,"光"这一意象不仅

① 陆达诚:《存有的光环——马塞尔思想研究》,上海:复旦大学出版社,2016年版,第71页。
② 赖永海主编:《无量寿经》,陈林译注,北京:中华书局,2016年版,第95页。
③ 赖永海主编:《金光明经》,刘鹿鸣译注,北京:中华书局,2016年版,第81页。
④ 赖永海主编:《金光明经》,刘鹿鸣译注,北京:中华书局,2016年版,第42页。
⑤ 赖永海主编:《维摩诘经》,高永旺　张仲娟译注,北京:中华书局,2016年版,第84页。
⑥ 赖永海主编:《维摩诘经》,高永旺　张仲娟译注,北京:中华书局,2016年版,第84—85页。
⑦ 参见圣严法师:《大藏经精华:圣严法师讲佛经》,上海:华东师范大学出版社,2014年版,第170页。

仅是审美意义上的,更是人生本源意义上的,"'光'的出现有着具有为世界建立秩序的意义"①。

在《长安大道上的骑驴美人》中,侯七为何在人群的洪流之中锲而不舍地跟随骑驴女子,这并非是在经验角度上被女子的美貌所吸引,而是因为骑驴女子身上折射的耀人夺目、熠熠生辉的红色光韵,使得侯七不自觉地被女子身上之光所吸引。即使屡次被守护者阻隔,亦是不能泯灭侯七对于"光"的执着向往与追求。在《球状闪电》中,"球状闪电"这一意象也是"光"的一种体现形式,一种球状光体。对于主人公蝈蝈而言,这一球状光体有着内心的启明意义所在,提醒着蝈蝈迷途知返。该小说中也出现了"彩虹"的意象,蝈蝈的女儿蛐蛐因为在千钧一发之际勇敢施救父亲的举动使得天上绽现璀璨的七彩虹光。因而在某种程度上,这七彩虹光不啻是蛐蛐内心的勇敢、坚定、纯净、澄澈的心灵之光的映现。

如果说《透明的红萝卜》《球状闪电》等作品中,作家直接地昭示出"光"的照耀对于人之存在的重要意义,那么在小说《枯河》中,作家则以间接的方式体现出"光"之于生命存在的不可或缺性。小虎生前几乎未被父母的爱之光所温暖。小虎决然抗争无爱的世界沉于河中时,第二天的晨曦暖光照耀着他的幼小身体。温煦暖和的晨曦之光不仅唤醒小虎父母对小虎的至亲之爱,也在最为终极的层面予以小虎抚慰。在此,晨曦之光驱散的是生存的悲恫与存在的阴霾。

(二)光的诗意辩证法

在另一维度上,"光"与黑暗相辅相成、有机相连,"光明和黑暗的意义是相互代谢,互为依存"②。以道家"道法自然"的哲理观之,从自然大化而言,宇宙自然中最为黑暗的是子夜时分,而在最为黑暗的子夜之后即是黎明的破晓,绽现出曙光。因而,"光"有着诗意的辩证特质。顾城的诗《一代人》经历岁月的洗练,依然绽放熠熠的精神光泽,这在很大程度上源于这首诗中所昭示的,在于暗夜中包孕光韵的深刻启示。而"光"之所以弥足珍贵,意味着必须冲破黑暗而诞生,而黑暗的围困正是寓意着"光"之价值。

对此,当代女作家励婕曾敏锐地感悟道:"人在对苦痛和阴影有所承担有所体悟之后,才能真正理解其所映衬的那一道纯净自若的光。"③瑞典作家拉格洛芙所撰写的《尼尔斯骑鹅旅行记》中也有着历经磨难的淬炼之后

---

① 王怀义:《中国史前神话意象》,北京:生活·读书·新知三联书店,2018年版,第86页。
② 《金刚经·心经·坛经》,陈秋平　尚荣译注,北京:中华书局,2016年版,第330页。
③ 安妮宝贝:《春宴》,长沙:湖南文艺出版社,2011年版,第9页。

对心灵之光的感悟。该作品中曾经淘气顽劣的男孩尼尔斯在经过反复的磨难之后再次回到自己的故乡。在历经无数的历险与无尽的探索,尼尔斯发出内心涌动力量的生命感慨,捕捉到了家乡在遥远的地方闪现的光曜。正因为尼尔斯历经了漫漫的历险长夜才能明白"光"的弥足珍贵,才能真正洞悉"光"所凝结的真义,即使是在被冰山女巫追赶的险途之中依然感受到绚丽之光,因为心灵的光华而见到"峰峦上染上了玫瑰红的光彩,陡坡呈碧蓝色,闪烁着金色的光芒"。①

在《透明的红萝卜》中,小黑孩在历尽千难之后,了然"光"对自己的生命启示意义。由是,在光亮红萝卜被小铁匠扔出去之后,小黑孩再次踏上了拼命寻找蕴含着纯净透明之光的"红萝卜"的路途。在《拇指铐》中,艰难地在折磨中前行的阿义最终发现,在绝望的尽头恰恰是无尽的光曜。穿梭过生死的闸门,阿义沐浴在披霞彩、佩月光的柔和光韵中自由翱翔。

在《酒国》里,红衣孩子"小妖精"在黑暗恐怖的处境中,对"光"的找寻则体现出对"黑暗"与"光"之间转换的深层哲思意蕴。在酒国市最为险象环生的烹饪学院的高墙之内,一群孩子被禁锢在这一危险之地。然而,这些孩子在面临危难时刻,本然地寻找与捕捉自然的月亮之光,慰藉了自己幼小的心灵。当窗外的月亮随着暗夜而隐于云中,这时陷于险境的孩子们开始了再次寻找"光"的探索。在这群孩子中,最有着领导才能的"小妖精"在囚禁的房间内努力地探索光源。在"小妖精"的努力摸寻中,房间中林林总总的各类电灯开关均被开启,一时之间灯光聚汇、万光晶莹绚烂:"灯火灿烂,五彩缤纷,宛若天上人间,童话世界。孩子们忘掉痛苦和烦恼,拍着巴掌欢呼起来"。②

学者汪民安在分析哲学家阿甘本的"什么是当代"时,曾指出"晦暗和光密切相关。晦暗并不意味着是绝望的深渊。相反,晦暗也是一种光,它是试图抵达我们但从未曾抵达我们的光"。③ 在这番论述抵达了对光与晦暗的一视同仁与等而视之。小说中"小妖精"对灯光的开启不单是一种物理性质上的灯光开启,更是诞生于幽寂恐惧之境的心灵之光的开启。这些孩子们深陷魔窟,却能够将黑暗与光明等而视之,而且更借由黑暗生存境遇生成光明的内心光束。

---

① ［瑞典］S. 拉格洛芙:《尼尔斯骑鹅旅行记》(下册),杨芳如译,北京:新星出版社,2014 年版,第 378 页。

② 莫言:《酒国》,北京:作家出版社,2012 年版,第 104 页。

③ 汪民安:《什么是当代》,［意］吉奥乔·阿甘本:《论友爱》,刘耀辉　尉光吉译,北京:北京大学出版社,2017 年版,第 106 页。

（三）于无有中的"隐在之光"

莫言在小说中不仅体现出作品主人公们对显在的光源的渴求,同时也体现了对不可见的"隐在之光"的探求。"隐在之光"是一种本源之光,起源于无有之境、诞生于历经绝境之后的峰回路转,对它的寻找更需要以心灵的体察与体悟才能抵达。

对于"隐在之光"的涵义,可以通过作家史铁生的《命若琴弦》予以阐明。该作品中史铁生透过老瞎子与小瞎子两代人寻找重启光明的治眼药方的落空悬置了对显在的光明与光源的探求,但却暗自打开另外一条通往隐性的璀璨光韵的通道。眼所不能见的光源要用心寻求,《命若琴弦》中的老瞎子与小瞎子希冀得到显在的光明,却在不经意中找寻到了"隐在之光"。这一"隐在之光"即是他们在茫然无措的人生中寻找到了激活意义的本源之光,"人类存在的唯一目的,就是要在纯粹自在的黑暗中,点起一盏灯"①。在此,点燃人生意义的灯即是对隐在的本源之光的找寻,点燃了的存在之灯即是对不可见之光的印证。

"隐在之光"于无有处生光,绽现于绝望之后的柳暗花明之境。《丰乳肥臀》中的"母亲"在晚年的经历正是体现了对"隐在之光"的找寻。上官鲁氏在晚年高龄之时眼睛视力几乎失尽,她依然竭力寻找能够救拔自身的本源之光,给予了人生终极的心灵安顿。因而,对于上官鲁氏而言,尽管因眼睛失明而被阻隔了显在的光源,但是"隐在之光"却向她投射开来,将之容纳进存在的光曜之中。

在《白杨林里的战斗》《幽默与趣味》中,莫言也正是透过"我"不断向前的坚执、"王三"逾越常规的变身,以寻求隐匿在荆棘丛生的人生背后隐现的本源之光。尽管"我"与黑衣人关于人生意义的论辩失利,尽管王三行为癫狂,但是依然没有令他们失却对人生意义与存在真相进行探索的勇气,试图以一己之力点燃隐在的本源之光的强大驱动力,不断驱使着这些小说主人公们向前摸索与探寻。"我"和"王三"能够将积极意义与消极意义一视同仁,并能够将消极的行为转换为前进的动力,在无意义之中找到心灵归属,以坚定不移地向前探索来点亮隐在的存在光源。哪怕这光起始时很微弱,但是不断通过开拓内心的光曜就会使得隐在的本源之光逐渐明亮,直至亮彻晦暗。

著名的上古神话典故"夸父逐日"实则也体现了夸父对于"日光"的不

---

① 转引自吴晓东:《文学的诗性之灯》,上海:上海书店出版社,2010年版,第295页。

懈执求,哪怕付出牺牲的代价。在古希腊神话中,也有着普罗米修斯盗取"火"的典故。神话中的普罗米修斯为此遭到宇宙之王宙斯的无尽折磨,但这也从未令其退缩与后悔。不论是中国神话中"夸父逐日"的"追光",还是古希腊神话中"普罗米修斯"英勇地求取"火光"的典故均在隐喻的层面昭示出"光"之于人类存在意义上的不可或缺性,"光是万物显现的条件,一切事物要显现自己,从而成为现象,必须进入光的澄明之中"①。

正像宇宙万物生长需要自然之光的普照,精神宇宙也需要被心灵之光所照耀。人类作为一种追逐光明的存在,不论身处何境都不能湮灭对显在之光与隐匿之光的渴求,也正是在此过程中,人类激活了内在的心宇发出光束以照亮漫漫的人生之路。莫言小说中"光"的审美哲思在寓意的层面,借由"光"的辩证化诞生昭示出在晦暗之处峰回路转的希望;借由"隐在之光"的探寻,向人们昭示于绝境中的心灵开拓将走向存在真义的生命启示。

二、"梦"之筑造

法国哲学家莫兰在其著作《读梦》中,以世界史的视野谈及世界古文明对于"梦"这一现象的重视,"在古巴比伦,梦在文化和宗教生活中占有很重要的地位。神在梦中出现,预言未来。想要召唤这个大他(Autre)的人在神庙里祈祷,以引出梦之神马提尔。古埃及的梦神名叫赛拉皮斯,为他所立的神庙叫赛拉皮斯庙。梦的神化获得官方的认可"。②

在文学的界域内,在古代东晋作家干宝的《搜神记》、南朝作家刘义庆的《幽明录》等文学瑰宝中都对"梦境"有着丰赡的审美构思,显示出对"梦"的审美想象的深厚传统渊源。在《搜神记》卷十五中,讲述了晋代琅琊的颜世都因为食用金石之药过多而逝,又向家人托梦而复生的故事,颜世都复生之后的一饮一啄也均是以托梦方式告诉家人。③《幽明录》中,还记载了动物托梦的梦境经历,琅琊王氏有一神牛,以托梦的方式告知主人自己的承受阈限。④ 对于"梦"的独到特质,古希腊作家"荷马指出梦的两种不同特性:水晶般的真理及象牙般的谬误(指的是水晶是透明的,而象牙则是不透明的)。没有比这种比喻更能体现梦的模糊本质了"。⑤ 在文学的构境

---

① 江海全:《亨利生命现象学研究》,北京:人民出版社,2016年版,第55页。
② [法]莫兰:《读梦》,许丹　张香筠译,北京:商务印书馆,2015年版,第16页。
③ [东晋]干宝:《搜神记》,长沙:岳麓书社,2015年版,第137－138页。
④ [南朝宋]刘义庆:《幽明录》,郑晚晴辑注,北京:文化艺术出版社,1988年版,第67页。
⑤ [美]埃里希·弗罗姆:《被遗忘的语言》,郭乙瑶　宋晓萍译,北京:国际文化出版公司,2001年版,第81页。

中,"梦"的审美之思凝聚着丰厚的想象意蕴,有着人生本源、心灵哲思等不同层面的具体内涵。

在相关研究中,也有学者们敏锐地关注到莫言作品对于"梦"的审美内涵,并针对莫言作品中各种类型的"梦"的精神特质在其论著与论文中进行过精彩论述①。在此,笔者将主要从缥缈人世恍似"梦"的空幻维度,以及将"梦"作为通往超验之境的心之舟的心灵哲思维度,阐述莫言小说中对于"梦"的审美筑造背后的哲理内蕴。

(一)缥缈人世:浮生幻境

在古典诗词中,不论是苏轼的《念奴娇·赤壁怀古》还是杨慎的《临江仙·滚滚长江东逝水》都对镜花水月的人生似梦予以豪迈无畏的揭示。莫言小说对梦的筑造也呈现出对空幻之维的梦境人生通透的感悟。对此,诚如学者管笑笑指出的:"'虚空之梦'构成了莫言部分小说的基础架构,并折射出莫言试图以宗教般超然的视角去观察人世、化解苦难的意图。"②

《丰乳肥臀》中,沙月亮、司马库以其独门绝技与十八般武艺赢得威望与声誉,却在历史的大浪淘沙中被无声地湮灭,回忆起他们的辉煌经历恍如发生在虚无的梦境中。大姐上官来弟在战乱年代,身着绫罗绸缎、佩戴翡翠玛瑙,在战马上傲视群雄,有着不胜风光的辉煌半生。可是这一切犹如过眼烟云,很快烟消云散,逝去的繁华犹如镜花水月一般。六姐上官念弟与丈夫巴比特引时代之先河,率先引领文明的时代潮流,却意外地消失于山崖。玉女的生命如昙花般绽放,以至于让人回想起玉女短暂的一生不由恍如在梦境中一般,"母亲"上官鲁氏只能安慰自己玉女是龙女投胎,时到而返。沙枣花的生命旅程亦是如是,犹如在梦境之中空蹈人生。

在《生死疲劳》中,不论身处哪个时代都能呼风唤雨的西门金龙最终却不得善终,而正直的蓝解放在与庞春苗历尽艰难险阻终成眷属,得之不易的幸福转眼烟消云散,所有功名、情感归于空寂,恍如在梦中。《蛙》中,陈鼻在90年代的生意做得风生水起人人羡慕,但转眼之间妻子王胆殒命,就连一双可爱伶俐的女儿也一夜之间遭遇莫大的不幸。面对人生如戏的沉重打击,陈鼻陷入自己编织的梦境中一醉不醒,沉浸于疯癫与呓语中。该

① 典型的有:管笑笑:《莫言小说文体研究》,北京:北京师范大学出版社,2016 年版,第 152
—169 页。孙俊杰 张学军:《莫言小说中的梦幻书写》,《百家评论》,2018 年第 1 期,第 83—91
页。付艳霞:《莫言的小说世界》,北京:中国文史出版社,2011 年版,第 211—212 页。
② 管笑笑:《莫言小说文体研究》,北京:北京师范大学出版社,2016 年版,第 152 页。

小说中,王肝的情感经历也如镜花水月一般。王肝爱恋小狮子,不仅手书几百封信证明自己对小狮子之爱的赤诚与深切,而且还对小狮子的脚印爱得如痴如狂,但是最后小狮子另嫁万小跑,足以表明王肝的情感人生宛如是黄粱一梦。

　　在《丰乳肥臀》《蛙》等作品中,这些主人公司马库、金龙、玉女、上官念弟、陈鼻、王肝的生命经历揭示了深刻道理,即生命个体跋涉在梦幻般的人生存在中。大乘佛教的心要《心经》中曾昭示"色即是空"①的人生道理。"色"指涉及这大千世界的变幻与生成,这一箴言寓意着大千世界的一切生成、一切聚合离散在很大程度上是缥缈不定的。弘一法师指出,以佛的般若智慧观照尘世,《心经》开示的"空"的背后指向人世的变幻与"无常"。②《心经》意在提醒世人,要对有形的大千宇宙中繁华的生成之物与变幻无常的空寂予以一视同仁,以此启迪世人体悟空幻与无常之道,勿要过度执着而迷失人生。对此,《维摩诘经》的第二品中也曾开示道:人世"如幻,从颠倒起""如梦,为虚妄见""如浮云,须臾变灭"。③世间景象与人之存在变动不居,宛若白云苍狗,一切极致的荣华、历史浪潮的风口浪尖;一切盛况之景、钟鸣鼎食之象均为无常之境、变幻之象。由此,作家在小说中通过诸多人物跌宕起伏的经历与命运,导出似锦繁华犹若蹈梦中的人生梦幻之感悟。面对人生之变幻、存在之渊薮,莫言在小说中以无限的悲悯与慈悲之心将有限的无常生命纳入无限的轮回循环,以生命的韧力、果敢扛起这无常的存在之境,以实现对幻境似梦的超越,实现对人生本体的抚慰。

　　(二)"梦"为心之舟:涉渡超验之境

　　哲学家弗罗姆在其论著中对于"梦"的神秘与启悟有着旁征博引的论述,"柏拉图在《斐多篇》(Phaedo)中指出,苏格拉底认为梦是良心呼唤的表现,而且正视并遵从这种呼唤是非常重要的",④"荣格,则认为梦是更高智慧的启示"⑤。

　　《透明的红萝卜》中,生存孤蹇的黑孩在其梦境中找到了七彩虹光聚合

---

①　《金刚经·心经·坛经》,陈秋平　尚荣译注,北京:中华书局,2016年版,第133页。

②　弘一法师:《般若波罗密多心经讲录》,北京:中医古籍出版社,2013年版,第51页。

③　赖永海主编:《维摩诘经》,高永旺　张仲娟译注,北京:中华书局,2016年版,第36页。

④　[美]埃里希·弗罗姆:《被遗忘的语言》,郭乙瑶　宋晓萍译,北京:国际文化出版公司,2001年版,第81页。

⑤　[美]埃里希·弗罗姆:《被遗忘的语言》,郭乙瑶　宋晓萍译,北京:国际文化出版公司,2001年版,第103页。

的精神意象,开启心灵的光耀。《复仇记》中的孩子大毛与小毛在梦境中犹如拥有千里眼与顺风耳,能够精准地同步再现遥远境地中发生的事情。这一在梦境中方能绽现的神秘本领无疑给大毛小毛的混乱人生带来亮色。对于生长在困顿家庭环境中的黑孩、大毛、小毛而言,梦境中的超验景致与超能力为其生存导入的力量,慰藉着他们窘困、疲乏,屈辱与不幸,重新融构着他们新奇难忘的生活,润泽他们的内心希望。哲学家芒福德对梦境的意义如是述说:“梦将人类从其现实世界中带出来,使其面对不断的困难、挫折、焦虑,并用更加温和的方式向其展示,悲惨的生活如何才能被克服和抵消。为了这个目标,心灵在无意识的黑暗洞穴中堆积了物质,并以新的组合方式将其移交,用于创造性地重塑未来。”①

　　哲学家弗罗姆还曾引证科学家爱默生的观点阐释了对于梦的神秘机理的前瞻化思考与洞察:“它们超越了自然,但仍存在于另一种更高的自然当中。对我们而言它们似乎暗示了一种我们无法在清醒状态下感知的丰富而流畅的思想。它们的超脱使我们烦恼,但我们也知道在这疯狂的尘世中,我们无法离开梦所给予我们的预知的能力和智慧。”②在《梦境与杂种》中,孩子树根、柳叶能够在“梦”中神奇地预晓未来的能力往往与“水”的点染相互联结,于“水”的映衬下,在梦境中通往对真相的觉察与掌握未卜先知的智慧。法国文论家巴什拉在《梦想的诗学》中以一系列灵动的想象指出,“水就是温柔的梦境的元素”。③ “水”还包孕着朴素的哲学智慧,老子就曾指出,“上善若水。水善利万物而不争”。④ 自小在水边嬉戏的树根在“梦”中初次展现预晓未来的能力,便是预知盛水容器水瓮的破损。树根也由此获得了上学的宝贵机会。同时,“水”的灵气也赋予了在河岸长大的树根妹妹柳叶,使得她的梦境也有着预知的功能。但与树根的梦境特质不同,柳叶的梦境有着命运深渊式的宿命特质色彩。

　　哲学家弗罗姆曾对梦的神异功能如是指出:“梦能够预知未来,如果那些梦中出现的景象能预测某些未来神圣事物的指示——那梦就会是既真实又是模糊的,不过即使它们模糊不清,它们也会预知真理。”⑤在《一斗阁

---

① [美]刘易斯·芒福德:《生活的准则》,朱明译,上海:上海三联书店,2016 年版,第 36 页。
② 转引自[美]埃里希·弗罗姆:《被遗忘的语言》,郭乙瑶　宋晓萍译,北京:国际文化出版公司,2001 年版,第 98 页。
③ [法]加斯东·巴什拉:《梦想的诗学》,刘自强译,北京:生活·读书·新知三联书店,2017 年版,第 230 页。
④ 老子:《老子道德经注校释》,[魏]王弼注,楼宇烈校释,北京:中华书局,2008 年版,第 20 页。
⑤ [美]埃里希·弗罗姆:《被遗忘的语言》,郭乙瑶　宋晓萍译,北京:国际文化出版公司,2001 年版,第 91 页。

笔记(二)》的"怪梦"一节中,司机的梦境也透露出些许神秘的色彩,有着与梦境者订立只可意会不可言传的契约属性,一旦透露梦境,那么也将会受到某种超验化的制约。

如果说在《透明的红萝卜》《梦境与杂种》《一斗阁笔记(二)》中,黑孩、树根、司机的梦境具有的预测、重塑生活,以及不可言说的惩罚功能,体现了"梦"的超验性能的冰山一角的话,那么在莫言其他作品中,作为心之舟的"梦境"还有着通往超验玄幻之境的心灵哲思内蕴。

对此,荣格在多年的梦境心理解析研究的基础上,对这一类梦境的诡谲与奥妙不由感叹道:"梦使我们想到了神明的领域,并间接传达了古书的寓言。"①哲学家芒福德认为,梦境的殊胜之处昭示人类与宇宙的超验化交汇,"大自然通过梦境想提示人们,他们自身储备着这种极其丰富的宝藏,里面有无尽的声音、形象、花纹、图案,流光溢彩,气象万千……一切都借助睡梦,慷慨大度、宏达奔涌地袒露给人类"②。学者付艳霞也指出,梦的这一玄秘特质打开了"人类与自然、与所有目力不及的事物的沟通渠道"③。

在东晋作家干宝的《搜神记》、南朝作家刘义庆的《幽明录》等文学珍宝中,均有着在"梦"中通往玄幽之境的审美之思。在《搜神记》卷五中,主人公刘赤父受到地府神明蒋侯的青睐,欲将其纳入麾下,于梦境中告知,不日刘赤父便抵达蒋侯之府。④《搜神记》中,还曾记载新兴人刘殷侍奉祖母有功,得以在梦中受到神明指引得到粟米百担的神奇经历。⑤

在莫言的《草鞋窨子》中,人们在梦境中不单能够跨越异界,而且可以聆听到一股无形之声的提前暗示,使得人们预知有邪祟将心怀不轨地荼毒闺阁少女而充进行分防备。莫言在《一斗阁笔记(三)》"墙梦"篇里,对梦境的想象呈现出更为谲奥、离奇的特质。"我"梦境中的主人公不再是普通凡人,而是变成了奇幻千变的"墙"。原本两面水火不容的墙却在梦境中感受到寰宇之力对彼此历史心结的化解,在超验心念的指引下泯灭了积怨,转为互生情愫。

宋代文人们选编的《太平广记》《十仙子》⑥中,曾讲述了唐玄宗在梦境

---

① ［瑞士］卡尔·荣格:《潜意识与心灵成长》,常春藤国际教育联盟译,北京:现代出版社,2017 年版,第 120 页。

② ［美］刘易斯·芒福德:《机器神话(上卷):技术发展与人文进步》,宋俊岭译,上海:上海三联书店,2017 年版,第 56 页。

③ 付艳霞:《莫言的小说世界》,北京:中国文史出版社,2011 年版,第 212 页。

④ ［东晋］干宝:《搜神记》,长沙:岳麓书社,2015 年版,第 40—41 页。

⑤ ［东晋］干宝:《搜神记》,长沙:岳麓书社,2015 年版,第 102 页。

⑥ ［宋］李昉等编:《太平广记》(第一册),北京:中华书局,1961 年版,第 188 页。

中观赏到一众美妙仙子合奏的紫云曲的神奇经历。该梦境之真切宛若身历其境一般,梦醒之后的玄宗清晰记得曼妙的乐谱,并以手中得一天外的玉笛为证。在莫言小说《夜渔》的梦境中亦是发生了与《十仙子》中情节相似的奇幻际遇。"我"与九叔走散,在清凉的河边,"我"恍惚中进入梦境。在梦境中,"我"与荷花仙子相遇,荷花仙子在梦境赐予我珍馐,"我"梦醒之后,惊奇地发现荷花仙子所给予的一切馈赠与梦境中的并无二致。

梦境在展现一种超验的文学想象的同时,也通过通往幽玄的梦境营造透视与显现了心灵与宇宙、心灵与自然大化之间的一种神奇的感应。"梦幻本身是个证据,它证实有机生命无所不在和无所不能的丰富潜力。"[①]因而,在此层面,"梦"作为心之舟摆渡于幽玄之境的审美哲思体现了心的超验力量,这不啻是一种天人感应的深层映现。正如有学者指出的,在中国传统哲学中,在王阳明、朱熹的心学哲学中,均讲求心的形而上的本体之力。[②] 哲学家唐君毅曾指出心能够"通观九境"[③],"所谓心灵之感通,即依内,以外通于境中之物",[④]"此一心灵之智慧,即为与能生之自然之浑然一体之境"。[⑤]

小说中的梦境作为天宇感应的玄奥之域,心的超验自由与本源能量得以充分地释放,在梦这一超验之域中正是提供了"心"超越羁绊,跃向无垠的畅游。梦境之中,爱心之至,能够感天动地演绎出诸如汤显祖的"游园惊梦";孝心之至,孝子目犍连能够在入定的梦境中入幽冥界救母;心念之切,得以在梦境中受超验之力指引,得偿所愿。梦境中,"心"感应天宇、接通古今、遨游四海,绽放出无限的心灵之境,"往昔与来今、人我、天地,皆赖此生命心灵境界之六通四辟"[⑥]。

① [美]刘易斯·芒福德:《机器神话(上卷):技术发展与人文进步》,宋俊岭译,上海:上海三联书店,2017 年版,第 56 页。

② 参见陈来:《有无之境:王阳明哲学的精神》,北京:北京大学出版社,2013 年版,第 198—199 页。

③ 唐君毅:《生命存在与心灵境界》,北京:中国社会学出版社,2006 年版,第 545 页。

④ 唐君毅:《生命存在与心灵境界》,北京:中国社会学出版社,2006 年版,第 576 页。

⑤ 唐君毅:《生命存在与心灵境界》,北京:中国社会学出版社,2006 年版,第 424 页。

⑥ 唐君毅:《生命存在与心灵境界》,北京:中国社会学出版社,2006 年版,第 660 页。

第四节　诗意纾解:召唤"形而上希望"的神话书写

　　神话学学者坎贝尔曾指出神话的重要功能之一即是通往"'存在之存在'(being-in-being)的经验以及活得有意义这些正向事物"①的探索。法国神话学者费希也明确指出,神话不仅蕴含着形而上的哲理,而且也为人们当下生存的终极困惑提供价值参照的精神矿藏,"神话从根本上提供给我们的,以及它会遗传给哲学作为一个起点的内容,是一个精彩纷呈全方位的记述,这是关于我们作为个体之人在一个有序且美丽的宇宙中可能的巡回"②,"神话本身能够作为一个模板来思索我们当下的境遇"③。

　　同时,神话中还蕴含着弥足珍贵的形而上层面的希望精神。学者陆达诚在研究法国存在主义学家马赛尔的哲学中指出,马赛尔曾把"希望"分为三种类型,一种是宗教上的希望,这意味着救赎;一种是日常生活中的希望,即一种在物质的层面对诸如衣物、财产等等现世的实利或福利有着企望④;还有一种是"形而上的希望"⑤,这一类型的"希望"是超出经验实在化范畴而进入信念之维的一种企盼⑥。哲学家布洛赫在《希望的原理》中曾指出,童话、传说中美梦成真的理想与希望的馈赠蕴含着一种可贵的启迪诉求,不要轻视童话中的纯真愿景⑦。童话、传说中对美好远景的想象与对生命困境的超越,所蕴含着的展望与企盼正是一种超出有形,进入超验之域的一种形而上意义的"希望"的体现。

　　莫言小说的奇幻想象也体现出形而上意蕴的希望精神,以此超越生存悲感。小说的奇妙际遇中接通来自超验之域的"橄榄枝",从而隔绝生存的不幸与悲感,激活神话想象体现出一种联结天宇追问的神话哲思以探索形而上的生命之意义。莫言还借由"弥合生死"的奇幻想象,抵达纾解悲感与终极困境的生命超验关怀。

---

　　①　[美]约瑟夫·坎贝尔:《追随直觉之路》,朱侃如译,杭州:浙江人民出版社,2016年版,第26页。

　　②　[法]吕克·费希:《神话的智慧》,曹明译,上海:华东师范大学出版社,2017年版,第383页。

　　③　[法]吕克·费希:《神话的智慧》,曹明译,上海:华东师范大学出版社,2017年版,第383页。

　　④　参见陆达诚:《马赛尔》,台北:东大图书股份有限公司,1999年版,第304—305页。

　　⑤　陆达诚:《马赛尔》,台北:东大图书股份有限公司,1999年版,第305页。

　　⑥　参见陆达诚:《马赛尔》,台北:东大图书股份有限公司,1999年版,第305—306页。

　　⑦　参见[德]恩斯特·布洛赫:《希望的原理》(第一卷),梦海译,上海:上海译文出版社,2012年版,第435页。

一、奇幻际遇中的悲感纾解

莫言在《夜渔》《铁孩》《嗅味族》等作品中的神话想象通过奇幻际遇接通了来自超验之域的"橄榄枝",打开了一条隔绝现实中不幸与悲戚的通道,在审美化的诗意想象中达到了对生存困境的超越。

学者吴晓东在《科勒律治之花》中,指出英国作家柯勒律治曾经的曼妙之思:"如果有人梦中曾去过天堂,并且得到一枝花作为曾到过天堂的见证。而当他醒来时,发现这枝花就在他的手中……那么,将会是什么情景?"①在现代作家叶灵凤的小说《鸠绿媚》中也描绘了这样的超验景致。在叶灵凤的《鸠绿媚》中,艺术家春野在抱着意外获得的骨白瓷入睡后,陷入了疑似幻境中的诡谲世界,自己变成了古国大臣白灵斯,还欲与公主鸠绿媚出逃。可惜,他们被卫兵围困,绝望的鸠绿媚从城堡中纵身跳下。这时,春野顿时惊醒,此刻他确凿地发现精致剔透的白瓷同样跌得粉碎。叶灵凤描绘的春野"粉碎白瓷"比起虚幻缥缈的"黄粱一梦"更显现出一种超验化的慰藉内蕴,它们也正如带有"形而上的恐怖"②的柯勒律治的"天堂之花"一般,打开了超验之域向俗世生存的连接之路。③

在莫言的《铁孩》《嗅味族》《生蹼的祖先们》等作品的奇幻际遇的想象中,通过与"精灵"的相逢,将遥不可及的美梦变成了一种伸手可及的幸福体验,超验之域向现实伸出了"橄榄枝",不仅开启了一条隔绝现实中饥馑与困顿生存的绿色通道,而且抵达了对生存苍凉的深层纾解。

在《幽明录》中,曾记载古人在海上旅程中遇到仙子馈赠仙品的神奇经历,"王允、祖安国、张显等,以太元中乘船,见仙人,赐糖饧三饼"。④《嗅味族》中,"我"与邻居家的于进宝哥哥在饥荒中食不果腹,一次在井边喝水中无意间发现了井底的"世外桃源"。在井底的这个超验世界中,"我们"遇到了长着粗尾巴、穿着叶子连缀成的衣裳、头戴小帽的长鼻人小精灵。在长鼻人的友好款待中,"我俩"品尝到了美味珍馐与美酒。《铁孩》中,"我"被生计重压的父母所遗忘与丢弃,而且又被长相如巫婆般的可怕女人赶出了暂居所,就在"我"无家可归、内心绝望的时候,巧遇了铁孩精灵。在铁孩的示范与魔力下,"我"无师自通地学会了吃铁,意外而欢快地发现铁的美味。

---

① 转引自吴晓东:《文学的诗性之灯》,上海:上海书店出版社,2010年版,第22页。
② 吴晓东:《文学的诗性之灯》,上海:上海书店出版社,2010年版,第22页。
③ 吴晓东:《从卡夫卡到昆德拉:20世纪的小说和小说家》,北京:生活·读书·新知三联书店,2003年版,第213页。
④ [南朝宋]刘义庆:《幽明录》,郑晚晴辑注,北京:文化艺术出版社,1988年版,第159页。

在《嗅味族》《铁孩》这些作品的奇幻想象中充满着莹然的童心,呈现出一种童话的色彩,主人公在沉重的悲感境遇中一次次转危为安、安度苦厄。相比较《铁孩》等作品中消解悲感展现希望的奇幻际遇而言,《夜渔》中的荷花仙子约定在神圣之域相聚的际遇,以及《生死疲劳》中与月融合的奇幻际遇更有着些许不同的深层意蕴。

在《夜渔》里,荷花仙子不仅施法救了落水中的"我",更与"我"约定二十年后在海山环绕的岛国相聚。二十年后,"我"来到优美岛国,在水山环绕的岛国与荷花仙子相逢的那刻,"我"产生了强烈的心灵震撼力。有神话学学者指出,山水萦绕的岛屿折射的是"蓬莱仙境"式的想象。① 这一"蓬莱仙境"式的神话想象承载着丰赡的精神内涵,它"隐喻着回到原初宇宙乐园的慕求与渴望"。② 在这个意义上,莫言在《夜渔》中神圣之域的岛国相聚的奇幻际遇打开了一个隔绝悲恸、远眺广宇,有着心灵慰藉的超验时空。

不论是诗人李白在《月下独酌》中从人间遥视广宇的举杯邀月,还是诗人李商隐在诗歌《霜月》《嫦娥》中描摹的婵娟之上的月宫仙子的超验景致,都体现了古典诗歌中对月亮想象的审美之思。在《酒国》中呈现出秉承月光的精华化育而生,守护苍生的"月亮妈妈"的神话意象。在《生死疲劳》中,莫言直接以磅礴而纯净的想象,以奇妙际遇营造了"我"与小伙伴同柔韧富有弹性的月亮融合的唯美画面。小说中"我"、"互助"与皎洁的月亮合而为一的想象无疑是一种超验的虚幻意境描摹。在这一超验景观中,"我"与月亮融而为一的想象引发的人们对天宇的亲近与汇合的体验,也体现出了哲学家坎贝尔所指出的"神话的'宇宙发生'(cosmology)功能"。③

有神话学者指出在民族文化潜意识中"月亮"有着"恬静、清虚"④的文化意蕴。荣格曾提出"大母神"⑤这一文化原型,学者陆扬在研究荣格的文化心理学时尤为指出,这一文化原型有着诸种变化形式,"月亮等等,都可视为母亲的象征"。⑥ 月亮的清辉与婉柔闪耀出母性之光,人类与月亮相互融合的想象不啻蕴含着回归母体的祈盼,同时也蕴含着渴望投向天宇怀

① 参见高莉芬:《蓬莱神话——神山、海洋与洲岛的神圣叙事》,西安:陕西师范大学出版总社有限公司,2013年版,第101页。

② 高莉芬:《蓬莱神话——神山、海洋与洲岛的神圣叙事》,西安:陕西师范大学出版总社有限公司,2013年版,第101页。

③ [美]约瑟夫·坎贝尔:《追随直觉之路》,朱侃如译,杭州:浙江人民出版社,2016年版,第27页。

④ 刘毓庆:《神话与历史论稿》,北京:商务印书馆,2017年版,第59页。

⑤ [瑞士]卡尔·古斯塔夫·荣格:《原型与集体无意识》,徐德林译,北京:国际文化出版公司,2011年版,第63页。

⑥ 陆扬:《精神分析引论》,济南:山东教育出版社,1998年版,第101页。

抱的精神诉求。

在心灵意蕴层面上,这一"跃月想象"不单是体现了虚境的超验化美感之妙,更在于作家在"跃月"中所植入的独到心境,体现出与天宇融合、万化合一的宇宙意识,超越逆境的乐观心境。在黯淡的历史时期,"我"一扫晦暗岁月的阴霾,以月的审美想象超越出时代生存的困顿。由此,莫言通过这一意境折射的是超越生存悲感的豁达心境,这一奇幻想象使得人们超越现实生存的困顿,给予人们轻盈的飞翔之翼探索无穷的心灵宝藏,传达诗化光韵。

二、神话哲思内蕴:"弥合生死"想象的悲感超越

颜翔林先生在研究庄子的美学中,曾分析以庄子为代表的道家哲学对于生死的哲学探讨,认为庄子以化境、了悟、变形与万化冥合等等超离的想象方式达到超越生死的终极困境。① 莫言在《复仇记》《金鲤》等等作品的跨越生死两级的神话想象中,以"弥合生死"的想象来体现对生存悲剧与生命的终极困境的纾解与超越。在莫言作品中,这一"弥合生死"主要通过"以生观死"与"以死观生"两个向度的视角来体现②。

在以"魂灵"的超越视角来反观世间生存的"以死观生"中,有着融有限于无限的超验生命精神。在这重视角下,作家借此获得一种超越化的心灵力量,超越卑微狭隘化生存,释怀生前悲惨的过往,纾解人生困厄。而在"以生观死"的视角中,立足于尘世,通融了生命与死亡的界限,以一种"生死同一"来超越死亡,实现对死亡的这一终极困境的心灵骋怀。

在此先从"以死观生"的视角进行分析。这一超越视角立足"魂灵"的角度,以异界的视角来反观人世间。而一旦从一种来自未知世界的视角来观照尘世,就产生了独具一格的超越意义,"从死的层面来思考生的意义与价值,来审视因个体生命有限而呈现的生命虚无诸问题,那么,就有可能在生死矛盾中真正体会到传统死亡观中朝闻夕死的真实意义,了悟那贯穿于生死之中却又能超越于生死矛盾的宇宙天地精神"。③ 正是立足于这重超验视角下,作家借由其主人公的经历获得超越化的精神力量,超离世间的悲戚过往与怨怼,筑起生命的超验关怀。

---

① 参见颜翔林:《庄子怀疑论美学》,北京:人民版社,2015 年版,第 178—185 页。

② 该观点受到李向平论著的启发,致以感谢! 详见李向平:《死亡与超越》,上海:上海文化出版社,1997 年版。

③ 李向平:《死亡与超越》,上海:上海文化出版社,1997 年版,第 165 页。

《我们的七叔》中,"七叔"生前无辜地因为车祸过世,留下母弱子幼的一家贫困地生活。已故的"七叔"乐观豁达,经常游荡回家对家中事物评头论足,并且邀请"我"进入他的墓穴做客,并殷勤地予以款待。活着时的"七叔"生存窘迫丧失尊严、忍辱偷生,而故去"七叔"却处处闪现出宠辱不惊的通透人生智慧。作为普通人的"七叔"只能被动地劳作耕耘,接受生存的残酷与困顿,眼睁睁地看着生命消耗殆尽,但是,作为魂灵的"七叔"却能够超脱了现实羁绊中的绝望,寻找着温馨的港湾。小说的结尾"七叔"与其妻子的相逢正是在"以死观生"的视角下体现出心灵在超验境遇中的豁达与通脱。

在《复仇记》中,小屁孩由于偷吃瓜果这个荒唐不经的理由,被强权者所击毙,但小屁孩的魂灵却超然物外、无拘无束,丝毫不为生前的困窘所羁绊。小屁孩的魂灵热情地与大毛、小毛开着玩笑,与兄弟俩嬉戏打闹,以隐匿身形对九姑进行恶作剧。变成魂灵的"小屁孩"并不执着于复仇,不执着于生前生存的荒唐与困顿,而是以一种畅游人间的方式造访生前的世界,超越了悲剧化生存中的仇恨与怨怼,消弭了执着与嗔恚,因而"小屁孩"的魂灵得以超离了生存困顿,达到对世俗纷扰的超越。较之于《战友重逢》中没有全然摆脱现实桎梏与世俗功利的魂灵视角而言,《复仇记》中小屁孩魂灵视角下的悲感超越无疑体现了更高层次的意义诉求。小屁孩魂灵放下了自我的沉重躯壳与意识,进入无我之景,这一"我执"的放下反而使得小屁孩进入了更高妙的境地,获得更广阔的生命气象,在某种程度上,达到一种"心无挂碍"的心灵自由境界,"灵魂""在反抗、否定、超越了纲常伦理束缚之后自在自为地生存着"①。

下文中将从"以生观死"的视角分析莫言小说奇幻想象中对"死亡"这一生命终极困境的超越意蕴。

"死亡"作为生命的终极困境,是生命存在无可避免的最大悲剧,而在文学的审美空间里,却永远不会因此而限制了文学家们高妙绝伦的无边想象。在弥合生死的奇幻想象中,莫言在立足人间的"以生观死"的视角中,一方面将死亡作为与生命并行存在的其他形态,超越生命与死亡之间绝对界限,将生与死相互通融;另一方面通过强大的生命意志实现对生与死一视同仁的承担,以此体现出生命境界的坦然与超拔。

在《生蹼的祖先们》《十三步》等小说的"以生观死"视角中,莫言超越生命与死亡之间绝对的界限,将生与死相互通融。

---

① 李向平:《死亡与超越》,上海:上海文化出版社,1997年版,第144页。

在《生蹼的祖先们》里,青狗儿的"爸爸"在与皮团长的交战中牺牲,而逝去的"爸爸"却依然能够顽皮地与青狗儿进行突围花海的游戏。在《十三步》中,由于过劳死亡的八中物理老师方富贵死而复生,在邻居李美婵的整容下变为了其丈夫张赤球。正是在这种叙述中,作家超越了恐惧与忧虑,将过世的人物置于与人类世界平行存在的某个未知空间,从而人们可以通过自由地穿梭生死空间抵达对这一终极困境的超越。

相比较《十三步》《生蹼的祖先们》等作品中的"以生观死"视角的叙述而言,在《生死疲劳》中,作家在轮回多世的西门闹的"以生观死"视角下体现出的哲理内涵更为深刻,它指向以生命的延韧同时担负起生与死的重负,以体现对生与死一视同仁的超越精神。

西门闹作为西门屯最大的地主,有着浓厚的土地情怀。随着在土改中被击毙,西门闹的魂魄到了地府不断地轮回转世。作家对西门闹从生到死的多次轮回进行了细致反复的叙述。有学者曾指出,"反复叙事"从哲学维度观之,有着与生命的单次性、偶然性抗衡的意蕴。[①] 在小说中,从生到死、再由死而生的轮回之旅,这使得西门闹深窥何以超越生死的玄机。西门闹既不畏死亦不贪生,他一次次地轮回到生命的原初点,一次次地目睹亲人离散、骨肉分离,面对一成不变、一如既往的异常痛苦却还依然选择承担,承担之后平静地面对死亡。这不由令人联想起尼采的"永恒轮回"的精神指向。

学者周国平曾对尼采的"永恒轮回"思想的精髓如是指出,永恒的轮回以生命的结束为终点,一切重新归于虚无,注销了所有的意义与目的,人们唯有如超人一般担负起没有任何改观的所有不幸再次降临的悲壮命运,英勇前行执意复返,勇敢面对必然的命运。[②] 正是在这一超验的意义上,西门闹既不贪生亦不畏死的无限轮回贴近于尼采的生命意志下"永恒轮回与复返"的旨蕴。因而,在西门闹的生死穿越轮回中,体现的不是否认死亡来消弭生死的界限,而是诚如学者张旭东指出的,"一种舍生忘死、死而后生的逻辑"[③],以生命的勇猛同时担负起生与死的重负。就此,莫言通过西门闹的生死复返搭筑了对生与死的一视同仁,以此体现对死亡这一终极困境

---

① 吴晓东:《从卡夫卡到昆德拉:20世纪的小说家》,北京:生活·读书·新知三联书店,2003年版,第344页。

② 参见周国平:《尼采与形而上学》,北京:生活·读书·新知三联书店,2017年版,第270—274页。

③ 张旭东:《作为历史遗忘之载体的生命和土地——解读莫言的〈生死疲劳〉》,王德威等著:《说莫言》,上海:上海书店出版社,2013年版,第70页。

的超越思考。

在《金鲤》中,莫言借由金鲤神话在"以生观死"的视角中体现了跨越生死两级的奇妙转换,实现了对生与死的一视同仁。小说中,在动乱年代为保护艺术家而献身的金芝姑娘变成了美丽的金翅鲤鱼深藏于湖底,"我"因为心地纯良而有缘得见,并将这一金鲤鱼放归湖底。《金鲤》中的金芝姑娘变成鱼,实现了由死到重生的跨越。神话学者李子贤在云南哈尼族的鱼神话中发现,鱼作为特殊的神话意象不仅有着与开天辟地、生命繁衍相互关联的历史意蕴,而且还因为鱼能够在灾难性的洪水中游弋的生命特质,被赋予联结生与死、死而复生的深刻涵义。①

美国神话学者金芭塔丝从南欧洲古文明中,透过大量的考古例证也指出:"鱼女神难道是体内蕴藏着重生力量的最初的创世女神?献祭的动物、雕像和其他用于祭祀仪式的器物上所饰的迷宫纹都表明她是生命与死亡的主人,是孕育生命的子宫。"②由此,莫言这则单纯质朴的"鲤鱼神话"体现出一种对人类的生死跨越与转换的深层探索,实现了对生与死的等而视之。英国学者蒂姆曾指出生死的神话书写具有的深远意义,能够使人体会到"博大而神圣的意识"。③ 在此,莫言在小说中通过超越生死的神话书写,以灵动的想象探索未知的超验世界,抵达对生死困境的诗意化拯救。

莫言在小说的神话书写中,借助神话的诗韵想象与哲理内蕴的意义载体,从而达成形而上的审美哲思观照。莫言在其神话书写的奇幻想象中召唤形而上层面的希望精神,对悲剧化生存与生命的终极困境予以智性的纾解与超越。这些诗意的神话想象都传达了作家力图超越人生困境的审美化探索,这一积极的形而上哲思探求闪烁着璀璨拂煦大地,弥合悲苦。

---

① 参见李子贤:《鱼——哈尼族神话中生命、创造、再生的象征》,《李子贤学术文选:探寻一个尚未崩溃的神话王国》,昆明:云南人民出版社,2015年版,第190页。

② [美]马丽加·金芭塔丝:《女神的语言:西方文明早期象征符号解读》,苏永前　吴亚娟译,祖晓伟校,北京:社会科学文献出版社,2016年版,第315页。

③ 转引自[英]蒂姆·阿姆斯特朗:《现代主义:一部文化史》,孙生茂译,南京:南京大学出版社,2014年版,第211页。

第六章　艺术之维:海阔天空的绚丽想象

哲学家阿多诺曾认为"精神作为艺术的攸关要素,与艺术的真理性内容相关",①可见,艺术形式必须承载精神的内涵,这一精神要素才能使得艺术形式抵达真知灼见。莫言历来以小说独到的艺术审美构思而负有盛名,在艺术形式之维,笔者将分别从悲悯化的"仿象"叙述、"欢悦"智慧的叙述、奇幻的审美空间与独异的轮回想象,以及诗化的时间想象等层面切入,观照莫言小说中审美诗意的文化哲思。

第一节　悲悯化的"仿象"叙述

哲学家波德里亚在论著中曾经提出术语"仿象"。② 这一概念指向映现主体世界的客体世界的生成,波德里亚尤为强调客体的生成并非被动的,而是会颠倒化地介入主体的世界中,在《消费社会》的《布拉格的大学生》的影片分析中,波德里亚以布拉格的大学生与自己在镜子中的映像分别指涉主体与客体,通过主体与客体的博弈关系形象地指出,客体产生的异动性或者异化现象倘若不能唤起主体的觉醒,那么,客体将会僭越主体行违背天道的悖谬可怖之事。③

在本文中"仿象"叙述有着两个相辅相成、缺一不可的特质。一是指作家主体对客体化的社会境遇中的生存境况予以审美塑造,在这一艺术融合的过程中,小说情节的构思有着法国文论家托多罗夫所提出的消融与真实世界分野的艺术"逼真性"。④ 这一特质往往如镜子照物中的镜像一般,会

---

① ［德］阿多诺:《美学理论》,王柯平译,成都:四川人民出版社,1998年版,第158页。

② ［法］让·波德里亚:《象征交换与死亡》,车槿山译,南京:译林出版社,2006年版,第67页。

③ 参见［法］让·波德里亚:《消费社会》,刘志富　全志钢译,南京:南京大学出版社,2000年版,第219－222页。

④ ［法］托多罗夫:《巴赫金对话理论及其他》,蒋子华　张萍译,天津:百花文艺出版社,2001年版,第81页。

体现出与生活情境一般无二的虚拟境遇。二是指汲取哲学家波德里亚对"仿象"这一概念所赋予的譬喻化的生存智慧，提醒人们需要对审美作品塑造的客体对象中呈现的人性境况与生存异化等问题予以觉醒。否则，正如波德里亚警醒人类的那般，客体的异化将会蔓延至现实界，会颠倒化地危及人们真正的生存境遇与人心伦理化的境况。莫言在小说中的"仿象"叙述的艺术表达在体现批判思考的同时，还独具特色地透着独到的悲悯情怀。

《生死疲劳》中，莫言对虐待西门牛的金龙的命运进行一种"仿象"叙述的观照。作家在对金龙的昏聩残忍进行批判的同时介入了伦理化判断，通过叙述者的暗示使读者们知道肆意施虐的西门金龙有着非常可悲的一面，因为被火烧、被屠戮的耕牛与其有着莫大的渊源，在轮回中曾是他的亲生父亲。这背后的涵义不仅批判了人性中的暴戾因子，而且也使人感到深层的心灵隐痛。由此，金龙也得到了沉重严酷的人伦惩罚，这正体现了莫言在"仿象"叙述中对人物命运蕴含的伦理尺度所在。

在《表弟宁赛叶》中，笔名为宁赛叶的"表弟"在其作品《黑白驴》中以黑白驴的反复无常象征人性的缺陷。莫言通过"我"与"表弟"之间生活记录般的"仿象"叙述，透过黑驴与白驴之间变化莫测的相互转变的喻指，对趋炎附势、阳奉阴违的不良品性进行反思。在《一斗阁笔记（三）》中的"喜鹊嘉宾"一篇中的"仿象"叙述中，女嘉宾为掩盖超市赖账而逃匿的事实，巧舌如簧、自编自导的一番慷慨激昂之辞，足以令人信以为真。由此，作家以讽喻方式对人性中深层的伪善进行力透纸背的揭示。此外，莫言在反思人性负面的"仿象"叙述中体现出复杂的人性结构与内心张力。这一内心张力的突显使得作家在获得超离化地审视人性局限的同时，也得以体现出一种悲悯情怀。

在《玫瑰玫瑰香气扑鼻》里，作家通过"小老舅"追溯黄胡子陷害支队长，背叛玫瑰的过往恩怨的"仿象"叙述突显了人物的心灵张力结构，折射了多维起伏的内心境况。黄胡子在理智尚存时，对陷害支队长之事内心挣扎，对是否在红马鞍上锲入钢针的谋害之举摇摆不定。但当黄胡子想起支队长占着先天优势对自己的多番欺辱，以及对玫瑰的觊觎之心时，潜意识中的嫉恨心理随之激发，从而无可避免地将支队长、玫瑰推入了高司令的陷阱中。而面对痛失玫瑰的惨痛结局，黄胡子失魂落魄、心如死灰，余生都活在对玫瑰的负疚之中。就此，作家通过黄胡子、支队长与玫瑰的历史纠葛的"仿象"叙述，呈现了被嫉恨、愤怒所掌控的心灵堕落轨迹。应该说，莫言在"小老舅"讲述过往的"仿象"叙述中蕴含了人心伦理的价值尺度，通过细致描摹黄胡子的内心由压抑到冲动、忿恚再到负疚的多维心灵境况的更迭,以此表达对人性中难以克服的内心局限的一种同情与悲悯。

在《诗人金希普》①的"仿象"叙述中,小说中的生存场景被带向作家土生土长的"高密乡"。主人公金学军是"我"的老乡,这位老乡不仅附庸风雅将笔名取为金希普,而且杜撰多项声誉与辉煌履历。然而,在一次普通宴会上,漏洞百出的即兴诗作便暴露了其真实水准。由此,莫言在"仿象"叙述中以内在张力的语意反讽揭露了金希普的真实面貌与知识水平,使得这位"伪君子"的劣迹跃然纸上。金希普还赖在"我姑父"家施以骗术,"姑父"对其骗术置若罔闻、不加辨识,反而诚惶诚恐地信以为真。就此,莫言反思了处于现代化发展中的偏远农村仍然存有盲信、闭塞的文化心理痼疾的同时,也通过第一人称"我"的"仿象"叙述传达出对"姑父"的盲信与闭塞感到痛心无奈的悲悯之情。

在《一斗阁笔记》"诗家"一节中的"仿象"叙述中,主人公白公想到衙门状告三个不孝之子不肯赡养之罪,却因为三个儿子一个比一个熟谙溜须拍马之道而输了官司。在大堂上,面对父亲的诘问,三个儿子置若罔闻,却对官老爷写诗献殷勤。县太爷在白公儿子们的奉承中违背了道义与伦常,颠倒黑白,反过来责罚白公告状。该小说的"仿象"叙述以义正词严的申冤开始,以蒙冤结尾,体现出强大的情节反讽张力。在这一张力结构中既体现出作家对白公之子推卸赡养职责的批判之意,又体现出作家对白公的悲悯之情。

此外,莫言在《火烧花篮阁》《天才》《地震》等作品中也楔入了独到的"仿象"叙述。

在《火烧花篮阁》中,该小说外核文本的"仿象"叙述中,"花篮阁"作为市政府的重点项目,在大火中被毁坏自然应该予以重建,而充满悖论的是,普通百姓们却鲜明地反对重建"花篮阁"中使用防火材料的新维修方案。随着"花篮阁"的不断被毁,由此体现出小说文本诡谲化的一面。显然,"火烧花篮阁"在小说中并非仅仅是对一座物理建筑被毁坏的原初指涉,而是一个潜藏着隐匿内涵的象征码,象征着现代化趋势中的某种强大的同质化力量的运行,而连普通市民都希望花篮阁被烧毁也意味着这种同质化力量的强大,乃至已经成为一种文化潜意识,进入人们的日常生活,异化人心,显示出悖反的一面。由此,作为寓言的《火烧花篮阁》的深层文本下体现出作家在折射时代进程的"仿象"叙述中的深刻反思以及对人类悖论化生存

---

① 莫言:《诗人金希普》,《花城》,2018 年第 1 期,第 5—10 页。

处境的悲悯。

在《天才》与《地震》中,作家围绕"我"年幼时的朋友蒋大志的经历展开叙述。这两部小说的外核意蕴与内核意蕴均有着一种断裂化,呈现为张力化的悖反结构。在《天才》中,在小说外核意蕴的"仿象"叙述中,讲述了作为村里罕有的青年天才蒋大志发现宇宙的原理实则与西瓜孕育生长机理类似,于是从大学退学回家,投入瓜地研究天文宇宙的经历。在该作品内核意蕴的"仿象"叙述中,却可以看到蒋大志的远大设想貌似堂而皇之,实则根本难以落在实处,蒋大志貌似天问般的追寻,实则令人疑惑百出。作品中,作者在"仿象"叙述中隐含的疑窦以隐而不发的方式予以体现,而到了相互关联的《地震》中,丛生的疑惑豁然开朗,作家所楔入的悲悯也深深地流露出来。

在《地震》中,小说继续沿着"我"的童年伙伴蒋大志研究天文的故事展开。在小说的外核意蕴的"仿象"叙述中,蒋大志为了更好地研究他的"西瓜学"天文宇宙,不断从自家的瓜地中摘西瓜继续攻坚难关,并且天才般地预测到了地震发生日期。而在该作品内核意蕴的"仿象"叙述中,可以看到蒋大志的宏伟实验实则是以简陋不堪的"西瓜设备"挑战严谨的科学规范,以匪夷所思、似是而非的臆想挑战基本的科普知识,以所谓的专业性挑战人们的常识认知,以异想天开的推理挑战最精密的宇宙天文学。最后,蒋大志的地震预报在漏洞百出的破绽中也只能蜕下华丽的科学外衣,还原为一套剑走偏锋的伪科学、伪理论。而同时,小说深情地描写出蒋大志的父母顶着巨大的生存压力,忍受饭菜粗劣难以下咽,忍受面临食不果腹的窘境,忍受基本生计难以为继的情形对儿子"伟大"的科研实验万般支持的舐犊深情。蒋大志的父母从不曾想到儿子的宏伟实验壮举却以不堪一击的臆测而告终。就此,小说中可以深层地感受到作家在"仿象"叙述中的楔入的深层悲悯观照。

在《二姑随后就到》的"仿象"叙述中,作家则着重通过呈现为扑朔迷离的结构与意蕴体现出对生存本相的深切反思。该作品中"二姑"到底是富有仁义、反抗食草家族骇人听闻的丑恶事件的英勇斗士,快意恩仇的侠士,还是与"天"和"地"沆瀣一气,使食草家族混乱丛生,引诱出人们邪恶欲望的始作俑者?作品中"二姑"宣称即将来临,可是又为何迟迟未曾现身?还有"二姑"神龙见首不见尾的小说设置也使得其形象变得缥缈难定,她究竟是有形的人物构式,还是无形的画外之音呢?

莫言对"二姑"人物行为的悖反、人物言语的悖谬的设置都使得读者陷入了扑朔迷离的寓意与语意陷阱中,构成寓意与语言均有着断裂与落差的反讽化"仿象"叙述。西方文论家哈桑将"后现代反讽视为'意义熵'",①这是"指后现代文学艺术中的反讽生成的是意义的混乱和不确定"。② 也诚如学者杨小滨指出的,言语的不确定与延宕恰恰抵达了一种深度,借此反而能够更揭橥出某种真理③,莫言在"仿象"叙述中正是进行了这样一种逆向化的建构,以否定化的延宕抵达批判,以表面悖论式的叙述形态实则抵达深入的生存缺憾的洞察反思。

第二节 "欢悦"智慧的叙述

哲学家尼采在《悲剧的诞生》一书中,对酒神狄奥尼索斯献祭的分析使人们感到一种不惧毁灭、直视生死的终极困境的形而上的生命境界,一种生命欢腾与欢欣的精神,"立足于万物的生命,尽管现象上千变万化,却是坚不可摧地强大、快活"。④ 尼采在另外一部命名为《欢悦的智慧》的专著中,则更深入地将人类自己以生命意志自行承担虚无,扛起生命与存在的重量,承担人世间所有的悲欢疾苦的心灵状态视为"快乐"的真义与根源⑤,因为在这种心灵状态中涌动着"无法描述的崭新的喜悦、欢乐、安慰、活泼、勇气与黎明"。⑥

本节中的"欢悦"叙述汲取了尼采哲学中对"欢悦"内核精神的提炼,即生命在承担生存的重负,乃至生命受到威胁时依然能够欢腾地予以担当的智慧。在本节中,"欢悦"的叙述在艺术表达的内质上,有着面对任何生命境遇与经历均体现为"无所畏惧的欢快"⑦的意蕴,同时以一种欢腾、欢欣化的叙述风格进行审美呈现,体现出超拔生存的困苦与生命窘境的叙述智慧。在莫言小说里主要有三种类型的"欢悦"叙述体现。第一类是类似于尼采在其生命哲学中提炼出来的直视牺牲,能够扛起生命之重,有着形而

---

① 胡亚敏主编:《西方文论关键词与当代中国》,北京:中国社会科学出版社,2015 年版,第 243 页。

② 胡亚敏主编:《西方文论关键词与当代中国》,北京:中国社会科学出版社,2015 年版,第 243 页。

③ 参见杨小滨 愚人译:《盛大的衰颓 重论莫言的〈酒国〉》,《上海文化》,2009 年第 3 期,第 11—22 页。

④ [德]尼采:《悲剧的诞生》,杨恒达译,南京:译林出版社,2007 年版,第 46 页。

⑤ 参见[德]尼采:《尼采:欢悦的智慧》,崔崇实译,北京:中国画报出版社,2012 年版,第 184—185 页。

⑥ [德]尼采:《尼采:欢悦的智慧》,崔崇实译,北京:中国画报出版社,2012 年版,第 185 页。

⑦ 转引自秦勇:《巴赫金躯体理论研究》,北京:中国社会科学出版社,2009 年版,第 99 页。

上属性的"生命欢悦"叙述。第二类是借由莫言小说中民间传奇的神奇化智慧凝聚而成的"神奇化欢悦"叙述。第三类是莫言较为独特的"童心化欢悦"叙述,通过儿童的童心化眼光打量世界,以童心化的超越观照欢快地纾解生命的悲感。

一、气贯长虹:超越化的"生命欢悦"叙述

莫言的小说中不仅借由游离于文明规训之外的野性化的洒脱生命形式,体现欢快而无所拘束的"生命欢悦"叙述,而且还借由突显小说主人公们欢快、积极地拥抱孤塞境遇,直面牺牲的争天抗俗品格体现形而上的"生命欢悦"叙述。

在《马驹横穿沼泽》中,作家以寓言化的方式通过不服膺于文明理性规训的野性化生命的洒脱与无惧体现"生命欢悦"叙述。小说里,象征着野性化生命形态的小红马与象征着文明化身的小男孩在苍茫的荒原中相遇。源于永不冒犯野性生命的自在性的约定,小红马变幻成了女孩香草与男孩结合,并生育了两子与两女。当孩子长大之后做出了与文明规约相悖的举动时,男人如同当年食草家族的皮团长一样毫不犹豫地对其中的一子一女进行制裁,与此同时也违背了永不冒犯野性生命自在性的约定。作为违背约定的惩罚,这个象征文明化身的男人变得形容枯槁、靡顿不堪。而香草则立即还原为剽悍的红马,掀起一股神奇的生命旋风流带着另外两个子女洒脱地腾飞呼啸而去。应该说,在这类作品中,野性化的"生命欢悦"的叙述背后的核心要义正是体现奔放的生命意志与超越、净化心灵恐怖的无拘无束的生命状态。

在《丰乳肥臀》中,作家对司马粮的人生经历的书写也体现出"生命欢悦"化的叙述智慧。在战争的混乱年代,司马粮却以机智的动物装束避过战火。在和平年代,司马粮面对诸多的人生之坎依然涌现出欢腾的气象。在一次复杂难解的生死纠葛中,司马粮慨然以赴,在急中生智中打开阳伞跳下窗台,凭借伞的滑翔力滑向树冠成功脱险,最后洋溢着欢喜的生命精神消失于茫茫人海。《野种》中的豆官作为英雄的儿子临危受命,组织民间的轿夫队伍把军队的粮食输送往前线,这原本是艰巨异常的任务,加之天降冰雪道路受阻,送粮食变得难于上青天。而在豆官的欢腾精神感召下,全体送粮队伍艰难地跋涉在冰冷的河里筑起人墙。同时,豆官的坐骑小驴子以眼睛传神欢喜而深情地告白豆官,愿意自动牺牲为送粮队伍提供物质保障。由是,作家书写出了一项几近不可能完成的任务在欢腾的生命之力的介入下神奇扭转,生存困顿也随之被转化为生存的欢欣。在《一斗阁笔记（三）》"老邓之妻"一节里，战友老邓的妻子在物资匮乏年代，凭借自身旺盛的乡野之气抵住重负，扭转生活的颓唐之势，开疆辟土丰衣足食，并惠及周围战友，开创出一派欢腾的生命气象。

在另外一个层面，更为独到的是，莫言不仅以欢欣与喧腾的姿态直面窘迫与困顿，而且还通过映现争天抗俗的内心坚执力量，以及超越生理极限与超越毁灭的生命力量来体现形而上的"生命欢悦"的叙述智慧。

在《檀香刑》《红高粱家族》中，莫言借由孙丙、罗汉大爷受刑的坚韧与坦荡体现形而上精神的"生命欢悦"叙述。在这一类型的叙述中与尼采所赞叹的不惧毁灭的狄奥尼索斯精神有着高度契合与共鸣。

在《檀香刑》中，孙丙遭受残酷异常的"檀香刑"时，面无惧色、甚至是洒脱地接受，并且他在被钉入檀香木之时竭力引吭高歌，乃至在生命的弥留之际依然不失内心的风度与庄严，孙丙身上不啻体现出形而上层面的"生命欢悦"精神。在《红高粱家族》中，作家还通过罗汉与执行酷刑的刽子手之间的言行举止的较量，突显了英雄勇猛沉毅的心灵之力。应该说，不管是《红高粱家族》中罗汉大爷面对孙五屠刀的无畏大声断喝与果决的正义诘骂，还是《檀香刑》中孙丙面对普通人根本无法忍受的虐术的超脱抗衡与视死如归，都非常充分地体现了超越毁灭的形而上的"生命欢悦"叙述。法国哲学家巴塔耶在论著《内在体验》中认为，在极端的、难以言表的痛苦生命体验中，在突破生命的临界状态时，生命可以抵达破除任何屈服与奴役的超越状态。① 因而以此观之，在小说中，不论是孙丙，还是罗汉大爷，在极端境遇中爆发出令人肃然起敬的生命华章，得到升华的不仅仅是残损的肉体，而且更有着突破任何阻滞与奴役的精神升华。

此外，在小说里，莫言还通过具有坚执内心力量、不畏生死的动物形象来体现形而上的"生命欢悦"叙述。在《生死疲劳》中，作家写出蓝脸的耕牛在遭受酷刑之后以惊人的毅力，拖着被烈火焚烧得残缺不堪的身体与主人蓝脸告别之后才轰然倒地，令人无比感佩。该小说中的猪王"破耳朵"为捍卫领地与保卫族群，无惧火焰正面迎击，显示出殊俗的英勇无畏。在《欢乐》中，齐文栋母亲饲养的一群小鸡由于被有毒的秕谷毒害而性命垂危。在齐文栋与母亲为在其实施简单而粗鲁的手术后居然神奇地复苏了，坚韧而欢腾地振动翅膀，精神抖擞地在院中欢腾觅食。小鸡身上传递的柔韧坚执的生命力量，使得身边的人们为之深深地触动。在《一斗阁笔记（二）》的

---

① 参见［法］乔治·巴塔耶：《内在体验》，尉光吉译，桂林：广西师范大学出版社，2016 年版，第 238 页，第 363 页。

"黑猫"一节中,具有超越化意志的猫不仅以一己之身力战群敌,而且面对自己的冤屈亦是超越生死的界限,不屈不挠地抗争到底。这种超越极限困境的力量即是一股高贵的生命精神脉流。应该说,在孙丙、罗汉大叔乃至在动物身上突显的不畏强暴、超越生死所体现出的形而上的"生命欢悦"属性,让人不由得震撼生命之力的强度,赞叹这种形而上的生命力量激发的心灵升华感。这股生命力的精神内涵昭告人们"精神'归宿'本质上是不可战胜的"。①

二、点石为金:"神奇化欢悦"叙述

莫言小说中的"神奇化欢悦"叙述借由民间神话与传奇中的神奇智慧欢快地释放生存之重。《良医》中,作家通过王大成在偶然中获得良药的治病经历,展现了垂危的生命在大自然馈赠下的起死回生,绽放出生命的神奇与喜悦。相比较《良医》中对于切实化生存境遇中的神奇纾解,莫言小说中还有着超验化的神奇之力超越悲惋的奇幻"神奇化欢悦"叙述。《红树林》中的神奇海域,不仅存在着长在海里珍贵的红木森林,而且还有着神话色彩的"人鱼"如小男孩般与马叔、林岚嬉戏,纵使林岚与马叔情感有千千结也在那刻得以化解与升华。

法国文论家托多罗夫在《奇幻文学导论》中曾提出"道具型神异"②的术语。对此,可以将之理解为神奇化的道具,诸如幻想文学中魔法师们飞天的"扫帚",阿拉丁的"神灯"等等均是神异化的道具的体现。莫言小说的"神奇化欢悦"叙述不仅纾解历史与现实的生存困顿,而且还通过类似的"神异化道具"联结神奇之域,焕发出超验化特质。

在《我们的七叔》中,狐仙请戏班子前往仙苑宅邸的神异器具是飞翔的枣红马车。《一斗阁笔记》中,一根汲取甘甜井水的葱管能够于瞬间跨越现实与穿越过往,变成井底的一柄宝刀,给予"我们"兄弟意料之外的神奇宝藏。在《生蹼的祖先们》中,作家写出处在迷谷中的"我"正在愁思何以走出迷宫,何以解忧亲人的心结之时,意外地得到青狗儿的指引而到达生长神奇植物"蓝眼睛花"之地。"蓝眼睛花"的馥郁之气在庇护"我"免受猛兽围困的同时,更指引"我"前往未知的玄秘之地领略超验景致。"蓝眼睛花"的

---

① 〔法〕吉尔·德勒兹:《运动—影像》,谢强　马月译,长沙:湖南美术出版社,2016年版,第86页。

② 〔法〕慈维坦·托多罗夫:《奇幻文学导论》,方芳译,成都:四川大学出版社,2015年版,第40页。

出现不啻体现了作家以一种轻灵的智慧辨识世相,托起悲凄的生存窘境的匠心。

文论家托多罗夫曾在著作中指出,奇幻小说中的某些奇幻道具"暗示了能够看得更深入与看不见是同时并存的"①,可以同时接通超验之域与探索鲜为人知的幽深境地。学者陆扬在研究荣格的原型理论时尤为关注到"玛纳"②原型,这是"指来自于一种超自然的存在和精神的巨大力量"。③《我们的七叔》《一斗阁笔记》《生蹼的祖先们》中"枣红马车""葱管""蓝眼睛花"的神通性也正是体现出这一超验原型的精神之力。

此外,莫言在《一斗阁笔记》《一斗阁笔记(二)》中的"老汤"与"仙桃"篇,以及"呼啸"与"石头"篇的叙述也蕴含着神奇化的欢欣。《一斗阁笔记》"老汤"篇中,童年温馨的"老汤"回忆在作家笔下进行神奇化的点染,记忆之景与英雄的绚丽传奇融合,绽现不凡的魅力。同一作品的"仙桃"篇里,仙桃与蟠桃之间的变幻,平庸生活与仙幻传奇的切换,也导入了仙凡转换新奇之力。

《一斗阁笔记(二)》的"呼啸"篇中,现代都市的左医生是位大隐隐于市的高人。一次偶尔的拜会,"我"有幸亲身见证左医生抒发的独门心灵共振之音,此音一发,全场寂然,大有气吞山河、共振寰宇之势,令人顿感震惊与玄奇。在该作品的"石头"篇,当代的玉石交易与评鉴中糅合了泰山石敢当的神话传奇,石敢当的神祇之力为泰山之石注入了超验的护佑之力,激活着俗世人心。

莫言作品中的这一奇异的"神奇化欢悦"叙述援用西方思想家科斯塔在《世俗奇迹》一文中的术语而言,可以将之称为"喜剧性的施魅"。④ 这一术语意在以神话与传奇的诗意为精神日渐式微的贫瘠生活复苏魅力,同时也与窘迫与困顿的悲苦境遇相互抗衡,注入喜悦、欢欣、鼓舞,以此重新观照被抽离意义、怅然无奈的疲乏生活。这不啻是一种"用参与、欣赏和迁就的方式观察人类为了跨越贫困境况而与一个时而充满敌意、时而过分丰富的世界进行搏斗所做的努力"。⑤ 这一叙述蕴涵的要义导向的是能够赋予

① [法]兹维坦·托多罗夫:《奇幻文学导论》,方芳译,成都:四川大学出版社,2015年版,第91页。

② 陆扬:《精神分析引论》,济南:山东教育出版社,1998年版,第100页。

③ 陆扬:《精神分析引论》,济南:山东教育出版社,1998年版,第100页。

④ [英]乔治·莱文编:《世俗主义之乐:我们当下如何生活》,《世俗奇迹》,赵元译,南京:译林出版社,2019年版,第170页。

⑤ [英]乔治·莱文编:《世俗主义之乐:我们当下如何生活》,《世俗奇迹》,赵元译,南京:译林出版社,2019年版,第175页。

世人辨明世事，给予世人清澄的智慧与洒脱欢快的生命姿态，它通往对人间万象的洞察，通往对超验自然的勘探。因此可以说，这些作品中的"神奇化欢悦"叙述蕴含的神奇智慧"倾向于形而上学，体现在想象的意象中"。①

三、莹然之心："童心化欢悦"叙述

明代李贽的《童心说》盛赞了童心在哲学本体意义上的可贵。对于孩子身上凝结的宝贵童心，法国文论家巴什拉说："只有永恒的孩子才能把神奇的世界归还给我们。"②童心是"儿童身上几乎不受任何变化和意识形态浸染的生命原初体验"③的折射。"童心"之珍贵，有着给予人心澄澈的力量。

莫言小说中"童心化欢悦"叙述的艺术表达独具特色。在小说中，"童心化欢悦"叙述是指通过"儿童的眼光、态度、思维方式"④以及孩童感知为出发点的童心观照对生存悲感的欢快纾解，它着重于体现坦荡欢快地超越生命局限的艺术本质。莫言小说中的"童心化欢悦"叙述不仅通过独到的儿童形象与儿童视角予以传达，而且也通过具有"童心"精神的"精灵"形象与其视角予以体现。

在《普通话》中，作家通过孩子"我"的天真联想体现了纾解压抑的生存境况的"童心化欢悦"叙述。由于孩子们都不待见欺软怕硬的村人高大有，于是根据高大有时常在嘴角冒出的两朵白沫的特征，偷偷给其取外号为"高大角猪"。取这个外号的原因是因为"我"充分发挥了儿童由此及彼的形象化思维，从"白沫"联想到不同的人与物。特别是当这帮孩子看到村里的猪在春天老是嘴角冒白沫时，孩子们通过儿童坦诚的喜恶将此与高大有的形象进行对应联系。这一孩童视角充分体现了乡野童子淘气、粗野与无忌的赤子童心的撒欢。小说中的背景是气氛压抑的生存语境，尽管村人高大有知道自己被一帮孩童揶揄，得了这样外号后气急败坏，但"我"却借由澄然的童心抚慰体味到一派欢心与洒脱。

在《挂相》中，整个村子由于村长皮发红违背祖制的错误指令笼罩在一

---

① ［法］兹维坦·托多罗夫：《奇幻文学导论》，方芳译，成都：四川大学出版社，2015 年版，第 115 页。

② ［法］巴什拉：《梦想的诗学》，刘自强译，北京：生活·读书·新知三联书店，2017 年版，第 153 页。

③ 袁文丽　刘绍瑾：《现代文艺创作美学中的"童心说"》，《中国文学研究》，2012 年第 1 期，第 116－119 页。

④ 袁文丽　刘绍瑾：《现代文艺创作美学中的"童心说"》，《中国文学研究》，2012 年第 1 期，第 116－119 页。

片惨淡的愁云惨雾里,但是儿子皮钱却依然能够在童心使然下发现生活的趣味。由于孩子的活泼纯真的天性,在寻找皮发红的途中被新奇的游戏所吸引,化解了生活的苦难施加的痛楚,体现出天真烂漫的欢快。

在《生蹼的祖先们》《铁孩》中,作家则是以充满童心的孩子与童真化的小精灵的交往与友谊突显童心化的欢快惬意。《生蹼的祖先们》中,食草家族的颓败给孩子青狗儿留下了沉重的内心包袱。而每当此时,与青狗儿交往甚密的小精灵"话皮子"就会适时出现在眼前,以活泼、率性的童真力量纾解青狗儿心中的忧虑。青狗儿还通过招呼精灵话皮子做着童趣盎然的游戏,消解了生存本然的沉重,获得轻盈而喜悦的生存感受。《铁孩》中,"我"被巫婆式的老太太赶出寄托所而无家可归,幸运的是,"我"遇到了铁孩精灵,在铁孩的童心观照下,"我"不仅学会吃铁的绝技,获得在困境中坚持的耐力,而且更获得欢腾愉悦的生存体验。

在《师傅越来越有幽默》中,作家写出欢快童心的感染对于人的焦虑生存的纾解。失业的师傅无比落魄地行走在街道上,看到一个女孩颇为顽皮却又富有爱心地与可爱的小猪崽嬉戏,莹然有趣,受到这一童心感染,瞬时驱散了师傅内心的阴霾。在《球状闪电》《屠户的女儿》中,作家写出小姑娘蛐蛐、香妞儿在澄净的童心使然下,不仅能够释然各种家庭的纠纷,将遭受的欺负化为欢欣,而且还能够扭转家族悖逆的忧愁恩怨,将其净化为甜馨梦幻、童心闪烁的喜乐之情。

此外,值得关注的是,《酒国》中的"肉孩"传奇经历中不惧任何胁迫的"童心化欢悦"叙述。在《酒国》主人公李一斗所编撰的小说"神童"中,大约只有三岁的孩子被卖入烹饪学院中沦为"肉孩"。在凶险万分的环境里,这些孩子却在童心的观照下产生了神奇的心灵转换,从而净化了生存境遇中的恐怖感。

这些幼小的孩子们在面临着生命的危难时刻,却凭借着童心的超验转化寻找到了神奇。他们在莹然的童心的指引下举起胖嘟嘟的小手望着天空,捕捉到一轮红月亮,并欢快地发现月亮的超验美感,并将其形象化地转换为具体的人物对应从而获得了心灵的慰藉,消解危险处境中的恐怖感。

在那个最小的男孩的抽泣声里,孩子们看到了像一匹红马驹一样的可爱月亮在假山石上跳跃。

他们拥挤到窗口,手扒着窗台,往外观看。挤不到前面的,就扒住前边的肩头。一个腮上沾着鼻涕的小胖子举起一根胖胖的

手指,呜呜啦啦地说:

"月妈妈……月妈妈……"

另一个孩子巴咂着嘴唇说:

"月姑姑,不是月妈妈,是月姑姑。"①

在《酒国》中,匠心独运的地方还在于,当孩子们的首领"小妖精"告诉孩子们真实的处境时,孩子们却倚靠着童心烛照探索光源,逃离了死亡的恐怖威胁。在这群孩子中最为灵活的"小妖精"则是手脚并用欢快地在囚禁的房间内找寻光耀,房间中的各式各样的电灯开关都被开启,一时之间火树银花、万光齐聚。正是在孩子童真无邪的眼光中,才能从绚烂缤纷的灯光中敏感地捕捉到光亮与希望,借此抗衡生存的悲凉。

丰子恺认为只有童心视物"能撤去世间事物的因果关系的网,看见事物的本身的真相"。② 在《酒国》的"肉孩"一节中,莫言正是体现孩子们身临险境却因撤去扑朔迷离、错综复杂的矛盾而看见事物背后残酷的景致。更奇异的是,在孩童天真单纯的童心观照下,杀机暗伏的生存处境中反而剔除恐怖与凶险因素。危机四伏之地反而变成了孩子眼中可以进行非常有趣的游戏的场所。因为在纯洁童心的使然下,孩子们即使身临险境,依然可以将险恶境遇中的危险予以欢快地化解。正是在这个意义上,童心能够净化悲切、扭转困厄。荣格就认为童心的能量浓缩自然天宇之力,"作为宇宙的等同物,它'其大无外'"。③

莫言还通过《生死疲劳》中的蓝千岁、《复仇记》中的小屁孩精灵在童心观照下,化解死亡的童心化欢快体现了童心潜含的璀璨心灵之力。在《生死疲劳》中,西门家族历尽劫难,最后在新世纪迎来了"大头婴儿"蓝千岁的降临。而五岁的蓝千岁却有着严重的血友病命悬一线,剩下的时光屈指可数。不过,在童心使然下,五岁的蓝千岁通过日复一日讲述故事勇敢地迎接屈指可数的生命时光,不仅隔离了病魔的恐怖,反而洋溢出洞达万象的欢快。在《复仇记》中,小屁孩被含冤击毙后,他的精灵从身体中逸出。小屁孩精灵神色喜悦、欢腾灵动,在他看来这一惨剧却使得自己获得了超验的自由,这一童心化的喜悦中蕴含着心怀无畏之下净化恐怖的人生智慧。

---

① 莫言:《酒国》,北京:作家出版社,2012年版,第103页。
② 丰子恺:《活着本来单纯》,南京:江苏凤凰文艺出版社,2016年版,第111页。
③ 〔英〕罗伯特·A.西格尔编:《心理学与神话》,陈金星主译　胡建升校译,西安:陕西师范大学出版总社有限公司,2019年版,第199页。

这在文论家托多罗夫看来不啻是一种"神异叙述","神异超越了娱乐,超越了好奇,超越了此类叙述和传奇所引发的所有情感,也超越了转移注意力、遗忘或者追求高兴或惊悚的情感体验的需求,神异旅程的最本真的目标实际上是对宇宙真实的完全探索"。① 这一叙述超拔出世俗的媚俗与取乐,超拔出普通的喜怒哀乐等情感体验,有着心灵的升华意义。

莫言小说中的童心化欢悦的叙述对生存悲感的纾解并不是对悲感的简单消解,而是通过一种超凡脱俗的光韵智慧,找到了一个撬起存在之痛的支点,从而超越生存的悲感。应该说,莫言小说中"欢悦"智慧的艺术表达在很大程度上体现了超越悲感的形而上层面的哲思观照。

第三节　"奇幻仙境"的审美空间

莫言在小说的神话想象中搭筑了"仙境"的审美空间。莫言在小说中借由这一审美空间不仅体现了向往福禄、安康的仙境乌托邦的心灵归属地,而且还以诗意化的"仙境"超验空间超越焦虑化生存,以探寻内在安适的心灵澄净。

一、妙曼的仙境空间想象

晋代文豪陶渊明笔下的《桃花源记》描绘了植被葱郁、繁花缤纷的世外桃源景致,在这个桃花源中,民众安居、怡然自乐。在宋代《太平广记》《嵩山叟》②中,以清澈而质朴的语言记录了嵩山叟不慎堕入山穴无意中进入神仙的光明煊赫的仙境空间的奇异经历。嵩山叟幸运地得到神仙指引,知晓了离开受困山脉的通道秘诀,还享用到了甘美的仙露与延年益寿的石髓。如果说《桃花源记》中的"桃花源"是折射了儒家"大同社会"理想的审美想象的话;那么,《嵩山叟》中的灵洞空间则折射了"仙境"的想象。在莫言小说的神话想象中也正是体现了这种追寻超验的仙境乌托邦的审美玄思。

莫言在《一斗阁笔记》"仙桃"篇中,描绘了盛产如玛瑙般晶莹红润的仙桃的崂山仙境。不同于崂山仙境的仙桃的可望而不可及,莫言在《嗅味族》

① 转引自[法]兹维坦·托多罗夫:《奇幻文学导论》,方芳译,成都:四川大学出版社,2015年版,第41页。
② [宋]李昉等编:《太平广记》(第一册),北京:中华书局,1961年版,第97—98页。

《夜渔》中，借由"我们"殊俗的历程进入了意想不到的"仙境"之地。在《嗅味族》中，"我"幸运地与于进宝哥哥在深深的古水井旁闻到阵阵芬芳香气，由此"我们"循着水井而下，才误打误撞地进入了长鼻人的仙界洞府品尝到珍馐，体会到无比欣喜的幸福心境。

在民间传说中，秦始皇曾派方士徐福前往澜波浩渺的蓬莱岛探求仙药。在《夜渔》中，莫言则通过神话想象搭建了仙山式的岛国仙境。在这座岛国仙境里，"我"突然觉察到暗香浮动，终于与荷花仙子在约定的十五年后相遇。莫言笔下的仙境空间并不与人间有着绝对的阻隔，恰恰相反，人们凭借机缘巧合，轻盈地飞升一跃，从而抵达仙境，"洞天福地与人境既相隔又相通，正是仙界营造者良苦用心之所在。阻隔是为了增加仙境的神秘感，而复相连通是为能吸引人们慕然趋从"。[1] 学者郑土有指出，在神仙仙境中也寄寓了对安康、福禄、高寿的向往，在仙境中人们可以逾越极限、寿与天齐[2]，同时还能够领悟宇宙之玄远无垠。

法国文论家巴什拉专门阐述过归隐者的栖身的茅草房这一空间，认为这是"投射出来一方冥想与祈祷的宇宙，投射出来在宇宙之外的一个宇宙"，[3]可见这一寂寥的空间意象有着把人们导引向寰宇与超验情怀的诉求。因而，在无垠辽远的仙境空间中，人们还可以参悟宇宙洪荒中的无垠意义。在此意义上，莫言于筑造的审美仙境空间中，于妙曼超验的仙人想象中超离沉重的生存，抵达对天宇人生的玄幻探索。

二、"仙境"作为安适的心灵空间

法国文论家巴什拉在《空间的诗学》中，指出不同的地理空间给予人的内心体验与感受是不尽相同的，从为了人类遮风挡雨最为原始的空间建筑，到如今造型万千的建筑空间或是自然空间，都带给人们不同的心灵感受，空间并非单维地被人类筑造，而是双向地参与营造人类精神与心灵的安顿状态。[4] 因而，在此意义上，《空间的诗学》意在传达：不同形态的空间与人的内心精神状态紧密关联，空间远非只具有物理的属性，更是晕染了

① 汪涌豪　俞灏敏：《中国游仙文化》，上海：上海人民出版社，2016 年版，第 67 页。
② 参见郑土有：《中国仙话与仙人信仰研究》，上海：上海人民出版社，2016 年版，第 137—138 页。
③ ［法］加斯东·巴什拉：《空间诗学》，龚卓军　王静慧译，北京：世界图书出版公司，2017 年版，第 59 页。
④ 参见［法］加斯东·巴什拉：《空间诗学》，龚卓军　王静慧译，北京：世界图书出版公司，2017 年版，封底页。

心灵的光泽与精神光韵。

那么,从根本意义上而言,空间的精神特质与其根本属性正如学者邹诗鹏指出的,意味着灵魂的安居。① 同时该学者引证海德格尔之言认为,空间以其开放的姿态赋予人或是自由与妙曼、或是悲切的精神状态。② 恰如所言,置身于带有心灵属性的空间会产生有妙曼与悲郁之分的心灵体验。充斥着生存的压抑与焦虑的空间无疑会产生严重的生存忧患感。这一典型例证诚如学者杨钧指出的,卡夫卡《地洞》中住着小动物的"地洞"即可视为是惶惑不安的空间的审美构造,地洞中的小动物时时惶恐于有形的或是无形的不明物入侵自己的领地。③

现代作家叶灵凤在其小说《落雁》中,也通过寂寥而神秘的"古宅"搭建出一个仓皇、丧失安全感的审美空间。青年才俊的"我"在都市的电影院门口与美丽的年轻女子落雁相遇而一见倾心,"我"无比荣幸地受到落雁的邀请到其府上观光。然而当"我"到达落雁家的府邸,一座神秘而瘆人的古宅后,落雁父亲古怪的询问、落雁表情的局促,都使"我"发觉这座阴暗古宅隐含的不祥。在落雁的坦诚下,"我"终于明白自己遇到了一位现代版的"聂小倩",顿时坠入恐惧与焦虑中。最后,在落雁的帮助下,"我"庆幸地逃离了古宅,然而手上握着临别时落雁塞的冥币,提醒着"我"暗处的这个恐怖的生存空间。

如果说卡夫卡小说的"地洞"空间、叶灵凤小说的"古宅"空间象征着的是一种心灵的不安与恐惧的话;那么,莫言的神话体小说中诗意化"仙境"空间的审美想象正是超越惶惑不安的生存体验,对内在安适的心灵空间的追寻。

在《嗅味族》中,作家透过在家中饱受奚落的"我"与于进宝哥哥循着香气在不经意间踏入长鼻人的仙境洞府空间获得美食享受的神奇之旅,体现出对舒适、惬意的心灵归宿的探求。《夜渔》中,莫言透过"我"在香气四溢的芬芳来袭中进入了荷花仙子的仙境空间的殊俗经历,开启了对幸福的人生空间的找寻。

在南朝宋刘义庆的《幽明录》中曾记载"柏枕幻梦"④的故事,外出经商的汤林在经过焦湖庙时,管理庙宇的庙祝给他一只神奇的柏木材质的枕头,由是汤林进入了柏木枕头的奇幻空间中。与《幽明录》中讲述的汤林进

---

① 邹诗鹏:《转化之路:生存论续探》,北京:中国社会科学出版社,2013年版,第224页。
② 参见邹诗鹏:《转化之路:生存论续探》,北京:中国社会科学出版社,2013年版,第224页。
③ 参见杨钧:《焦虑:西方哲学与心理学视域中的焦虑话语》,北京:北京大学出版社,2013年版,第133页。
④ [南朝宋]刘义庆:《幽明录》,郑晚晴辑注,北京:文化艺术出版社,1988年版,第4页。

入木枕神奇空间相似,在《酒国》的"一尺英豪"一节中,少年余一尺也曾进入一个壶瓶的奇幻空间,幼时的余一尺曾在市集中邂逅一卖艺女子,由此开启了这段不凡的壶瓶空间旅程,由一个奇妙的壶瓶导入的奇异空间不啻是一种"壶天仙境"①的艺术表达。对此,学者喻晓薇也曾关注到《酒国》中这一壶瓶意象与道家壶天境地的相关联系。② 莫言在小说中对这壶瓶在瞬时绽现的仙境奇观进行了描摹,"瓶望空抛出,但见霞光万道,瑞气千条,瓶口旋转扩大,顷刻高有丈余,俨然一月亮门户,一尺随女姗姗而入"。③ 置身于仙境化的壶瓶空间中,瑞气缭绕、映光万丈,一切景致似真似幻。

学者马昌仪从考古学意义指出,神话中的这一壶瓶作为历史文物的出现、发展与衰变不仅与原始农业的灵魂信仰、佛道宗教观念息息相关,而且还与古代谷物的祭祀以及瓷器文明的发展有着很深的关联。④ 该学者进一步认为,从神话哲理而言,瓶中世界蕴含探索宇宙、浓缩时空、联结虚空的超验意义,"它所象征的却是一个广阔而虚幻的、非现实的世界,人与魂、生与死、人间与天地、过去与未来、洪荒与现世,统统容纳于其中"。⑤ 因此,《酒国》"一尺英豪"中的壶瓶仙境空间的筑造不仅有着隔离物欲横流的功效,更有着在形而上的寰宇人生层面探索生命玄秘、安顿心灵的启示诉求。

莫言小说的神话书写不仅体现于上述"静态化"的仙境审美空间的塑造,而且还呈现为独到的"动态化"的安适心灵的审美空间。

这一"动态化"的仙境空间根据心灵景况而化境。在此,将这种由心意的起伏、构景而生成新的审美空间称之为"心念空间"。为人所熟知的、化于佛教典故的习语"一花一世界"亦是呈现出借由心念的力量从自然空间往心灵空间的跳跃与升华,在花的自然空间中顿悟无限的"动态化"心灵空间。

在《太平广记》的《画工》⑥中就描述了一个源于神奇化心念感知的画幛仙境空间所演绎出的凄美故事。唐代仕人赵颜从一画工手中获得一幅惟妙惟肖的画幛,细观画像中有一绮丽女子令人神往,赵颜内心思慕不已,

① 刘敏:《天道与人心:道教文化与中国小说传统》,中国社会科学出版社,2007 年版,第 172 页。

② 喻晓薇:《莫言小说与明清小说传统》,武汉:武汉大学出版社,2019 年版,第 36 页。

③ 莫言:《酒国》,北京:作家出版社,2012 年版,第 193 页。

④ 马昌仪:《魂兮归来:中国灵魂信仰考察》,北京:中国社会科学出版社,2017 年版,第 347 页。

⑤ 马昌仪:《魂兮归来:中国灵魂信仰考察》,北京:中国社会科学出版社,2017 年版,第 347 页。

⑥ [宋]李昉等编:《太平广记》(第六册),北京:中华书局,1961 年版,第 2283 页。

由是借着真心按照画工的良方唤出女子，与其共结连理，女子为其生儿育子。孰料一日，赵颜受人挑唆，疑心妻子为妖。妻子在伤心之余，告知其夫自己实为仙子，但因夫疑心，只能携子而返画幛。此时，物随意转、相由心生，当初赵颜因为急切的心念唤出画幛中的仙子，又因改变原初心念而迫使无奈的妻子携子进入画中，待再观画幛时，画中已经多出一子。

与之相较，在莫言作品中因心念而生成的仙境空间则有着化凄美为希望、化险境于无形的灵动力量，焕发出盎然之光。在《生蹼的祖先们》中，"我"因为保护一只莫名的探险队被儿子追打而坠入困境，"我"心念一起而进入了与美貌的女祖先霞霞相遇的仙境空间。在霞霞的引导下，"我"忘却了痛苦，转而又进入了有着"阿菩树"的仙境空间。莫言在小说中以晶莹澄净的笔触，描摹了红树林中因心念指引方能抵达的长满"阿菩树"的仙境空间。小说中细致地描绘了这一仙境空间中的超验景致，月亮一泻银辉，在柔韧的光影下，景物不附着于形而若隐若现。

该小说中，儿子青狗儿在祖父过世之后心情抑郁寡欢，与可爱的精灵小话皮子心念感应，相逢在精灵的奇妙世界，一个充满希望的心灵空间。《学习蒲松龄》中，祖先进入"我"的梦中，祖先心念一起，带"我"骑马进入数百年前的奇异空间，与数百年前的先辈相逢，尤其将"我"带至前辈蒲松龄面前，进入向其学习写作机宜的奇妙空间。《红树林》中的陈珍珠因为屡次被恶人伤害之后隐遁进红树林。她在时而昏迷时而清醒的间隙，祈求珍珠仙子护佑的心念一起，霎时进入珍珠仙子的仙境空间获得救命的灵丹。《拇指铐》中，阿义由于母亲病危，他用母亲手里仅剩的财物换成药品，但是却在归家的途中陷入了生存荒漠中。阿义九死一生好不容易脱离出拇指铐而回家后，又陷入找不到母亲的绝望中。但化为精灵的阿义凭借心念欢快地飞奔在超验的空间里，一头扎入母亲的幸福怀抱。

学者何怀宏曾关注到哲学家帕斯卡尔对于无垠化空间的强烈感受，认为这一空间引发的是一种令人惊惧与心颤的敬畏感与无力感，"体验到的自己存在的渺小性、偶然性、荒诞性和恐惧感"。[①] 而莫言小说的"仙境"的空间想象则体现了中国传统的哲理智慧，展现出庄子哲学的"化境"，"打破梦觉、生死的隔膜，穿越梦觉、生死之间的鸿沟"。[②] 在一种趋于无限与神秘的空间中，心灵与空间美好地自洽融合，心灵于妙曼的空间中自由与奔

---

① 何怀宏：《生命与自由：法国存在哲学引论》，北京：北京师范大学出版社，2014 年版，第 100 页。

② 郑开：《庄子哲学讲记》，南宁：广西人民出版社，2016 年版，第 225 页。

放地游弋。就此，莫言凭着颖悟搭造了这一美好的仙境物理空间与心念空间，在这自由自在的精神空间中，光洁美好、内心复归宁和，心灵获得澄净。

思想家哈维引证作家乔伊斯的文学描写以表达对现代社会的"空间"塌陷、封闭且绝望的感知，"我听见所有空间崩溃，玻璃四散，砖石建筑倒塌，时间是死灰色的最后的火焰"①，以此形象化地隐喻在后现代境遇的生存中的窘境。空间的破碎意味着生存危机，空间的塌陷感体验意味着心灵维度的价值危机，同时也意味着人们失却寄托心灵的港湾，很难回归恬淡的内心，回味本然的内心感受，思考何去何从的人生意义。莫言在《一斗阁笔记（三）》的"写诗软件"篇中真切地表达了对现代化景况下因科技侵蚀心灵空间而导致诗化精神空间碎裂的忧虑。技术软件编撰诗歌的盛行体现的是技术凭借"模拟、处理、研究、实验、投映"②等手段以一种"超可复制性"③，强行驶入不可僭越的玄思空灵的心灵空间，侵蚀人类玄想之域，使得精神空间黯然失光。因而，从这一层面而言，莫言笔下的"奇幻仙境"搭筑，尤其是由心之所驻的灵动游弋所开拓的超验疆宇，在心灵安居的意义上作为一种诗意化的审美救拔显得弥足珍贵。

第四节 灵动的时间审美慰藉

哲学家罗洛·梅认为"每一个人的个人问题和焦虑都与时间的流逝有关"④，诚然，在很大程度上，生命存在与否、对生死的仓惶感归根结底而言是如何看待时间的哲理问题。在科幻电影《时间规划局》中，未来时空中的时间规划局要求所有的居民都带上外形酷似手表的时间监控器，这个时间控具以异常精确的秒数提醒着人们生命的余数，机械运转的滴答声是生命无可回溯的消散，不可抗拒地昭示出残酷的有限生命的真相，真切地演绎出生命飞逝的真义。

而莫言在小说中借由体现永恒时间的"轮回"想象、瞬间想象，以及体

---

① ［美］戴维·哈维：《后现代的状况：对文化变迁之缘起的探究》，阎嘉译，北京：商务印书馆，2003年版，第249页。

② ［法］贝尔纳·斯蒂格勒：《技术与时间3.电影的时间与存在之痛的问题》，方尔平译，南京：译林出版社，2012年版，第285页。

③ ［法］贝尔纳·斯蒂格勒：《技术与时间3.电影的时间与存在之痛的问题》，方尔平译，南京：译林出版社，2012年版，第285页。

④ ［美］罗洛·梅：《人的自我寻求》，郭本禹　方红译，北京：中国人民大学出版社，2013年版，第198页。

现心灵的诗韵时间叙述,以环形时间观、永恒的时间观超越机械性的一元化时间观,筑起一种诗蕴的时间智慧突围生存的终极困境。

《生死疲劳》中,小说的整个情节发展在生死轮回的叙述框架中得以推进。西门闹带着前世的记忆轮回了六世。心理学家荣格认为,"轮回"指"人的生命通过经历不同的身体存在在时间上得到延续;或者从另一种观点来看,它是为不同重生(reincarnation)所打断的生命序列"。① 这也意味着生命在永恒的时间维度中穿越过无数的生命承载体。一般而言,"轮回"属于佛教文化观念下的概念,是指某个生命体的灵魂不停地在六道众生中的停留或转移。西门闹在驴、牛、猪、狗、猴的畜生道与大头婴儿的人道进行了六世的交织变幻与轮回。《我们的七叔》中,讲述了"七叔"打破时间的虚实、跨越阴阳的轮回,在轮回中与"我"重逢。在该小说的轮回描写中,莫言以驳杂混合的时间叙述,融合了三维时间的时光柱,将时空不断扩充,以此成全生命的永恒性。

哲学家西美尔认为:"灵魂的转世就是生命的这种永恒,而这里所说的永恒仿佛置身于一种棱柱形的折射中。透过这一折射,人们可以看到无数光怪陆离的、个人有限的存在。"② 因而从这一层面而言,《生死疲劳》《我们的七叔》中的"轮回"不仅体现叙述结构的功能,更闪现出内在生命亘古的哲理内蕴。由"轮回"叙述结构产生的时空观的腾挪,产生时间的无限扩容,使得生命体成为"超越历史时间的趋于无限的存在"。③ 学者赵静蓉曾概括认为,在东方智慧中"在无往而无返的时间洪流中,一切有限的存在只有融入其中,才能与宇宙同在"。④ 学者胡晓明以道家的时间理念指出,庄子《秋水》中的藐姑射山仙人以超越天宇、超拔时间的束缚体现出中国古典的诗化时间观念。⑤ 莫言则通过小说中的"轮回"想象与超越化的时间营造,以时间的无限精神照耀人的心灵自由的意愿与终极存在的诉求,从而超越了人生的终极困境。

莫言小说中还体现出"瞬间的时间"构思。众所周知,在佛教的典故中曾经衍化出成语"拈花一笑",往昔世尊如来手拈一花示人,众人皆不解其

---

① [瑞士]卡尔·古斯塔夫·荣格:《原型与集体无意识》,徐德林译,北京:国际文化出版公司,2011 年版,第 91 页。

② [德]格奥尔格·西美尔:《生命直观:形而上学四论》,刁承俊译,北京:北京师范大学出版社,2017 年版,第 148 页。

③ 颜翔林:《当代神话》,北京:中国社会科学出版社,2015 年版,第 38 页。

④ 赵静蓉:《怀旧:永恒的文化乡愁》,北京:商务印书馆,2009 年版,第 309 页。

⑤ 参见胡晓明:《万川之月——中国山水诗的心灵境界》,北京:北京大学出版社,2005 年版,第 115—116 页。

意，唯有摩诃伽叶凝望花朵而微笑颔首。摩诃伽叶在看到佛祖手中之花的"瞬间"顿悟了宇宙存在的大道。"拈花一笑"是为瞬间，却在宇宙长河的一瞬中抵达了亘古的天地大道的顿悟，抵达了永恒的价值，以瞬时包孕了永恒。正如有学者对瞬间包含的永恒性意义如是指出的，"在瞬间当中体现永恒，在有限当中体现无限"。①

在《长安大道上的骑驴美人》中，侯七在大道上一个转身看到骑驴女子的瞬间顿时感到无量的光明，在无量光明的倾洒下侯七顿时觉得心灵的升华，于瞬间的美感体验中定格心灵的永恒升华。在《白杨林里的战斗》中，"我"被神秘的神祇黑衣人折磨、庸碌的葵花脸女人蛮缠之后，瞬间爆发出人生的勇气，决定义无反顾地向前探索，心灵瞬间而生发的超验勇气，抵达永恒生命价值探寻。《酒国》的"一尺传奇"中曾记载一妙龄奇女子携少时的余一尺进入壶瓶世界。少年一尺在瓶内的瞬间，感受到的却是永恒的时间。不管外在如何沧海桑田，瓶内时间无始无终，回归初始的永恒时序。

在另一层面，莫言还以体现心灵时间的延展化叙述超越存在的仓惶感。法国哲学家柏格森提出一个认知时间的重要概念"绵延"。② 正如有学者概括的，这一概念扼要而言，是一个以非理性的情感、意志与直觉把握机械、物理时间的概念，是以内在心灵对时间的把握。③

在《生蹼的祖先们》中，红树林是一个巨大的超验空间，在这个空间中犹如一个神秘的时间迷宫，时间可以倒流，因而"我"可以见证数十年乃至百年前皮团长对长有蹼膜的祖先镇压的历史。更重要的是，"我"还可以凭借心念的升起，回到过去与祖先梅老师相逢与倾诉，以内心时间的延续抵御此刻焦虑的生存。

哲学家德勒兹在其充满灵感的时间哲学中认为，时间也可以用具象予以表达，诸如在日本的电影中，导演不仅可以用生活化的器皿诸如"花瓶""自行车"表达主观化的时间，而且还可以用物体的静与动的辩证法衬托主观的时间意象：

> 小津安二郎的静物具有一种绵延性，花瓶画面持续了十秒钟：花瓶的这种绵延，严格地讲，表现了经历一系列变化状态后的留存之物。一辆自行车也可以有时间延续，它表现运动之物的不

---

① 吴晓：《新诗美学》，北京：中国社会科学出版社，2018年版，第198页。
② ［法］柏格森：《时间与自由意志》，吴士栋译，北京：商务印书馆，1958年版，第55页。
③ 参见王晋生：《柏格森绵延概念探讨》，《山东大学学报》，2003年第6期，第108—111页。

变形式，只要它是不动的、静止的、倚墙而立的（《浮萍物语》）。自行车、花瓶、静物是时间的纯粹的和直接的影像。每个影像都是时间，都是在时间所变之物的这样或那样的条件下的时间。①

唐代李贺的诗歌《金铜仙人辞汉歌》中则典型地体现出以动态的自然景致表达时间的意蕴。"画栏桂树悬秋香，三十六宫土花碧"②，两句中不仅以飘香的桂子表达出金秋的时节，而且还以宫殿中的秋香桂树花开花落、青色苔藓的蔓延与覆盖体现历史的朝代更迭的遥远时间。在"空将汉月出宫门，忆君清泪如铅水"③两句中，汉代明月的月升月落、金铜仙人从刚被铸造到身上落满似清泪的露珠体现出穿越汉朝的广延时间。学者胡晓明指出，在禅宗典籍中也有着景致化的审美时间意象表达，诸如宋代禅宗的《碧岩录》中有这样一则首座与禅师的对话，面对首座对自己从何处到来的询问，禅师巧妙地以"随芳草""逐落花"体现的时间概念予以回应空间的询问。④ 同时，禅师还高妙地以"芳草""落花"意指投射在自然客体中的内心感受到的心灵时间。

在《生蹼的祖先们》中，引领"我"与"妻子"的"葫芦蔓和海草门洞"作为一个特殊的时间意象，这是进入小说中"红树林"的神话世界的时间界标。仙界与凡间呈现了迥然有异的时间分界。《生蹼的祖先们》中神秘的"红树林"不仅是一个神话的空间，而且红树林中"阿菩树""蓝眼睛花"等唯美清新的植物意象都是永恒的生命时间的意象。小说中只要"阿菩树""蓝眼睛花"出现之处，就能够打破时间的不可逆性，让"爷爷"与"我"能够生命流转，逝而复生，完成生命的承续，以此生成了生命永恒的叙述。

法国哲学家斯蒂格勒曾提出一个"他者的时间"⑤的概念，这是指"我的时间在建构的过程中，被嫁接到它从他者时间那儿提取的时间——与此同时，在各种'流'交织而成的网络中，我的时间也将它自己赋予他者的时

---

① ［法］德勒兹：《时间—影像》，谢强 蔡若明 马月译，长沙：湖南美术出版社，2004 年版，第 26 页。

② ［唐］李贺：《李贺诗集》，徐传武校点，上海：上海古籍出版社，2015 年版，第 44 页。

③ ［唐］李贺：《李贺诗集》，徐传武校点，上海：上海古籍出版社，2015 年版，第 44 页。

④ 胡晓明：《万川之月：中国山水诗的心灵境界》，北京：北京大学出版社，2005 年版，第 132 页。

⑤ ［法］贝尔纳·斯蒂格勒：《技术与时间 3.电影的时间与存在之痛的问题》，方尔平译，南京：译林出版社，2012 年版，第 40 页。

间"。① 在此,这一概念中的"他者"可以理解为与"我"相对的生命体,这一概念即是表达了"我"映射于其他生命体上的时间呈现,以及其他生命体投射于"我"身上的时间呈现。这股交错的时间流多维度地映现了不同生命的质感,闪现互通互透的生命脉络,扩容了生命的容量。

在《生死疲劳》中不仅体现出轮回的无限时间结构,而且也典型地体现出"他者的时间"叙述的相互联结与相互照应。小说中有主要的三位叙述者,分别是西门闹、蓝解放、蓝千岁。其中西门闹的生命时间不断地投射交融于作为"他者"的西门驴、西门牛、西门猪、蓝千岁的生命历程中,生命在不断地生成、不断地延续,生命时间亦在生成与延续。同时,小说中农村少年"莫言"的生命时间历程也相互交织于西门闹、蓝解放、西门猪、狗小四的生命时间历程的叙述中,构成"他者"化的时间回环叙述,生命彼此连结,感觉相互延伸。诸如乡绅西门闹挖出太岁的经历中,小说也呈现为"他者"化的时间交织叙述。作品中不仅有着西门闹挖出太岁时候的即时记录,更有着作为"他人"的"莫言"对太岁的神奇功效进行追溯化的时间叙述描写。小说中还呈现出"莫言"对西门驴生命时间历程的记录与西门驴自身的生命感触交织呈现的时间叙述。同时小说还通过作为"他者"的狗小四的生命时光映照蓝解放、春苗落难之时出走的生命时光。

《食草家族》中,"我"进入神秘的红树林后,被神秘莫测的经历中断生命际遇的时序,此时,"我"的时间生成由"小话皮子"和儿子青狗儿的经历与讲述予以映现与投射。应该说,莫言小说中的"他者的时间"叙述所呈现的交织化时间体现了时间的连续与循环性,生命时序得到延长,生命的感觉得以多重地抚慰。

哲学家柏格森在《材料与记忆》一书中,对时间的阐述延展至对内在主观记忆的研究,指出体现时间的主观记忆具有生命历程的重构性,"记忆并不是从当前向过去的倒退,相反,记忆是从过去向当前的前进"。② 记忆的追溯性与重构性亦是超越物理时间,以心灵的维度重新聚合时间流,从而形成得以延续的重要方式。

《变》中,应约写稿的"我"本该写的是在 70 年代末年之后发生的各种奇妙趣事,而"我"的回忆却指引着追溯 60 年代末的秋天时光经历。《养兔手册》中,"我"皮小江偶然地与多年前的乡间友人江秀英及其女儿在旅行

---

① ［法］贝尔纳·斯蒂格勒:《技术与时间 3.电影的时间与存在之痛的问题》,方尔平译,南京:译林出版社,2012 年版,第 40 页。

② ［法］亨利·柏格森:《材料与记忆》,肖聿译,北京:北京联合出版公司,2013 年版,第 230 页。

车中相遇,母女俩之间的温馨与亲昵,不由唤起"我"对十多年以前的故乡往事的回忆。"我"不仅回忆着当年"我"提干之后荣归故里专门去新华书店看望江秀英的情景,而且还进一步追忆起儿时与江秀英的同窗之谊与打闹时光。在两部小说中对于回忆时间的追溯不仅仅是一个物理时间的提前,更是通过生命容量的扩充与丰盈抗衡当下不可回流的时间飞逝。

在《生死疲劳》中,莫言不仅以轮回的结构呈现环形时间超越生命的终极困境,而且还以主人公西门闹的记忆映射出内在的心灵时间,抚慰沧桑岁月。柏格森指出,对于记忆而言,"难题就变为如何感知依旧处于黑暗世界的记忆"。① 在小说中,莫言分别以驴的荒唐记忆、牛的惨痛记忆、猪的欢快记忆、狗的幸福记忆以及猴子的疯狂记忆,重构了晦暗历史的记忆。这些种种有温度与亮色的记忆慰藉着历史的创痛,冲淡人生的晦涩,以内心主观的时间抗衡曾经非理性的、癫狂的世界,守住温馨美好的心灵时光。

上述诸种对内心时间把握的诗韵化时间叙述所体现的人生智慧扭转了人的内心状态,超越了物理时间的引力,弥合了对机械时间抗衡的无能为力。这使人通过对心灵时间的感知,获得心灵自由的翱翔,于内心慧悟中时接千载、跨越时空,通过时间扩容与心灵化生的生命想象给予人内在的澄净恬淡,以此体现作家莫言的人生审美慰藉。

---

① [法]柏格森:《生命的真谛》,冯道如等译,南京:江苏凤凰文艺出版社,2015年版,第172页。

第七章　心灵诉求:超拔困境与澄湛生命

在本章中,笔者试图以百年文学史谱系为主要观照,兼顾文化哲理意义等价值参照系考量莫言小说的文化哲思内蕴的价值与意义所在。莫言不论是对人心正义的执着追求,还是对生存异化的深切质询都体现了一种对生存意义的不懈探求。同时,更是衔接与拓展了五四以来"为人生"的现实批判的文学启蒙传统。在形而上的哲思观照上,莫言在小说中搭筑了磅礴的生命气象与形而上层面的希望追求,体现了一种超越生命困境的审美境界。这不仅闪现着中国传统的乐生精神的哲韵智慧,而且也体现了作家通过文学想象所筑造的人生超验关怀。

第一节　人心正义的追寻

莫言在小说的人性哲思中,对人内在无比丰赡的心灵世界进行了深入的探索,于透彻的人性审思中体现慈悲与宽宥之境,在灵魂博弈中通往人的良知探讨。应该说,莫言在小说中反思局限的人性哲思不仅蕴含着文学史意义,而且还有着文化哲理价值以及伦理价值、思想史意义等多层面的综合性价值诉求。

首先,莫言小说中反思局限的人性思考蕴含着丰厚的文学史意义。在现代文学的坐标系上,这一文学史价值突出地体现在对鲁迅的"国民性批判"精神传统的心灵共振与承续拓展。我们知道,鲁迅先生展开国民性的深切反思有着"立人"[①]的旨归。莫言则是在追求人心正义的展望与诉求下,对人性局限进行犀利质询。对此,莫言如是指出对人的正义化精神品性与审辨力的期待:"我期望着在未来的社会里,人人具有宽容精神,个个

---

①　鲁迅:《文化偏至论》,《鲁迅全集》(第一卷),北京:人民文学出版社,2005 年版,第 58 页。

心存慈悲情怀"。① "我心中的理想世界,就是人人都很善良"。② 哲学家康德曾指出,"即使有那种堕落,'我们应当成为更善的人'这一命令,仍毫不减弱地回荡在我们的灵魂中"。③

在某种程度上,莫言追求人心正义进行的人性反思与鲁迅对人心精神升华的探求有着承续与呼应。在反思人性局限的主要思考方向上,莫言在小说中与鲁迅的精神脉络心神交汇,层层深入地剖析人性中的缺憾,审视心灵荒芜与匮乏的内心症候。此外,莫言还承续了鲁迅深刻反观内心的省悟精神。莫言把这一省悟精神融入人性反思的观照中,在小说中不断地置入第一人称的叙述者对自我的人性局限进行深入辨析与反思,剖析自我的人性局限。

在当代文学的坐标系上,莫言小说中反思人性局限的思考也有着突出的文学史价值。在 80 年代,莫言就开始突破伤痕文学、反思文学中将人性中的缺憾归咎于外在社会因素的惯性思考,而直面人性负面加以审视。更为重要的是,莫言的人性局限反思超越了单层面的批判,在小说中体现出释然人性诸种缺憾之后的悲悯与宽宥观照闪现着丰厚的文学史价值。从五四到当代文学,作家们对人性劣根性的批判并不鲜见,尤其是在新时期以来的先锋文学中,对人性的批判还有着片面的深度。但是,对人的局限植入宽宥与悲悯的审视眼光是比较鲜见的。就此而言,莫言在小说中超越了单一的人性批判,在释然人性局限之后,导入慈悲、宽容与原宥的心灵境界体现了文学史的价值所在。

其次,就人性文化观的维度考察而言,莫言小说在追寻人心正义的内心光曜诉求时所进行的人性审思也蕴含着一定的文化价值。

儒家先哲孟子认为,人性内在本身潜藏善之品质为人心正义化的根性所在,"恻隐之心,人皆有之;羞恶之心,人皆有之;恭敬之心,人皆有之;是非之心,人皆有之"。④ "仁、义、礼、智,非由外铄我也,我固有之也"。⑤ 在小说深邃的人性思考中,莫言坚信人心正义的信念力量,相信一念善念可以接通天宇,并就此指出:"善念是会感天动地的,千百万人的善念会形成

---

① 莫言:《知恶方能向善》,《莫言散文新编》,北京:文化艺术出版社,2010 年版,第 252 页。

② 莫言:《写小说就是过大年——2003 年 1 月与〈中国教育报〉记者齐林泉对话》,《莫言对话新录》,北京:文化艺术出版社,2010 年版,第 277 页。

③ [德]康德:《纯然理性界限内的宗教》,李秋零译注,北京:中国人民大学出版社,2012 年版,第 30 页。

④ 《孟子》,方勇译注,北京:中华书局出版社,2015 年版,第 218 页。

⑤ 《孟子》,方勇译注,北京:中华书局出版社,2015 年版,第 218 页。

一股巨大的道德力量，看起来是无形的，但实际上是可以触摸的，所谓的天理良心，就是由千百万人的善念构成的。"①列维纳斯曾言："善良乃是超越本身。"②美国科学家马什从严谨的科学实证角度，以"巴特森的实验"③证明了"在权威与同情公平对决的条件下，最终胜出的是同情心"。④ 由此可见，人类可贵的同情心与恻隐心可以冲破外在的禁锢，闪烁人心正义的光韵。因而，莫言小说中追求人性中天理良心理念下的人心正义思考承续了中国传统的人性善的假设，体现了它的文化哲理价值所在。

同时，莫言小说中反思人性局限哲思也蕴含着一定的伦理价值。这一伦理价值较为深入地体现在莫言小说中深化反思人性局限导向的忏悔思考中。与西方原罪体认下，凭借外在超越力量的忏悔思考有着根本不同的是，莫言的忏悔思考是倚靠人自身力量维度的人性净化。

莫言在面向自我救拔的忏悔维度上，基于对人的有限性的体认，传达出一种延续不止、永不止息的过程化忏悔。从伦理学意义而言，莫言在小说中的忏悔思考体现了不以"借口种种外在的原因放弃自身的道德判断"。⑤ 莫言小说中的忏悔思考体现的伦理价值，不仅在于对显性的罪责进行质询与反思，而且更在于基于人类和谐共存的整体责任，对隐性的罪愆进行忏悔思索所突显的伦理价值。在"面向他者"观照上的忏悔效度思考也体现了丰厚的伦理价值。在立足"他者"的观照上，莫言认为忏悔仍然不能消弭个体的罪过。这种对忏悔效度的反思直指忏悔自赎中的某种狭隘性，这一思考在某种程度上与法国思想家列维纳斯的伦理思想中，以"他者"的立场来丈量个体自身道德的完善性产生了一定的共鸣。此外，莫言小说的忏悔思考融入了佛家精髓垂注慈心，将忏悔之心延及一切"有情"与"无情"的生灵，并在慈悲与通透的般若智慧基础上触及"形而上之罪业"的忏悔，希冀从人性的根源处予以荡涤晦暗、澄澈人心。因而在此意义上，莫言小说独具精神光韵的忏悔思考具有了深远与深邃的伦理价值诉求。

此外，从人性思想史的维度而言，莫言小说深刻的人性审思也有其深

①　莫言：《在"扬州讲坛"上的演讲》，张清华主编：《莫言研究年编（2014）》，北京：生活·读书·新知三联出版社，2016年版，第5页。
②　[法]列维纳斯：《总体与无限：论外在性》，朱刚译，北京：北京大学出版社，2016年版，第298页。
③　[美]阿比盖尔·马什：《人性中的善与恶》，张岩译，北京：中信出版社，2019年版，第43页。
④　[美]阿比盖尔·马什：《人性中的善与恶》，张岩译，北京：中信出版社，2019年版，第48页。
⑤　[英]特里·伊格尔顿：《论邪恶：恐怖行为忧思录》，《译者序》，林雅华译，长沙：湖南人民出版社，2014年版，第14页。

远的价值与意义所在。莫言思考人性问题的内驱力是哲学维度的,正如哲学家列维纳斯通过悲苦者的凄苦形象以"领悟生命本身的脆弱不安"①一般,莫言着重从极端境遇中的酷刑场景之下唤起对生命尊严感的尊重,证悟人的道德底限与良知,希冀人们"在非人的条件下坚守住人性"。② 正如哲学家阿伦特指出,倘若历史的社会文化机制不足以支撑人的道德判断时,人们应当重溯良知,构筑审慎的思考与判断③一般,莫言在小说中指向反思个人内在意识丧失的局限性,构建健全心灵与人格的人性诉求。正如哲学家鲍曼认为的,人应该借由良知的判断承担起历史之罪的个体责任④一般,莫言在小说中亦是从人心正义的诉求出发,将历史责任深化于芸芸众生,同时指出恢复人的内心灵明与良知的忏悔之途,"人惟有完成彻底的心灵改变,去恶迁善,才能获得真正的救赎"。⑤ 因此,莫言小说中反思人性局限哲思不仅体现了文学史意义,而且也闪烁着文化哲理价值、伦理价值与思想史意义等多层面的综合性价值与意义诉求。

第二节　探索现代化生存之道

哲学家阿甘本在《论友爱》一书中提出"成为同时代人,首先是勇气问题,因为这意味着不但要能够坚定地凝视时代的黑暗,也要能够感知黑暗中的光"。⑥ 莫言在反思历史与时代症候的生存哲思维度上,在小说中着重聚焦于中国百年的现代化发展航程,深入质询诸种社会症候与文化缺陷对人的生存与尊严带来的多方面异化。这一思考继承了现代文学的启蒙传统与现实批判精神,体现了文学史的价值所在。

莫言在小说中反思异化的权力文化的精神指向鲜明地体现出继承现代文学中"为人生"的文学启蒙指向与鲁迅的文化批判精神。在文学史上,

---

① ［美］朱迪斯·巴特勒:《脆弱不安的生命——哀悼与暴力的力量》,何磊　赵英男译,郑州:河南大学出版社,2013年版,第117页。
② 转引自［英］鲍曼:《现代性与大屠杀》,杨渝东　史建华译,南京:译林出版社,2002年版,第270页。
③ ［美］汉娜·阿伦特:《反抗"平庸之恶":〈责任与判断〉》,杰罗姆·科恩编,陈联营译,上海:上海人民出版社,2014年版,封底页。
④ ［英］鲍曼:《现代性与大屠杀》,杨渝东　史建华译,南京:译林出版社,2002年版,封底页。
⑤ 傅永军:《绝对视域中的康德宗教哲学:从伦理神学到道德宗教》,北京:社会科学文献出版社,2015年版,第190页。
⑥ ［意］吉奥乔·阿甘本:《论友爱》,刘耀辉　尉光吉译,北京:北京大学出版社,2017年版,第70页。

刘震云的"单位系列"与"官人系列"、毕飞宇的"玉米姐妹系列"、李佩甫的
《城的灯》、阎真的《沧浪之水》对于异化的权力文化批判也曾有着深入的揭
示。上述作家或是更多地偏重于对权力控制中的弊端进行质询，或是更侧
重于对"官本位"的权力文化进行审思。应该说，莫言对权力文化的反思
兼有两者的反思维度，呈现着综合化的开阔视野。而且，莫言还试图导入
深层的历史观照，延续鲁迅的文化批判眼光，与哲学家福柯的权力反思观
照相共鸣，追寻历史源流中异化的权力文化之弊的根源所在，尤其对于隐
匿、难以觉察的心灵禁锢发出沉痛而警醒的批判。正是在这种以史为鉴、
反观当下的历史视野下，莫言在小说中对异化权力文化的生存质询楔入了
纵深感。

　　同时，莫言对生存之境的思索又是具有洞达整体人类现代化迷惘的生
存哲思。深入探究《蛙》《天堂蒜薹之歌》《牛》等作品的审美化生存哲思，其
中不乏包含着莫言对于在中国乃至全球的现代化进程中种种生存之痛的
深切反思。尤其在《生死疲劳》《丰乳肥臀》《蛙》等厚重的长篇小说中，莫言
在反思历史运动、计生执行、欲望膨胀等叙述中，深深地悲悯着侵蚀人伦、
人性的生存悲剧与伦理危机，深切地思索着历史风云诡谲中因理想与光明
的诉求却带来悖论处境的历史症候。

　　张志扬先生在《创伤记忆》中对这一由"理想"促成的历史之难也曾如
是指出，"最难的还是那些用善良的愿望或理想铺成的罪恶之路，历史长期
对此不警觉，无意识"。① 美国学者鲍迈斯特尔对理想化的历史目标所带
来的负面的根源予以反思指出："理想主义之所以能走向罪恶，是因为良好
的、可欲的目标给暴力、压迫性行为提供了合理性论证。要是人们不相信
目的可以证明手段，罪恶也许就不会发生了。"② 与这些思想家对历史生存
缺憾的根源的反思相共鸣，莫言在小说中的深切生存质询亦体现了这样的
生存哲思观照。

　　尤其在《生死疲劳》《天下太平》《四十一炮》《丰乳肥臀》等作品中，莫言
反思了时代进程中的发展悖论，尤其试图反思当现代化运程以难以预料的
趋势运转之时，造成的大自然的生态变异、金钱至上，人性的新一轮异化问
题。从更深一层而言，莫言小说对这种悖谬丛生的生存境遇的反思，实则

---

① 张志扬：《创伤记忆——中国现代哲学的门槛》，上海：三联书店，1999年版，第136页。
② ［美］罗伊·F.鲍迈斯特尔：《恶——在人类暴力与残酷之中》，崔洪建等译，北京：东方出版社，1998年版，第244页。

触及了全球现代化发展中的"自反性现代化"①问题。哲学家贝克、吉登斯与拉什合著的论著中谈到世界性的现代化发展中的"自反性"忧虑,指的是现代化进展中随着社会高度发展而出现的矛盾化的生存张力结构,突显出现代化系统内部的冲突与对立化,这种对立有着破坏与颠覆潜力,倘若听之任之会产生新的隐患与异化。②

应该说,莫言在小说中不论是对现代化发展中的诡谲之审思,还是对美好历史愿景却促成历史困境的反思,都以其敏锐的眼光、深层的历史悲悯,在文学创作之域中不自觉地抵达了哲理考量的边界。因而,莫言小说中这些深化到生存本体的反思折射了较为深层的哲理意义所在。

此外,莫言对当下消费文化导致的隐匿化欲壑诱惑有着精准的捕捉,对处于欲望之流中的悖谬化生存乱象有着洞若观火的透视,在小说中楔入的欲海生存异化的反思指向也蕴含着深远的价值诉求。

在 90 年代以降的文学中,格非、余华、贾平凹、虹影以及新生代作家邱华栋、陈希我的诸多作品中,对这一消费文化诱发下的欲望症候也有着揭示与反思。格非在《欲望的旗帜》中,对堂而皇之地取代终极理想价值的僭越化欲望进行批判;在《山河入梦》《春尽江南》中,揭示了欲望放纵之下的人性溃败与创伤。余华在《兄弟》中,书写出了由压抑而膨胀的欲望享受带来乖张暴戾的命运逻辑对人的毁灭。贾平凹在《废都》中,则借由主人公们在追求极端的欲望满足中生发的焦虑体验,对欲望中的沉沦发出警醒。虹影的《阿难》、邱华栋的《哭泣游戏》、陈希我的《抓痒》、安妮宝贝的《莲花》等作品,都对欲望时代产生的惨痛生存际遇发出沉重叹息。

而在发现了沉迷于欲望满足而造成意义失落的生存问题之后,作家进而何为? 在物化的消费生存境遇中,人们该何以更好地生存? 希望的"可能性以意义感和追求意义的意志为前提",③倘若不能从欲望化生存的泥淖中走出,人们将会坠入困顿的生存之境。正是在这个意义上,莫言在作品中深化反抗欲望生存异化所导向欲海澄明的价值探寻有着深远的价值诉求。

---

① [德]乌尔里希·贝克 [英]安东尼·吉登斯 [英]斯科特·拉什:《自反性现代化:现代社会秩序中的政治、传统与美学》,赵文书译,北京:商务印书馆,2014 年版,第 5 页。

② 参见[德]乌尔里希·贝克 [英]安东尼·吉登斯 [英]斯科特·拉什:《自反性现代化:现代社会秩序中的政治、传统与美学》,赵文书译,北京:商务印书馆,2014 年版,第 5—10 页,第 143 页。

③ [德]古茨塔夫·勒内·豪克:《绝望与信心——论 20 世纪末的文学与艺术》,李永平译,北京:中国社会科学出版社,1992 年版,第 92 页。

情众生"的抚慰，乃至对超验、无形的生灵的慰藉。

　　莫言在小说中还通过润泽万物的生命韧力超越历史悖谬与命运的孤蹇，以生命的流转不息、抚平历史的创伤，体现出"天道生生"①的中国传统智慧。梁漱溟先生于《东西文化及其哲学》中也指出，以孔子为代表的儒家哲学在本体讲求的是"宇宙之生"，②讲求"万物欲生，即任其生，不加造作必能与宇宙契合，使全宇宙充满了生意春气"③。这种融合了中国传统的乐生境界的生命气息超越了生命困顿的沉重。莫言倡导的生命气象闪烁着伦理的"善"的意义，诚如哲学家芒福德认为，"善就是推动了生长、整合、超越和更新"。④ 莫言的生命探索以柔韧承载万物，以慈悲跨越有形与无形的界限，以磅礴气象吞吐一切苦厄与重负，这些特质一同构成了莫言小说中闪耀着生命气象的独特价值所在。

　　哲学家罗蒂在《后形而上学希望》中，专门指出神话或奇幻文学中的想象力的审美拯救意义，认为"玄妙的幻想""平凡的幻想"⑤"这些漫无边际而无拘无束的幻想为受过教育的人和没有受过教育的人所分享"⑥，由此，逾越阶层或是教育壁垒的一切阻碍平等地给予世人祈求心灵拯救的希冀，从这层意义而言，"人的想象力犹存，人的希望犹存"⑦。莫言在超验化的奇幻想象的审美哲思观照上还营造了形而上层面的希望精神指向。

　　莫言小说奇幻的诗化想象作为一种神奇的精神资源，其中对生命晦暗的纾解以及对生死困境的超越蕴含着超验的审美境界。在《金鲤》《夜渔》以及《酒国》《生死疲劳》等奇幻想象中，无一不显示着尽管历经劫难，但是永远洋溢着欢腾气息的希望精神。正如哲学家马塞尔曾指出的，"形而上希望""是幸福的心境，是抹去烦恼和绝望的心境"，⑧体现出能够超越焦虑与绝境，内心中安放泰然与亮色的人生境界。这一希望精神有着澄澈心灵的属性，体现着被本源之光所透射、所照耀而呈现的莹润之质。

---

①　张岱年：《心灵与境界》，北京：北京联合出版公司，2014 年版，第 129 页。

②　梁漱溟：《东西文化及其哲学》，北京：中华书局，2018 年版，第 129 页。

③　梁漱溟：《东西文化及其哲学》，北京：中华书局，2018 年版，第 130 页。

④　［美］刘易斯·芒福德：《生活的准则》，朱明译，上海：上海三联书店，2016 年版，第 128 页。

⑤　［美］理查德·罗蒂：《后形而上学希望》，张国清译，上海：上海译文出版社，2009 年版，第 341 页。

⑥　［美］理查德·罗蒂：《后形而上学希望》，张国清译，上海：上海译文出版社，2009 年版，第 340 页。

⑦　［美］理查德·罗蒂：《后形而上学希望》，《译者序》，张国清译，上海：上海译文出版社，2009 年版，第 6 页。

⑧　［波］耶日·科萨克：《存在主义的大师们》，王念宁译，北京：中央编译出版社，2003 年版，第 79 页。

从中国传统神话、民间传奇的精神资源的角度而言,蕴含在莫言奇幻想象中的"希望"是一种对传统神话精神中抵御存在之晦暗的形而上精神的复苏。对此,哲学家罗洛·梅认为:"神话,为这个本无意义的世界赋予了意义。"①"神话是'我们孤独的分担者'。"②哲学家达代尔指出,神话"讲述着本源初始,宣告着瞬息之中的永恒"。③

莫言在形而上维度的审美哲思观照上,对广延磅礴的"生命气象"的精神搭造,对神话中"希望"精神的展望是一种力求穿越生命困境、具有人生超验关怀诉求的审美化哲思。这无疑指向了在根坻意义上调和人生悲剧与悖论,引渡人类内心能够复归安宁,能够澄湛心灵的天宇人生的本源探索。

① [美]罗洛·梅:《祈望神话》,王辉 罗秋实 何博闻译,北京:中国人民大学出版社,2012年版,第2页。

② [美]罗洛·梅:《祈望神话》,王辉 罗秋实 何博闻译,北京:中国人民大学出版社,2012年版,第8页。

③ [美]阿兰·邓迪斯编:《西方神话学读本》,朝戈金等译,桂林:广西师范大学出版社,2006年版,第294页。

结　语

　　英国思想家伯林曾借用西方谚语"狐狸与刺猬"的典故来分析作家的精神气质。在伯林的引申中,"刺猬型"作家的精神指向是高度明晰与凝练的,他们习惯于"将一切归纳于某个单一、普遍、具有统摄组织作用的原则"。① 而"狐狸型"作家则不然,他们"捕取百种千般经验与对象的实相与本质"②,去抵达包罗万象且形而上的深邃精神内核。莫言在文学的疆界内恢宏土宇、洞观万化,因而,从伯林的划分而言,莫言应该属于精神内蕴博大庞杂型的小说家。这在很大程度上也意味着,探究莫言在小说中搭建的审美哲思世界无疑是困难的。但是,莫言小说始终具有一种独特迷人的魅力,借用法国哲学家布朗肖的说法是,莫言小说透射着一种异彩的"光","一道光,意外之光,穿透一切,消散所有阴影"③,予人以浴火重生后的明丽,予人以驱散魔障后的希望,予人以历经劫难后的澄澈与温暖。莫言小说丰厚的哲思内蕴见证着深切的生命抚慰、坚执的生存守望、广袤化的人性境地的探寻以及深邃的心灵超验之域的探索。

　　莫言小说深邃的文化哲思内蕴闪烁着启蒙性与审美救拔的光韵。在文学史坐标系上,莫言小说多维度的审美哲思都与鲁迅文学传统的精神脉络有着多层面的共鸣与承续。莫言小说的生存哲思衔接与拓展了五四以来的现实批判的文学启蒙传统;在形而上维度的哲理思考上,既体现出了中国传统生命哲理的传承,又有着与加缪等西方存在主义哲学家们抗衡心灵悬浮的存在思考的共鸣,由此获得一种广泛的价值。整体而言,莫言小说中各个维度的审美哲思不仅有着文学史价值,还兼有文化哲理意义、伦理意义以及形而上意义的综合性价值。

　　此外,笔者在体会莫言小说深邃的文化哲思内涵与丰赡意义的同时,还有着一些更高的期待。

---

① ［英］以赛亚·伯林:《俄国思想家》,彭淮栋译,南京:译林出版社,2011 年版,第 25 页。
② ［英］以赛亚·伯林:《俄国思想家》,彭淮栋译,南京:译林出版社,2011 年版,第 26 页。
③ ［法］莫里斯·布朗肖:《未来之书》,赵苓岑译,南京:南京大学出版社,2015 年版,第 220 页。

在生存哲思维度上,援引福柯对于如何审思事物的相关观点作为对莫言小说文化哲思内蕴的更高期待的某种参照。福柯在论著中对"批判"有过精辟的见解,他认为"批判"是"解除主体的屈从状态"。① 学者高宣扬对福柯这一"批判"精神的精髓如是指出:"不应该将自身的批判固定化、僵化和教条化。也就是说,要在批判中呈现我们自身的自由身份和自律性,使自身成为真正自律的存在。"② 的确,"批判"需要怀有一种时时探索的态度,不应该沉溺其中停滞不前。这一思考范式意味着秉持批判思维的作家主体不仅要有着超离俗世之见的精神指向审辨万事万物,而且这一"批判"精神更需要导向建构的诉求。如果以此反观小说中反思历史的生存哲思,可以看到,尽管莫言不乏有着开阔的历史视野、厚积薄发的历史底蕴,但尤其在某些短篇小说,比如《飞鸟》《澡堂(外一篇:红床)》《飞艇》中也体现出有待拓进之处。诸如在以上这些作品中,一方面,存有未及深层观照历史境况的单一度审视;另一方面,也体现出价值取向的某些倾斜,过于倚重自然化的身体感官无法真正穿透历史症结所在,更无法真正抵达内心的精神升华,因而,在这类作品中,作家主体深邃的反思观照与建构思考还有着可深化之处。从目前而言,以作家的近作观之,在精神愈发凝练、笔韵日渐厚重的《一斗阁笔记》系列等作品中,这方面的限度正在被作家有意识地逐步完善。

在形而上哲思维度的思考上,莫言对生存抚慰所生成的"生命气象"与欢腾的"希望"精神指向,都构成了莫言小说独特的审美哲思特质。不过,在存在的探寻上,以文学史为参照,诸如世界文学的卡夫卡、现代作家鲁迅、当代作家残雪似乎有着更为拓进的探索。如果主要以现代文学史上的鲁迅先生为参照的话,两人有着一些精神境界的不同。莫言的小说在触及无形的存在深渊的洞察后,作品中逸出的某种欢快化纾解削弱了心灵攻坚探索的厚度。而鲁迅既没有单一地在传统的人生与文化哲学中寻找心灵的终极依托,也没有单一地选择跃向超验化的引渡,而是开创一种跋涉于未知之境、砥砺心灵的"过程哲学"去不断地抗衡存在之渊。在某种程度上,应该说鲁迅对存在深渊的超验探寻更为厚重、更为深邃、更为拓进。在诸如《十三步》等作品中,尽管作家也表达了抵御心灵沉沦的深刻精神指向,但是小说过度强调繁复的叙事技法,在某种程度上可能会稀释小说中

① [法]米歇尔·福柯:《什么是批判:福柯文选 II》,汪民安编,北京:北京大学出版社,2016年版,第 177 页。
② [法]高宣扬:《福柯的生存美学》,北京:中国人民大学出版社,2005 年版,第 262 页。

包含的形而上意蕴。应该说,这是笔者从更高的期待出发,以期莫言小说以一种"冷静而超然的宁静"①对存在探寻的审美哲思更为拓进,以便更深入地探索广辽的心灵之域与宇宙人生哲理的无垠疆界。

① 转引自[意]乔吉奥·阿甘本:《阿比·瓦堡与无名之学》,王立秋等译,桂林:漓江出版社,2017年版,第13页。

参考文献

中文著作类

张凤江主编:《文化哲学概论》,天津:天津人民出版社,2016 年。

邹广文:《当代文化哲学》,北京:人民出版社,2007 年。

梁漱溟:《中国文化要义》,上海:上海人民出版社,2011 年。

梁漱溟:《人心与人生》,上海:上海人民出版社,2011 年。

梁漱溟:《东西文化及其哲学》,北京:中华书局,2018 年。

李鹏程:《当代文化哲学沉思》,北京:人民出版社,2008 年。

霍桂桓:《文化哲学论要》,北京:中国社会科学出版社,2011 年。

陈胜云:《文化哲学的当代发展》,南昌:江西人民出版社,2007 年。

于春玲:《文化哲学视阈下的马克思技术观》,沈阳:东北大学出版社,2013 年。

袁珂:《中国神话传说》,北京:北京联合出版公司,2016 年。

袁祖社:《文化与伦理:基于公共性视角的研究》,北京:人民出版社,2016 年。

殷海光:《中国文化的展望》,上海:上海三联书店,2009 年。

宗白华:《美学散步》,上海:上海人民出版社,2015 年。

葛鲁嘉:《宗教形态的心理学:宗教传统和研究的心理学智慧》,上海:上海教育出版社,2016 年。

邹诗鹏:《生存论研究》,上海:上海人民出版社,2005 年。

邹诗鹏:《转化之路:生存论续探》,北京:中国社会科学出版社,2013 年。

唐君毅:《哲学概论》(上下册),北京:中国社会科学出版社,2005 年。

唐君毅:《中国文化之精神价值》,桂林:广西师范大学出版社,2005 年。

唐君毅:《道德自我之建立》,桂林:广西师范大学出版社,2005 年。

单波编:《中国近代思想家文库.唐君毅卷》,北京:中国人民大学出版社,2015 年。

钱理群:《心灵的探寻》,北京:生活·读书·新知三联出版社,

2014 年。

黄凯锋：《安妥今生：信仰生活的价值观研究》，上海：上海社会科学院出版社，2016 年。

李辛生等：《自由的迷惘：萨特存在主义哲学剖视》，广州：广东高等教育出版社，1991 年。

马昌仪：《魂兮归来：中国灵魂信仰考察》，北京：中国社会科学出版社，2017 年。

高乐田：《神话之光与神话之镜——卡西尔神话哲学的一个价值论视角》，北京：中国社会科学出版社，2004 年。

于琦：《齐泽克文化批评研究》，北京：中国社会科学出版社，2012 年。

尚杰：《图像暨影像哲学研究》，北京：中国社会科学出版社，2016 年。

尚杰：《沉醉之路：变异的柏格森》，北京：人民出版社，2013 年。

吴卫东　王文东　高学文　李建成：《当代中国生存问题的哲学研究》，北京：人民出版社，2010 年。

丁立群主编：《文化哲学.第一辑》，哈尔滨：黑龙江大学出版社，2012 年。

司马云杰：《文化悖论：关于文化价值悖谬及其超越的理论研究》，西安：陕西人民出版，2003 年。

王志刚：《社会主义空间正义》，北京：人民出版社，2015 年。

周国平：《尼采与形而上学》，北京：生活·读书·新知三联书店，2017 年。

张世英：《天人之际：中西哲学的困惑与选择》，北京：北京大学出版社，2016 年。

张清华：《莫言研究年编（2014）》，北京：生活·读书·新知三联出版社 2016 年。

张清华：《狂欢或悲戚：当代文学的现象解析与文化观察》，北京：新星出版社，2014 年。

张清华：《存在之镜与智慧之灯——中国当代小说叙事及美学研究》，福州：福建教育出版社，2010 年。

张志忠：《莫言论》，北京：北京联合出版公司，2012 年。

张志忠：《世纪初的漂浮与遮蔽》，太原：北岳文艺出版社，2006 年。

张志忠：《莫言文学十三讲》，北京：高等教育出版社，2020 年。

张志忠　贺立华主编：《莫言：全球视野与本土经验》，济南：山东大学出版社，2014 年。

张志扬：《创伤记忆——中国现代哲学的门槛》，上海：上海三联书店，1999 年。

张梦阳:《鲁迅对中国人的思维批判》,北京:东方出版社,2011年。

张汝伦:《海德格尔与现代哲学》,上海:复旦大学出版社,1995年。

张容:《形而上的反抗:加缪思想研究》,北京:社会科学文献出版社,1998年。

张旭东:《全球时代的文化认同:西方普遍主义话语的历史批判》,北京:北京大学出版社,2006年。

张一兵:《回到福柯:暴力性构序与生命治安的话语构境》,上海:上海人民出版社,2016年。

张一兵:《文本的深度耕犁:后马克思思潮的哲学文本解读》(第二卷),北京:中国人民大学,2008年。

张一兵:《文本的深度耕犁:当代西方激进哲学的文本解读》(第三卷),北京:中国人民大学出版社,2019年。

张玉娟:《卡夫卡艺术世界的图式》,杭州:浙江大学出版社,2009年。

张峰:《柏格森思想的生命华彰》,广州:中山大学出版社,2016年。

张灵:《叙述的源泉:莫言小说与民间文化中的生命主体精神》,北京:中央编译出版社,2010年。

张文颖:《来自边缘的声音:莫言与大江健三郎的文学》,北京:中国传媒大学出版社,2007年。

张曙光:《堂·吉诃德的幽灵》,北京:北京大学出版社,2014年。

莫言　王尧:《莫言王尧对话录》,苏州:苏州大学出版社,2003年。

管笑笑:《莫言小说文体研究》,北京:北京师范大学出版社,2016年。

管谟贤:《大哥说莫言》,济南:山东人民出版社,2013年。

管谟贤　管襄明:《莫言与红高粱家族的故事》,南京:江苏凤凰文艺出版社,2015年。

陈来:《有无之境:王阳明哲学的精神》,北京:北京大学出版社,2013年。

陆达诚:《存有的光环——马塞尔思想研究》,上海:复旦大学出版社,2016年。

颜翔林:《庄子怀疑论美学》,北京:人民出版社,2015年。

柳鸣九主编:《"存在"文学与文学中的"存在"》,北京:社会科学文献出版社,1997年。

郑开:《庄子哲学讲记》,南宁:广西人民出版社,2016年。

赵岚:《西美尔审美现代性思想研究》,北京:社会科学文献出版社,2015年。

李向平:《死亡与超越》,上海:上海文化出版社,1997年。

叶舒宪:《中国神话哲学》,西安:陕西人民出版社,2005年。

叶舒宪:《神话意象》,北京:北京大学出版社,2007年。

郑土有:《中国仙话与仙人信仰研究》,上海:上海人民出版社,2016年。

王怀义:《中国史前神话意象》,北京:生活·读书·新知三联书店,2018年。

周宪:《超越文学:文学的文化哲学思考》,上海:生活·读书·新知上海三联书店,1997年。

周冬莹:《影像与时间:德勒兹的影像理论与柏格森、尼采的时间哲学》,北京:中国电影出版社,2012年。

许纪霖:《当代中国的启蒙与反启蒙社会》,北京:科学文献出版社,2011年。

许纪霖:《寻求意义:现代化变迁与文化批判》,上海:上海三联书店,1997年。

唐妙琴:《同一与他者:里尔克与卡夫卡之争的哲学阐释》,杭州:浙江大学出版社,2019年。

秦勇:《巴赫金躯体理论研究》,北京:中国社会科学出版社,2009年。

许志英　丁帆:《中国新时期小说主潮》(上下册),北京:人民文学出版社,2002年。

衣俊卿:《文化哲学十五讲》,北京:北京大学出版社,2015年。

陈晓明主编:《莫言研究》,北京:华夏出版社,2013年。

陈昕:《救赎与消费:当代中国日常生活中的消费主义》,南京:江苏人民出版社,2003年。

陈培永:《福柯的生命政治学图绘》,北京:中国社会科学出版社,2017年。

陈君华:《深渊与巅峰——论尼采的永恒轮回学说》,上海:上海人民出版社,2004年。

段从学:《穆旦的精神结构与现代性问题》,北京:人民出版社,2014年。

冯俊:《从现代走向后现代:以法国哲学为重点的西方哲学研究》,北京:北京师范大学出版社,2008年。

冯俊:《后现代哲学讲演录》,北京:商务印书馆,2003年。

付艳霞:《莫言的小说世界》,北京:中国文史出版社,2011年。

冯凡彦:《舍勒价值秩序理论及当代启示研究》,北京:中国社会科学出版社,2015 年。

陈卫东主编:《中欧遏制酷刑比较研究》,北京:北京大学出版社,2008 年。

林建法编:《说莫言》(上下册),沈阳:辽宁人民出版社,2013 年。

黄健:《"两浙"作家与中国新文学》,杭州:浙江大学出版社,2008 年。

黄健:《反省与选择——鲁迅文化观的多维透视》,西安:陕西人民教育出版社,1996 年。

黄文倩:《莫言〈丰乳肥臀〉论》,台北:文史哲出版社,2005 年。

黄云霞:《"苦难"叙事的精神系谱》,北京:中国社会科学出版社,2012 年。

洪治纲:《守望先锋:兼论中国当代先锋文学的发展》,桂林:广西师范大学出版社,2005 年。

洪治纲:《中国六十年代出生作家群研究》,南京:江苏文艺出版社,2006 年。

何怀宏:《生命与自由:法国存在哲学引论》,北京:北京师范大学出版社,2014 年。

何怀宏:《正义理论导引:以罗尔斯为中心》,北京:北京师范大学出版社,2015 年。

何仁富:《生命与道德:尼采的生命道德价值论》,北京:中国社会科学出版社,2013 年。

陆扬:《精神分析引论》,济南:山东教育出版社,1998 年。

[法]高宣扬:《后现代论》,北京:中国人民大学出版社,2005 年。

[法]高宣扬:《福柯的生存美学》,北京:中国人民大学出版社,2005 年。

高瑞泉　杨扬等:《转折时期的精神转折——"新时期"以来中国社会思潮及其走向》,上海:上海古籍出版社,2008 年。

高莉芬:《蓬莱神话——神山、海洋与洲岛的神圣叙事》,西安:陕西师范大学出版总社有限公司,2013 年。

郜元宝:《鲁迅六讲》,北京:北京大学出版社,2007 年。

郭宝亮:《洞透人生与历史的迷雾:刘震云的小说世界》,北京:华夏出版社,2000 年。

郭宏安:《阳光与阴影的交织》,南京:译林出版社,2011 年。

郭春林:《读图时代文学的处境》,上海:同济大学出版社,2008 年。

邓晓芒:《文学与文化三论》,武汉:湖北人民出版社,2005 年。

邓晓芒:《新批判主义》,北京:北京大学出版社,2008 年。

邓晓芒:《灵魂之旅——90 年代文学的生存境界》,武汉:湖北人民出版社,1998 年。

刘小枫:《海德格尔与中国》,上海:华东师范大学出版社,2017 年。

刘小枫:《沉重的肉身》,北京:华夏出版社,2007 年。

刘小枫:《现代性社会理论绪论——现代性问题与中国》,上海:上海三联书店,1998 年。

刘再复:《鲁迅论:兼与李泽厚、林岗共悟鲁迅》,北京:中信出版社,2011 年。

刘再复:《莫言了不起》,北京:东方出版社,2013 年。

刘再复　林岗:《罪与文学》,北京:中信出版社,2011 年。

刘再复　林岗:《传统与中国人》,北京:中信出版社,2010 年版。

刘保亮:《河洛文化视野下新时期河南文学的乡土风骚》,郑州:河南人民出版社,2012 年。

刘晓东:《儿童精神哲学》,南京:南京师范大学出版社,1999 年。

刘敏:《天道与人心:道教文化与中国小说传统》,北京:中国社会科学出版社,2007 年。

白爱宏:《抵抗异化:索尔·贝娄小说研究》,北京:中国社会科学出版社,2012 年。

曹文轩:《二十世纪末中国文学现象研究》,北京:作家出版社,2003 年。

曹文轩:《经典作家十五讲》,北京:中信出版社,2014 年。

胡晓明:《万川之月——中国山水诗的心灵境界》,北京:北京大学出版社,2005 年。

胡亚敏主编:《西方文论关键词与当代中国》,北京:中国社会科学出版社,2015 年。

胡志颖:《文学彼岸性研究:中国古典文学彼岸性问题的一种文化哲学阐释》,北京:中国社会科学出版社,2003 年。

李洪卫:《良知与正义:正义的儒学道德基础初探》,上海:上海三联书店,2014 年。

赖永海主编:《维摩诘经》,高永旺　张仲娟译注,北京:中华书局,2016 年。

赖永海主编:《无量寿经》,陈林译注,北京:中华书局,2016 年。

赖永海主编:《金光明经》,刘鹿鸣译注,北京:中华书局,2016 年。

李鸿祥:《图像与存在》,上海:上海书店出版社,2011 年。

林贤治:《沉思与反抗》,上海:复旦大学出版社,2010 年。

林贤治:《反抗者鲁迅》,上海:复旦大学出版社,2011 年。

罗钢　王中忱主编:《消费文化读本》,北京:中国社会科学出版社,2003 年。

梁鸿:《"灵光"的消逝:当代文学叙事美学的嬗变》,北京:文化艺术出版社,2009 年。

李桂玲:《莫言文学年谱》,上海:复旦大学出版社,2014 年。

宁明编译:《海外莫言研究》,济南:山东大学出版社,2013 年。

孔范今　施战军主编:《莫言研究资料》,路晓冰编选,济南:山东文艺出版社,2006 年。

觉醒主编:《佛教与当代中国文化》,北京:宗教文化出版社,2015 年。

马福成:《巫文化视域下残雪小说研究》,杭州:浙江大学出版社,2013 年。

梅景辉:《生存解释学研究》,北京:中国人民大学出版社,2016 年。

彭小燕:《存在主义视野下的鲁迅》,北京:北京大学出版社,2007 年。

潘知常:《我爱故我在:生命美学的视界》,南昌:江西人民出版社,2009 年。

齐宏伟:《文学·苦难·精神资源》,南昌:江西人民出版社,2008 年。

齐宏伟:《鲁迅:幽暗意识与光明追求》,南昌:江西人民出版社,2010 年。

钱永祥:《纵欲与虚无之上:现代情境里的政治伦理》,北京:生活·读书·新知三联书店,2002 年。

徐复观:《中国艺术精神》,上海:华东师范大学出版社,2001 年。

徐复观:《中国人性论史》,上海:华东师范大学出版社,2005 年。

黎鸣:《问人性:东西文化 500 年的比较》(上下册),上海:上海三联书店,2011 年。

王珉:《终极关怀——蒂里希思想引论》,北京:新华出版社,2000 年。

张世英:《走进澄明之境——哲学的新方向》,北京:商务印书馆,1999 年。

徐贲:《人以什么理由来记忆》,长春:吉林出版集团有限责任公司,2008 年。

王德威:《现代中国小说十讲》,上海:复旦大学出版社,2003 年。

王德威:《当代小说二十家》,北京:生活·读书·新知三联书店,2006 年。

王德威:《写实主义小说的虚构:茅盾,老舍,沈从文》,上海:复旦大学出版社,2011 年。

王德威：《抒情传统与中国现代性：在北大的八堂课》，北京：生活·读书·新知三联书店，2010年。

王德威等：《说莫言》，上海：上海书店出版社，2013年。

王定功：《生命价值论》，北京：教育科学出版社，2013年。

王侃：《历史·语言·欲望：1990年代中国女性小说主题与叙事》，桂林：广西师范大学出版社，2008年。

王俊菊主编：《莫言与世界：跨文化视角下的解读》，济南：山东大学出版社，2014年。

王敬慧：《永远的流散者：库切评传》，北京：北京大学出版社，2010年。

王奇：《走向绝望的深渊：克尔凯郭尔的美学生活境界》，北京：中国社会科学出版社，2000年。

王乾坤：《鲁迅的生命哲学》，北京：人民文学出版社，1999年。

王晓明：《刺丛里的求索》，上海：上海远东出版社，1995年。

王晓初：《鲁迅：从越文化视野透视》，北京：北京大学出版社，2012年。

王岳川：《中国镜像：90年代文化研究》，北京：中央编译出版社，2001年。

王青：《中国神话研究》，北京：中华书局，2010年。

王育松：《莫言小说研究》，北京：社会科学文献出版社，2016年。

王强：《伪善的道德形而上学形态》，北京：中国社会科学出版社，2016年。

汪晖：《反抗绝望：鲁迅及其文学世界》，北京：生活·读书·新知三联书店，2008年。

汪民安：《福柯的界线》，北京：中国社会科学出版社，2002年。

汪涌豪　俞灏敏：《中国游仙文化》，上海：上海人民出版社，2016年。

钟怡雯：《莫言小说："历史"的重构》，台北：文史哲出版社，1997年。

任瑄编：《文学与我们的时代：大家说莫言，莫言说自己》，北京：人民日报出版社，2013年。

佘向军：《小说反讽叙事艺术》，北京：当代中国出版社，2004年。

申霞艳：《消费、记忆与叙事：新世纪文学研究》，北京：中国社会科学出版社，2011年。

释昭慧：《佛教规范伦理学》，北京：宗教文化出版社，2013年。

孙郁：《鲁迅忧思录》，北京：中国人民大学出版社，2012年。

吴晓：《新诗美学》，北京：中国社会科学出版社，2018年。

吴晓东：《记忆的神话》，北京：新世界出版社，2001年。

吴晓东：《漫读经典》，北京：生活·读书·新知三联书店，2008年。

吴晓东：《文学的诗性之灯》，上海：上海书店出版社，2010年。

吴晓东:《从卡夫卡到昆德拉:20世纪的小说家》,北京:生活·读书·新知三联书店,2003年。

吴晓东:《〈山海经〉语境重建与神话解读》,北京:中国社会科学出版社,2013年。

吴秀明:《转型时期的中国当代文学思潮》,杭州:浙江大学出版社,2004年。

吴琼:《雅克拉康:阅读你的症状》(上下册),北京:中国人民大学出版社,2011年。

吴炫:《穿越中国当代文学》,南京:江苏教育出版社,2007年。

吴海清:《乡土世界的现代性想象:中国现当代文学乡土叙事思想研究》,天津:南开大学出版社,2011年。

杨大春:《语言·身体·他者——当代法国哲学三大主题》,北京:生活·读书·新知三联书店,2007年。

杨大春:《沉沦与拯救——克尔凯郭尔的精神哲学研究》,北京:人民出版社,1995年。

杨经建:《存在与虚无——20世纪中国存在主义文学论辩》,北京:人民出版社,2011年。

杨小滨:《历史与修辞》,兰州:敦煌文艺出版社,1999年。

杨小滨:《否定的美学:法兰克福学派的文艺理论和文化批评》,上海:上海三联书店,1999年。

杨守森　贺立华编:《莫言研究三十年》(上中下),济南:山东大学出版社,2013年。

杨扬编:《莫言研究资料》,天津:天津人民出版社,2005年。

杨钧:《焦虑:西方哲学与心理学视域中的焦虑话语》,北京:北京大学出版社,2013年。

杨清荣:《公共生活伦理研究:以中国的社会转型为背景》,北京:人民出版社,2016年。

谢有顺:《从密室到旷野:中国当代文学的精神转型》,福州:海峡文艺出版社,2010年。

谢少波:《另类立场:文化批判与批判文化》,赵国新　陈丽译,南京:南京大学出版社,2009年。

谢静国:《论莫言小说(1983—1999)的几个母题和叙述意识》,台北:秀威资讯科技股份有限公司,2006年。

陶东风:《社会转型与当代知识分子》,上海:上海三联出版社,

1999 年。

唐欣:《权力镜像:近二十年官场小说研究》,北京:社会科学文献出版社,2006 年。

童强:《空间哲学》,北京:北京大学出版社,2011 年。

田兴国:《存在之思与传奇之思:从生存论存在论视域观照明代文人传奇》,哈尔滨:黑龙江人民出版社,2007 年。

万晴川:《宗教信仰与中国古代小说叙事》,杭州:浙江大学出版社,2013 年。

叶舒宪　谭佳:《比较神话学在中国:反思与开拓》,北京:社会科学文献出版社,2016 年。

颜翔林:《当代神话》,北京:中国社会科学出版社,2015 年。

刘毓庆:《神话与历史论稿》,北京:商务印书馆,2017 年。

岳梁:《从幽灵到宽恕:德里达晚期思想研究》,苏州:苏州大学出版社,2014 年。

叶开:《莫言的文学共和国》,北京:北京大学出版社,2013 年。

翟永明:《生命的表达与存在的追问:李锐小说论》,北京:商务印书馆,2013 年。

郑明哲:《道德力量的来源:基于生命哲学的阐释》,广州:世界图书出版广东有限公司,2013 年。

朱良志:《中国艺术的生命精神》,合肥:安徽教育出版社,2006 年。

朱宾忠:《跨越时空的对话:福克纳与莫言比较研究》,武汉:武汉大学出版社,2006 年。

王俊:《重建世界形而上学:从胡塞尔到罗姆巴赫》,杭州:浙江大学出版社,2015 年。

王俊:《于"无"深处的历史深渊:以海德格尔哲学为范例的虚无主义研究》,杭州:浙江大学出版社,2009 年。

李进书:《审美现代性与文化现代性:法兰克福学派思想的二重奏》,北京:人民出版社,2014 年。

李宏斌　杨亮才:《文化哲学与社会主义核心价值研究》,北京:人民出版社,2015 年。

姚明今:《文化批判理论的历史性建构:法兰克福学派文化理论的谱系性研究》,北京:中国社会科学出版社,2017 年。

尹荣方:《洪水神话的文化阐释》,上海:上海人民出版社,2016 年。

王正平:《环境哲学:环境伦理的跨学科研究》,上海:上海教育出版社,

2014 年。

　　梁德友:《关怀的伦理之维——转型期中国弱势群体伦理关怀研究》,南京:南京大学出版社,2013 年。

　　陈泽环:《敬畏生命:阿尔贝特·施韦泽的哲学和伦理思想研究》,上海:上海人民出版社,2013 年。

　　徐辉:《有生命的影像:吉尔·德勒兹电影影像论研究》,北京:北京大学出版社,2014 年。

　　虞昕:《疯狂影评　图宾根木匠影评精选》,北京:中国电影出版社,2010 年。

　　郭星:《符号的魅影:20 世纪英国奇幻小说的文化逻辑》,天津:南开大学出版社,2013 年。

　　柯倩婷:《身体、创伤与性别——中国新时期小说的身体书写》,广州:广东人民出版社,2009 年。

　　廖昌胤:《悖论叙事:乔治·爱略特后期三部小说中的政治现代化悖论》,北京:中国社会科学出版社,2007 年。

　　李颖:《"翻搅乳海":吴哥寺中的神与王》,北京:中国社会科学出版社,2016 年。

　　慈继伟:《正义的两面》,北京:生活·读书·新知三联书店,2014 年。

　　金寿铁:《希望的视域与意义——恩斯特·布洛赫哲学导论》,北京:商务印书馆,2016 年。

　　金寿铁:《真理与现实:恩斯特·布洛赫哲学研究》,上海:同济大学出版社,2007 年。

　　康琼:《中国神话的生态伦理审视》,北京:北京师范大学出版社,2014 年。

　　麦永雄:《德勒兹哲性诗学:跨语境理论意义》,桂林:广西师范大学出版社,2013 年。

　　莫雷:《穿越意识形态的幻象:齐泽克意识形态理论研究》,北京:中国社会科学出版社,2012 年。

　　吴炫:《新时期文学热点作品讲演录》,桂林:广西师范大学出版社,2004 年。

　　吴义勤:《漂泊的都市之魂——徐訏论》,苏州:苏州大学出版社,1993 年。

　　胡铁生:《全球化语境中的莫言研究》,北京:社会科学文献出版社,2017 年。

徐岱:《审美正义论——伦理美学基本问题研究》,杭州:浙江工商大学出版社,2014 年。

徐岱:《基础美学:从知识论到价值观》,杭州:浙江大学出版社,2015 年。

杨泽波:《孟子性善论研究》,上海:上海人民出版社,2016 年。

谢治菊:《伦理责任与公共精神》,北京:人民出版社,2017 年。

谢玉亮:《马尔库塞乌托邦思想的现代性阐释》,北京:中国社会科学出版社,2014 年。

赵福生:《福柯微观政治哲学研究》,哈尔滨:黑龙江大学出版社,2011 年。

赵学勇 王贵禄:《守望·追寻·创生:中国西部小说的历史形态与精神重构》,北京:北京大学出版社,2012 年。

朱晓兰:《文化研究关键词:凝视》,南京:南京大学出版社,2013 年。

赵毅衡:《广义叙述学》,成都:四川大学出版社,2013 年。

赵毅衡:《礼教下延之后:中国文化批判诸问题》,上海:上海文艺出版社,2001 年。

赵静蓉:《文化记忆与身份认同》,北京:生活·读书·新知三联书店,2015 年。

赵顺宏:《社会转型期乡土小说论》,上海:学林出版社,2007 年。

解志熙:《生的执著:存在主义与中国现代文学》,北京:人民文学出版社,1999 年。

李永斌:《阿波罗崇拜研究》,北京:商务印书馆,2015 年。

张光芒:《在感性与理性之间》,北京:人民文学出版社,2015 年。

蓝棣之:《现代文学经典:症候式分析》,北京:清华大学出版社,1998 年。

仰海峰:《走向后马克思:从生产之镜到符号之镜 早期鲍德里亚思想的文本学解读》,北京:中央编译出版社,2004 年。

陶日贵:《鲍曼"流动的现代性"思想研究》,南昌:江西人民出版社,2016 年。

戴阿宝:《终结的力量:鲍德里亚前期思想研究》,北京:中国社会科学出版社,2006 年。

祝亚峰:《中国当代小说的叙事伦理问题》,合肥:合肥工业大学出版社,2015 年。

吴旭平:《力量的形而上学:马克思创造性生存理论的现代维度》,杭州：浙江大学出版社，2016 年。

范志均：《启蒙道德哲学》，北京：中国社会科学出版社，2015 年。

赵波　王强：《现代伦理"本真性"思想的道德哲学研究》，上海：上海社会科学院出版社，2012 年。

周蕾：《理想主义之后的伦理学》，吴琼译，郑州：河南大学出版社，2013 年。

张进：《新历史主义与历史诗学》，北京：中国社会科学出版社，2004 年。

余华　王侃主编：《文学：想象、记忆与经验》，上海：复旦大学出版社，2011 年。

郑欣淼：《鲁迅与宗教文化》，北京：中国社会科学出版社，2004 年。

冯晖：《京派小说与道家之因缘》，广州：暨南大学出版社，2012 年。

杜维明　卢风：《现代性与物欲的释放：杜维明先生访谈录》，北京：中国人民大学出版社，2009 年。

王又平：《转型中的文化迷思和文学书写——20 世纪末小说创作潮流》武汉：华中师范大学出版社，2011 年。

李艳丰：《历史"祛魅"与文化反思：大众消费主义时代文化与文学话语转型研究》，北京：中国社会科学出版社，2013 年。

庞立生：《理性的生存论意蕴》，北京：中国社会科学出版社，2009 年。

王玉：《莫言评传》，北京：清华大学出版社，2014 年。

张彭松：《乌托邦语境下的现代性反思》，北京：中国人民大学出版社，2010 年。

陈赟：《困境中的中国现代性意识》，上海：华东师范大学出版社，2005 年。

张柠：《文化的病症　中国当代经验研究》，上海：上海文艺出版社，2004 年。

沈雁：《威廉·戈尔丁小说研究》，苏州：苏州大学出版社，2014 年。

王迅：《极限叙事与黑暗写作：麦家小说论》，北京：作家出版社，2015 年。

郑也夫：《后物欲时代的来临》，上海：上海人民出版社，2007 年。

邹小华：《后物欲时代的精神困境与道德教育》，南昌：江西人民出版社，2012 年。

江海全：《亨利生命现象学研究》，北京：人民出版社，2016 年。

中文译著类

[法]阿尔贝特·施韦泽:《文化哲学》,陈泽环译,上海:上海人民出版社,2008年。

[法]阿尔贝特·施韦泽:《对生命的敬畏——阿尔贝特·施韦泽自述》,陈泽环译,上海:上海人民出版社,2006年。

[英]齐格蒙特·鲍曼:《流动的恐惧》,谷蕾 杨超 孙志明 袁飞译,南京:江苏人民出版社,2012年。

[英]齐格蒙特·鲍曼:《怀旧的乌托邦》,姚伟等译,北京:中国人民大学出版社,2018年。

[英]齐格蒙特·鲍曼:《流动世界中的文化》,戎林海 季传峰译,南京:江苏凤凰教育出版社,2014年。

[英]齐格蒙特·鲍曼:《后现代伦理学》,张成岗译,南京:江苏人民出版社,2003年。

[英]齐格蒙特·鲍曼:《现代性与矛盾性》,邵迎生译,北京:商务印书馆出版社,2013年。

[英]齐格蒙特·鲍曼:《废弃的生命》,谷蕾 胡欣译,南京:江苏人民出版社,2006年。

[英]齐格蒙·鲍曼:《生活在碎片之中:论后现代道德》,郁建兴 周俊 周莹译,上海:学林出版社,2002年。

[英]鲍曼:《现代性与大屠杀》,杨渝东 史建华译,南京:译林出版社,2002年。

[美]刘易斯·芒福德:《生活的准则》,朱明译,上海:上海三联书店,2016年。

[美]刘易斯·芒福德:《机器神话(上卷):技术发展与人文进步》,宋俊岭译,上海:上海三联书店,2017年。

[美]刘易斯·芒福德:《机器神话(下卷):权力五边形》,宋俊岭译,上海:上海三联书店,2017年。

[美]凯文·斯齐布瑞克编:《神话的哲学思考》,姜丹丹 刘建树译,黄悦 孙梦迪校译,西安:陕西师范大学出版总社有限公司,2019年。

[美]凯瑟琳·摩根:《从前苏格拉底到柏拉图的神话和哲学》,李琴 董佳译,雷欣翰校译,西安:陕西师范大学出版总社有限公司,2019年。

[俄罗斯]瓦季姆·梅茹耶夫:《文化之思——文化哲学概观》,郑永旺等译,哈尔滨:黑龙江大学出版社,2019年。

[德]格奥尔格·西美尔:《生命直观:形而上学四论》,刁承俊译,北京:北京师范大学出版社,2017 年。

[美]马歇尔·伯曼:《一切坚固的东西都烟消云散了》,徐大建　张辑译,北京:商务印书馆,2013 年。

[美]苏珊·桑塔格:《激进意志的样式》,何宁　周丽华　王磊译,上海:上海译文出版社,2007 年。

[美]苏珊·桑塔格:《关于他人的痛苦》,黄灿然译,上海:上海译文出版社,2018 年。

[德]文森:《无执之道》,郑淑红译,北京:华夏出版社,2016 年。

[法]单士宏:《列维纳斯:与神圣性的对话》,姜丹丹　赵鸣　张引弘译,上海:华东师范大学出版社,2018 年。

[英]西蒙·巴伦－科恩:《恶的科学:论共情与残酷行为的起源》,高天羽译,桂林:广西师范大学出版社,2018 年。

[法]加斯东·巴什拉:《梦想的诗学》,刘自强译,北京:生活·读书·新知三联书店,2017 年。

[英]尼尔·弗格森:《战争的悲悯》,董莹译,北京:中信出版社,2013 年。

[美]朱迪斯·巴特勒:《战争的框架》,何磊译,郑州:河南大学出版社,2016 年。

[法]贝尔纳·斯蒂格勒:《技术与时间:爱比米修斯的过失》,裴程译,南京:译林出版社,2000 年。

[法]贝尔纳·斯蒂格勒:《技术与时间 3.电影的时间与存在之痛的问题》,方尔平译,南京:译林出版社,2012 年。

[法]朱利安:《画中影》,卓立译,上海:华东师范大学出版社,2017 年。

[法]萨特:《存在与虚无》,陈宣良等译,北京:生活·读书·新知三联书店,2014 年。

[法]雅克·朗西埃:《历史的形象》,蓝江译,上海:华东师范大学出版社,2018 年。

[法]乔治·巴塔耶:《内在体验》,尉光吉译,桂林:广西师范大学出版社,2016 年。

[意]吉奥乔·阿甘本:《幼年与历史:经验的毁灭》,尹星译,郑州:河南大学出版社,2016 年。

[意]吉奥乔·阿甘本:《论友爱》,刘耀辉　尉光吉译,北京:北京大学出版社,2017 年。

〔法〕米歇尔·希翁:《视听:幻觉的构建》,黄英侠译,北京:北京联合出版公司,2014 年。

〔法〕米歇尔·希翁:《声音》,张艾弓译,北京:北京大学出版社,2013 年。

〔德〕乌尔里希·贝克:《风险社会:新的现代性之路》,张文杰 何博闻译,南京:译林出版社,2018 年。

〔法〕居伊·德波:《景观社会》,王昭凤译,南京:南京大学出版社,2006 年。

〔德〕尼采:《悲剧的诞生》,杨恒达译,南京:译林出版社,2007 年。

〔德〕尼采:《尼采:欢悦的智慧》,崔崇实译,北京:中国画报出版社,2012 年。

〔法〕保罗·维利里奥:《解放的深度》,陆元昶译,南京:江苏人民出版社,2004 年。

〔德〕海因里希·盖瑟尔伯格编:《我们时代的精神状况》,孙柏等译,上海:上海人民出版社,2018 年。

〔法〕朱利安:《论"时间":生活哲学的要素》,张君懿译,北京:北京大学出版社,2016 年。

〔德〕马丁·海德格尔:《存在与时间》,陈嘉映 王庆节译,北京:生活·读书·新知三联书店,2014 年。

〔德〕马丁·海德格尔:《存在的天命:海德格尔技术哲学文选著》,孙周兴编译,杭州:中国美术学院出版社,2018 年。

〔德〕马丁·海德格尔:《林中路》,孙周兴译,上海:上海译文出版社,2004 年。

〔意〕吉奥乔·阿甘本:《潜能》,王立秋 严和来等译,桂林:漓江出版社,2014 年。

〔意〕翁贝托·艾柯:《丑的历史》,彭淮栋译,北京:中央编译出版社,2010 年。

〔美〕理查德·罗蒂:《后形而上学希望》,张国清译,上海:上海译文出版社,2009 年。

〔美〕戴维·哈维:《后现代的状况:对文化变迁之缘起的探究》,阎嘉译,北京:商务印书馆,2003 年。

〔美〕迈克尔·L.弗雷泽:《同情的启蒙:18 世纪与当代的正义和道德情感》,胡靖译,南京:译林出版社,2016 年。

〔德〕鲍里斯·格罗伊斯:《揣测与媒介:媒介现象学》,张芸 刘振英译,南京:南京大学出版社,2014 年。

［美］阿兰·邓迪斯编:《西方神话学读本》,朝戈金等译,桂林:广西师范大学出版社,2006 年。

［美］埃里希·弗罗姆:《被遗忘的语言》,郭乙瑶 宋晓萍译,北京:国际文化出版公司,2001 年。

［法］莫兰:《读梦》,许丹 张香筠译,北京:商务印书馆,2015 年。

［美］万志英:《左道:中国文化中的神与魔》,廖涵缤译,北京:社会科学文献出版社,2018 年。

［德］阿诺德·盖伦:《技术时代的人类心灵:工业社会的社会心理问题》,何兆武 何冰译,上海:上海科技教育出版社,2008 年。

［美］汉娜·阿伦特:《反抗"平庸之恶":〈责任与判断〉》,杰罗姆·科恩编,陈联营译,上海:上海人民出版社,2014 年。

［美］汉娜·阿伦特:《过去与未来之间》,王寅丽 张立立译,南京:译林出版社,2011 年。

［美］汉娜·阿伦特:《康德政治哲学讲稿》,曹明 苏婉儿译,上海:上海人民出版社,2013 年。

［美］汉娜·阿伦特:《〈耶路撒冷的埃希曼〉:伦理的现代困境》,孙传钊编,长春:吉林人民出版社,2011 年。

［德］乌尔里希·贝克 ［英］安东尼·吉登斯 斯科特·拉什:《自反性现代化:现代社会秩序中的政治、传统与美学》,赵文书译,北京:商务印书馆,2014 年。

［苏］巴赫金:《巴赫金全集》(第六卷),李兆林 夏忠宪等译,石家庄:河北教育出版社,2009 年。

［法］加斯东·巴什拉:《空间诗学》,龚卓军 王静慧译,北京:世界图书出版公司北京公司,2017 年。

［法］莫里斯·布朗肖:《未来之书》,赵苓岑译,南京:南京大学出版社,2015 年。

［德］瓦尔特·比梅尔:《当代艺术的哲学分析》,孙周兴 李媛译,北京:商务印书馆,2016 年。

［法］让·鲍德里亚:《为何一切尚未消失?》,张晓明 ［法］薛法蓝译,南京:南京大学出版社,2017 年。

［法］波德里亚:《论诱惑》,张新木译,南京:南京大学出版社,2011 年。

［法］让·波德里亚:《消费社会》,刘成富 全志钢译,南京:南京大学出版社,2000 年。

［法］让·波德里亚:《致命的策略》,刘翔 戴阿宝译,南京:南京大学

出版社,2015 年。

　　[英]以赛亚·伯林:《浪漫主义的根源》,吕梁　洪丽娟　孙易译,南京:译林出版社,2011 年。

　　[英]以赛亚·伯林:《扭曲的人性之材》,岳秀坤译,南京:译林出版社,2009 年。

　　[英]以赛亚·伯林:《现实感》,潘荣荣　林茂译,南京:译林出版社,2004 年。

　　[法]亨利·柏格森:《材料与记忆》,肖聿译,南京:译林出版社,2014 年。

　　[法]柏格森:《生命的真谛》,冯道如等译,南京:江苏凤凰文艺出版社,2015 年。

　　[法]亨利·柏格森:《道德和宗教的两个来源》,彭海涛译,北京:北京时代华文书局,2018 年版,第 37 页。

　　[美]罗伊·F. 鲍迈斯特尔:《恶——在人类暴力与残酷之中》,崔洪建等译,北京:东方出版社,1998 年。

　　[美]菲利普·津巴多:《路西法效应:好人是如何变成恶魔的》,孙佩妏　陈雅馨译,北京:生活·读书·新知三联书店,2015 年。

　　[俄]H. A. 别尔嘉耶夫:《精神王国与恺撒王国》,安启念　周靖波译,杭州:浙江人民出版社,2000 年。

　　[俄]尼古拉·别尔嘉耶夫:《文化的哲学》,于培才译,上海:上海人民出版社,2007 年。

　　[德]瓦尔特·本雅明:《本雅明文选》,陈永国　马海良译,北京:中国社会科学出版社,1999 年。

　　[德]恩斯特·布洛赫:《希望的原理》(第一卷),梦海译,上海:上海译文出版社,2012 年。

　　[法]吉尔·德勒兹:《时间——影像》,谢强　蔡若明　马月译,长沙:湖南美术出版社,2004 年。

　　[法]吉尔·德勒兹:《运动——影像》,谢强　马月译,长沙:湖南美术出版社,2016 年。

　　[美]P. 蒂利希:《存在的勇气》,成穷　王作虹译,贵阳:贵州人民出版社,2009 年。

　　[美]蒂里希:《蒂里希选集》(上卷),上海:上海三联书店,1999 年。

　　[法]米歇尔·福柯:《规训与惩罚》,刘北成　杨远婴译,南京:译林出版社,2007 年。

［法］吕克·费希：《神话的智慧》，曹明译，上海：华东师范大学出版社，2017 年。

［德］于尔根·哈贝马斯：《现代性的哲学话语》，曹卫东等译，南京：译林出版社，2011 年。

［德］古茨塔夫·勒内·豪克：《绝望与信心——论 20 世纪末的文学与艺术》，李永平译，北京：中国社会科学出版社，1992 年。

［美］朱迪斯·巴特勒：《脆弱不安的生命——哀悼与暴力的力量》，何磊　赵英男译，郑州：河南大学出版社，2013 年。

［法］阿尔贝·加缪：《西绪福斯神话》，郭宏安译，北京：新星出版社，2012 年。

［法］阿尔贝·加缪：《反抗者》，吕永真译，上海：上海译文出版社，2010 年。

［美］金介甫：《沈从文笔下的中国社会与文化》，虞建华　邵华强译，上海：华东师范大学出版社，1994 年。

［美］马丽加·金芭塔丝：《女神的语言：西方文明早期象征符号解读》，苏永前　吴亚娟译；祖晓伟校，北京：社会科学文献出版社，2016 年。

［意］伊塔洛·卡尔维诺：《新千年文学备忘录》，黄灿然译，南京：译林出版社，2009 年。

［德］恩斯特·卡西尔：《神话思维》，黄龙保　周振选译，北京：中国社会科学出版社，1992 年。

［德］恩斯特·卡西尔：《符号·神话·文化》，李小兵译，北京：东方出版社，1988 年。

［美］约瑟夫·坎贝尔：《指引生命的神话：永续生存的力量》，张洪友　李瑶　祖晓伟等译，杭州：浙江人民出版社，2013 年。

［美］约瑟夫·坎贝尔：《追随直觉之路》，朱侃如译，杭州：浙江人民出版社，2016 年。

［捷克］米兰·昆德拉：《被遗忘的遗嘱》，余中先译，上海：上海译文出版社，2003 年。

［法］古斯塔夫·勒庞：《乌合之众：大众心理研究》，冯克利译，北京：中央编译出版社，2005 年。

［法］勒庞：《群体心理学与大革命》，王铭启译，北京：民主与建设出版社，2016 年。

［美］罗洛梅：《爱与意志》，蔡伸章译，兰州：甘肃人民出版社，1987 年。

［美］罗洛·梅：《祈望神话》，王辉　罗秋实　何博闻译，北京：中国人

民大学出版社,2012 年。

[法]伊曼纽尔·列维纳斯:《总体与无限:论外在性》,朱刚译,北京:北京大学出版社,2016 年。

[意]普里莫·莱维:《被淹没的与被拯救的》,杨晨光译,北京:中信出版社,2017 年。

[荷]罗布·里曼:《精神之贵:一个被忘却的理想》,霍星辰　张学敏译,北京:中央编译出版社,2013 年。

[美]赫伯特·马尔库塞:《单向度的人:发达工业社会意识形态研究》,刘继译,上海:上海译文出版社,2008 年。

[美]玛莎·努斯鲍姆:《诗性正义:文学想象与公共生活》,丁晓东译,北京:北京大学出版社,2010 年。

[斯洛文尼亚]斯拉沃热·齐泽克:《幻想的瘟疫》,胡雨谭　叶肖译,南京:江苏人民出版社,2006 年。

[斯洛文尼亚]斯拉沃热·齐泽克:《斜目而视:透过通俗文化看拉康》,季广茂译,杭州:浙江大学出版社,2011 年。

[美]爱德华·W. 萨义德:《知识分子论》,单德兴译,北京:生活·读书·新知三联书店,2016 年。

[加]查尔斯·泰勒:《世俗时代》,张容南等译,徐志跃　张容南审校,上海:上海三联书店,2016 年。

[加]查尔斯·泰勒:《现代性之隐忧》,程炼译,北京:中央编译出版社,2001 年。

[美]阿比盖尔·马什:《人性中的善与恶》,张岩译,北京:中信出版社,2019 年。

[日]汤浅博雄:《巴塔耶——消尽》,赵汉英译,石家庄:河北教育出版社,2001 年。

[英]阿诺德·汤因比:《一个历史学家的宗教观》,晏可佳　张龙华译,上海:上海人民出版社,2016 年。

[法]兹维坦·托多罗夫:《奇幻文学导论》,方芳译,成都:四川大学出版社,2015 年。

[法]托多罗夫:《巴赫金对话理论及其他》,蒋子华　张萍译,天津:百花文艺出版社,2001 年。

[德]西美尔:《货币哲学》,陈戎女　耿开君　文聘元译,北京:华夏出版社,2002 年。

[德]西美尔:《金钱、性别、现代化生活》,刘小枫编　顾仁明译,上海:

学林出版社,2000 年。

[德]卡尔·雅斯贝尔斯:《悲剧的超越》,亦春译,北京:工人出版社,1988 年。

[美]史景迁:《太平天国》,朱庆葆等译,桂林:广西师范大学出版社,2011 年。

[德]韩炳哲:《暴力拓扑学》,安尼　马琰译,北京:中信出版社,2019 年。

[德]韩炳哲:《他者的消失》,吴琼译,北京:中信出版社,2019 年。

[英]乔治·莱文编:《世俗主义之乐:我们当下如何生活》,赵元译,南京:译林出版社,2019 年。

期刊文献

季红真:《大生态系统的外部形体——莫言小说女性身体的表意功能之三》,《文艺争鸣》,2018 年第 1 期,第 148－158 页。

季红真:《大地诗学中心灵磁场的核心故事——莫言小说的生殖叙事》,《文艺争鸣》,2016 年第 6 期,第 134－145 页。

季红真:《莫言小说与中国叙事传统》,《文学评论》,2014 年第 2 期,第 68－74 页。

季红真:《现代人的民族民间神话——莫言散论之二》,《当代作家评论》,1988 年第 1 期,第 80－89 页。

申丹:《隐性进程》,《外国文学》,2019 年第 1 期,第 81－96 页。

彭彦琴　孙琼:《精神信仰的心理功能及其作用机制》,《苏州大学学报》,2018 年第 3 期,第 91－100 页。

陈晓明:《"在地性"与越界——莫言小说创作的特质和意义》,《当代作家评论》,2013 年第 1 期,第 35－54 页。

陈晓明:《"歪拧"的乡村自然史——从〈木匠和狗〉看中国现代主义的在地性》,《文学评论》,2017 年第 1 期,第 5－16 页。

陈思和:《人畜混杂,阴阳并存的叙事结构及其意义》,《当代作家评论》,2008 年第 6 期,第 102－111 页。

陈思和:《在讲故事背后——莫言〈讲故事的人〉读解》,《学术月刊》,2013 年第 1 期,第 105－112 页。

张清华:《叙述的极限——论莫言》,《当代作家评论》,2003 年第 2 期,第 59－74 页。

张清华:《莫言与新文学的整体观》,《文学评论》,2017 年第 1 期,第 17－27 页。

张清华:《莫言与新历史主义文学思潮——以〈红高粱家族〉、〈丰乳肥臀〉、〈檀香刑〉为例》,《海南师范学院学报》,2005 年第 2 期,第 35－42 页。

张志忠:《超越仇恨、大悲悯与拷问灵魂——莫言文学思想研究之一》,《山东师范大学学报》,2019 年第 6 期,第 14－34 页。

张志忠:《论莫言对现实与历史的双向拓展——以其新作〈故乡人事〉和〈锦衣〉为例》,《山东大学学报》,2018 年第 3 期,第 159－166 页。

张志忠:《奇想化的"战争启示录"——莫言战争小说谈片》,《山西大学学报》,2013 年第 1 期,第 59－65 页。

张志忠:《莫言对司马迁的承续与对话》,《首都师范大学学报》,2014 年第 4 期,第 86－94 页。

张志忠:《莫言与中国当代文学的理想性之三思》,《山西大学学报》,2015 年第 1 期,第 1－9 页。

张松:《佛教哲学之基本问题与鲁迅思想的内在结构》,《东岳论丛》,2014 年第 10 期,第 61－71 页。

张生:《敢于非知——论巴塔耶对启蒙的超越》,《社会科学》,2014 年第 7 期,第 170－175 页。

张灵:《将泪水和愤怒化为生铁之魂——鲁迅〈铸剑〉与莫言〈月光斩〉的对比》,《中国文化研究》,2016 年秋之卷,第 61－67 页。

张德明:《卡夫卡的空间意识》,《浙江大学学报》,2004 年第 4 期,第 137－143 页。

张柠:《文学与民间性——莫言小说里的中国经验》,《南方文坛》,2001 年第 6 期,第 39－46 页。

郭齐勇:《论中国古代哲人的生存论智慧》,《学术月刊》,2003 年第 9 期,第 95－103 页。

毕光明:《〈生死疲劳〉:对历史的深度把握》,《小说评论》,2006 年第 5 期,第 45－49 页。

陈春生:《莫言:与历史隔空对视　对苦难深情悲悯》,《湖北师范学院学报》,2014 年第 4 期,第 37－42 页。

程光炜:《颠倒的乡村——再读莫言的〈透明的红萝卜〉》,《当代文坛》,2011 年第 5 期,第 16－22 页。

程光炜:《小说的读法——莫言的〈白狗秋千架〉》,《文艺争鸣》,2012 年第 8 期,第 10－19 页。

程光炜:《劳动生涯——莫言家世考证之四》,《当代作家评论》,2015

年第 2 期,第 71—78 页。

程虹:《地域之乡与心灵之乡的联姻——论自然文学的心景》,《外国文学》,2014 年第 4 期,第 28—35 页。

邓招华　李亚辉:《民间话语下的历史审视——评莫言的〈生死疲劳〉》,《山东理工大学学报》,2007 年第 6 期,第 65—68 页。

董根洪:《传统生生观——中国人的生存智慧》,《浙江社会科学》,2015 年第 4 期,第 97—102 页。

樊星:《莫言的"农民意识"论》,《长江学术》,2014 年第 4 期,第 20—27 页。

管笑笑:《发展的悲剧和未完成的救赎——论莫言〈蛙〉》,《南方文坛》,2011 年第 1 期,第 70—74 页。

管笑笑:《当时间化为肉身——关于〈四十一炮〉的解读》,《小说评论》,2015 年第 2 期,第 102—109 页。

古大勇　金得存:《"吃人"命题的世纪苦旅——从鲁迅〈狂人日记〉到莫言〈酒国〉》,《贵州大学学报》,2007 年第 3 期,第 105—109 页。

洪治纲:《刑场背后的历史——论〈檀香刑〉》,《南方文坛》,2001 年第 6 期,第 32—37 页。

谢有顺:《当死亡比活着更困难——〈檀香刑〉中的人性分析》,《当代作家评论》,2001 年第 5 期,第 20—27 页。

姚晓雷:《莫言的文化身份、审美贡献及当下意义》,《创作与理论》,2013 年第 8 期,第 19—25 页。

严慧:《莫言小说的批判精神》,《当代作家评论》,2013 年第 2 期,第 58—70 页。

金凤:《神魔共舞的狂欢化诗学风格——浅析莫言的作品风格》,《湖北经济学院学报》,2007 年第 11 期,104—105 页。

旷新年:《莫言的〈红高粱〉与"新历史小说"》,《杭州师范大学学报》,2005 年第 4 期,第 96—101 页。

旷新年:《视阈的转换:从"追求现代化"到"反思现代性"》,《西南民族大学学报》,2012 年第 1 期,175—177 页。

李茂民:《莫言小说的情爱模式及其文化内涵》,《理论与创作》,2003 年第 4 期,第 57—61 页。

李兴阳:《乡村治理危机与乡村权力批判——新世纪乡土小说与中国农村变革系列研究》,《湖南科技大学学报》,2013 年第 6 期,第 136—140 页。

李松睿:《"生命政治"与历史书写:论莫言的小说〈蛙〉》,《东吴学术》,2011 年第 1 期,第 85－90 页。

雷体沛:《对悲剧性命运的超越——勇气与希望的美学意义》,《浙江工商大学学报》,2006 年第 2 期,第 37－41 页。

罗兴萍:《重新拾起"人的忏悔"的话题:试论〈蛙〉的忏悔意识》,《当代作家评论》,2011 年第 6 期,第 53－61 页。

刘丹羽:《扭曲的国家认同——〈鱼尾狮旁的尤利西斯〉中的斯德哥尔摩情结》,《柳州职业技术学院学报》,2012 年第 4 期,第 78－81 页。

许丙泉:《"天地之大德曰生"——论莫言小说〈生死疲劳〉的思想内涵》,《廊坊师范学院学报》,2015 年第 1 期,第 25－29 页。

马云:《莫言〈生死疲劳〉的超验想象与叙事狂欢》,《文艺争鸣》,2014 年第 6 期,第 153－158 页。

蒲海丰　李墨:《托尔金的宗教想象与童话艺术》,《前沿》,2012 年第 7 期,第 192－194 页。

宁明:《莫言作品中的高密民间信仰》,《东岳论丛》,2015 年第 5 期,第 46－50 页。

孙郁:《莫言:与鲁迅相逢的歌者》,《当代作家评论》,2006 年第 6 期,第 4－10 页。

李静:《不驯的疆土——论莫言》,《当代作家评论》,2006 年第 6 期,第 43－54 页。

陶维国　李志孝:《乡土中国的权力文化——新世纪乡土小说的权力书写》,《文艺评论》,2013 年第 5 期,第 29－33 页。

王学谦:《莫言与鲁迅家族的相似性》,《吉林大学社会科学学报》,2014 年第 3 期,第 135－145 页。

王学谦:《残酷的慈悲——莫言〈檀香刑〉的存在原罪与悲悯情怀》,《当代作家评论》,2014 年第 2 期,第 90－96 页。

王洪岳:《视角的新颖多变与话语的膨胀和内爆——以〈十三步〉等为例论莫言小说的叙述和语言艺术》,《东岳论丛》,2016 年第 6 期,第 75－84 页。

王侃:《启蒙与现代性的弃物》,《当代作家评论》,2010 年第 5 期,第 57－65 页。

张闳:《莫言小说的基本主题与文体特征》,《当代作家评论》,1999 年第 5 期,第 58－64 页。

丛新强:《论鲁迅〈铸剑〉之于莫言的意义》,《东岳论丛》,2016 年第 12

期,第 69—75 页。

丛新强:《人,在历史与伦理的漩涡中——论莫言的长篇小说〈蛙〉》,《时代文学(上半月)》,2012 年第 9 期,第 208—211 页。

格非:《中国小说与叙事传统——在苏州大学"小说家讲坛"上的讲演》,《当代作家评论》,2005 年第 2 期,第 29—40 页。

格非:《重绘中国当代文学的叙事学图谱》,《探索与争鸣》,2007 年第 8 期,第 13—17 页。

姚晓雷:《莫言的文化身份、审美贡献及当下意义》,《创作与评论》,2013 年第 16 期,第 19—25 页。

李洁非:《回到寓言——论莫言及其近作》,《当代作家评论》,1993 年第 2 期,第 28—32 页。

刘再复　林岗:《论汉传佛教的忏悔及其罪意识:从佛教诸忏法到禅宗"无相忏悔"》,《中国文化》,2012 年第 1 期,第 64—78 页。

刘志平　桓芳:《生命的狂野与自由——现当代文学中的原始生命血性》,《湖南工业职业技术学院学报》,2008 年第 2 期,第 76—78 页。

吕鹤颖:《见证文学与文学的见证》,《文艺争鸣》,2016 年第 10 期,第 156—161 页。

汪卫东:《错综迷离的忏悔世界——〈伤逝〉重读》,《鲁迅研究月刊》,1998 年第 10 期,第 36—45 页。

汪卫东:《鲁迅国民性批判的内在逻辑系统》,《鲁迅研究月刊》,1999 年第 7 期,第 4—11 页。

王达敏:《被"平庸的恶"绑定的小说——乔叶长篇小说〈认罪书〉批评》,《文艺研究》,2015 年第 2 期,第 23—29 页。

王洪岳:《当代文学中的欲望叙事与犬儒主义》,《湘潭大学学报》,2006 年第 4 期,第 129—132,119 页。

吴晓东:《中国现代派诗歌的幻象性诗学与拟喻性语言》,《文艺研究》,2016 年第 1 期,第 55—64 页。

吴琼:《拜物教/恋物癖:一个概念的谱系学考察》,《马克思主义与现实》,2014 年第 3 期,第 88—99 页。

杨守森:《生命意识与文艺创作》,《文史哲》,2014 年第 6 期,第 97—109,163 页。

殷罗毕:《封闭在历史洞穴中的想象——〈蛙〉与莫言暴力史观的限度》,《上海文化》,2010 年第 5 期,第 33—40 页。

赵思运:《马知遥诗歌中的幽暗意识》,《星星》,2010 年第 7 期,第 117

—123 页。

周政保　韩子勇:《莫言小说的"亵渎意识"》,《小说评论》,1989 年第 1 期,第 28—31 页。

周海波　赵歌放:《死亡与莫言小说的生命意蕴》,《当代文坛》,1988 年第 4 期,第 26—29,49 页。

周保欣:《"他者伦理"、"身体思维"和"三个鲁迅"——论〈示众〉》,《文学评论》,2014 年第 3 期,第 54—61 页。

周景雷:《在荒诞和寓言中返还历史——〈生蹼的祖先们〉再读》,《艺术广角》,2003 年第 1 期,第 21—23 页。

吴康:《"火"的历史:杀戮、酷刑与监狱——鲁迅杂文研究之四》,《华中师范大学学报》,2010 年第 4 期,第 91—98 页。

吴耀宗:《轮回·暴力·反讽:论莫言〈生死疲劳〉的荒诞叙事》,《东岳论丛》,2010 年第 11 期,第 73—78 页。

叶继奋:《"最理想人性":伦理批判中的至善追求——鲁迅"改造国民性"思想的伦理学阐释》,《浙江师范大学学报》,2013 年第 3 期,第 13—18 页。

夏文仙　沈乾芳:《权力结构中的乡村政治生态——夏天敏乡土小说解读》,《文艺评论》,2012 年第 11 期,第 101—104 页。

杨新刚:《"中农情结"对莫言创作的影响——兼析莫言小说对土改、合作化叙事模式的突破》,《齐鲁学刊》,2014 年第 3 期,第 112—116 页。

余杰:《在语言暴力的乌托邦中迷失——从莫言〈檀香刑〉看中国当代文学的缺失》,《社会科学论坛》,2004 年第 3 期,第 4—19 页。

颜水生:《莫言"种的退化"的历史哲学》,《小说评论》,2010 年第 3 期,第 108—112 页。

袁文丽　刘绍瑾:《现代文艺创作美学中的"童心说"》,《中国文学研究》,2012 年第 1 期,第 116—119 页。

庄森:《莫言小说的自由思想》,《当代作家评论》,2013 年第 2 期,第 42—57 页。

赵毅衡:《论二我差:"自我叙述"的共同特征》,《江西师范大学学报》,2014 年第 4 期,第 68—73 页。

赵顺宏:《痛感的净化——莫言小说的一个侧面》,《暨南学报》,2007 年第 3 期,第 116—120 页。

赵歌东:《食物神圣化与莫言创作的乡土崇拜意识》,《齐鲁学刊》,2014 年第 5 期,第 135—144 页。

赵艳花:《反抗绝望与反抗荒诞——鲁迅和加缪的人生哲学比较》,《枣庄师专学报》,2001 年第 6 期,第 26－29 页。

周明全:《批判·宽容·忏悔——从莫言的〈蛙〉反观中国当代文学的创作境界》,《南方文坛》,2013 年第 4 期,第 108－111 页。

翟瑞青:《莫言童年生活中的情感支撑与信仰追求》,《海南师范大学学报》,2013 年第 12 期,第 37－42 页。

翟业军:《"无为而无不为"的自然与"无不为而无为"的人——论〈边城〉》,《中南民族大学学报》,2017 年第 1 期,第 167－171 页。

朱威:《进退维谷的民间反省——评莫言长篇小说〈蛙〉》,《淮南师范学院学报》,2010 年第 5 期,第 42－43,76 页。

张晓琴:《"新文人笔记"的方向——谈莫言的短篇近作》,《小说评论》,2019 年第 4 期,第 26－33 页。

王鸿生　洪佳惠:《信仰与写作——北村与史铁生比较之二》,《山花》,2006 年第 11 期,第 131－141 页。

吕周聚:《人性恶的象征符号——莫言〈檀香刑〉中的赵甲解读》,《海南师范学院学报(社会科学版)》,2005 年第 3 期,第 34－37 页。

陈思和:《中国新文学发展中的忏悔意识——关于人对自身认识的一个侧面》,《上海文学》,1986 年第 2 期,第 76－85 页。

江畅:《论恶性》,《江汉论坛》,2011 年第 1 期,第 51－56 页。

罗新河:《钱钟书的性恶书写》,《文学评论》,2011 年第 1 期,第 184－190 页。

盛丽:《消费符码下的人文生态异化》,《求索》,2011 年第 4 期,第 66－68 页。

王超　林华敏:《爱与责任:当前我国社会主义道德文化建设——从列维纳斯的他者伦理思想说起》,《新疆社科论坛》,2013 年第 1 期,第 60－64 页。

韩春燕:《从容聊世事　自在演风波——读莫言短篇小说〈天下太平〉》,《当代文坛》,2018 年第 5 期,第 115－117 页。

刘江凯:《莫言的新作之"变"》,《艺术评论》,2019 年第 1 期,第 180－184 页。

李桢:《有"余味"的叙事——论莫言的小说新作》,《海南师范大学学报》,2019 年第 1 期,第 44－50 页。

王恒升:《作家的真诚与散文的真实——论莫言的散文创作》,《齐鲁学刊》,2016 年第 3 期,第 149－155 页。

王干:《反文化的失败——莫言近期小说批判》,《读书》,1988 年第 10 期,第 12—18 页。

彭富春:《禅宗的心灵之道》,《哲学研究》,2007 年第 4 期,第 80—88 页。

张光芒:《从"启蒙辩证法"到"欲望辩证法"——20 世纪 90 年代以来中国文学与文化转型的哲学脉络》,《江海学刊》,2005 年第 2 期,第 5—12 页。

周来顺:《异化形态的批判与革命——马尔库塞乌托邦思想研究》,《理论月刊》,2009 年第 12 期,第 45—47 页。

谢有顺:《最后一个浪漫时代——我读〈欲望的旗帜〉》,《当代作家评论》,1996 年第 2 期,第 11—20 页。

王珉:《生存的有限和无限——析蒂利希的生存本体论》,《浙江学刊》,1997 年第 3 期,第 57—60 页。

王行坤:《"后人类/人本"转向下的人类、动物与生命——从阿甘本到青年马克思》,《文艺理论研究》,2018 年第 3 期,第 36—47 页。

贾蔓:《神秘的全知叙述者——评莫言小说〈红树林〉》,《当代文坛》,2007 年第 5 期,第 101—104 页。

张学军:《莫言小说与西方现代主义文学》,《齐鲁学刊》,1992 年第 4 期,第 24—30 页。

林少华:《莫言与村上:似与不似之间》,《中国比较文学》,2014 年第 1 期,第 78—87 页。

童庆炳:《作家的童年经验及其对创作的影响》,《文学评论》,1993 年第 4 期,第 54—64 页。

王寰鹏:《人性黑洞与历史隐喻——莫言长篇小说〈檀香刑〉赏析》,《名作欣赏》,2004 年第 3 期,第 51—55 页。

黄萍:《透视莫言小说中的道家思想倾向》,《广西师范学院学报》,2013 年第 2 期,第 68—70 页。

黄子平:《批评总是同时代人的批评——在暨南大学"文学批评与 20 世纪文学史的生成"研讨会上的发言》,《文艺争鸣》,2016 年第 10 期,第 1—3 页。

周蕾:《"中国故事"的另一种讲法——从〈丰乳肥臀〉说起》,《小说评论》,2016 年第 5 期,第 25—30 页。

张喜田:《人生本苦与生死幻灭——论莫言新作〈生死疲劳〉的佛教意识》,《河南社会科学》,2007 年第 2 期,第 125—128 页。

唐欣:《论莫言〈倒立〉的权力叙事》,《佳木斯教育学院学报》,2013 年第 10 期,第 80 页,第 96 页。

景银辉:《童年创伤、历史记忆与文化症候——莫言小说中的饥饿叙事》,《小说评论》,2013 年第 3 期,第 22—25 页。

关峰:《莫言"文革"叙事论略》,《江苏大学学报》,2014 年第 4 期,第 63—67 页。

牛竞凡:《走向澄明之境——对于加缪反抗思想的理解》,《当代外国文学》,2003 年第 1 期,第 118—127 页。

张艳梅:《赵德发长篇小说〈双手合十〉中的生存关怀》,《当代文坛》,2010 年第 6 期,第 108—112 页。

温儒敏:《莫言〈蛙〉的超越与缺失》,《百家评论》,2013 年 3 期,第 18—22 页。

吴义勤:《原罪与救赎——读莫言长篇小说〈蛙〉》,《南方文坛》,2010 年第 3 期,第 43—45 页。

王春林:《历史观念重构、罪感意识表达与语言形式翻新——评莫言长篇小说〈蛙〉》,《南方文坛》,2010 年第 3 期,第 46—48 页。

陆克寒:《〈蛙〉:当代中国的"罪与罚"》,《扬子江评论》,2010 年第 3 期,第 75—78 页。

孙殿玲:《悲剧与崇高:中国现代美学理论确立的标志——王国维对中国美学的贡献》,《辽宁师范大学学报》,2006 年第 2 期,第 95—97 页。

贺来:《"陌生人"的位置——对"利他精神"的哲学前提性反思》,《文史哲》,2015 年第 3 期,第 130—137 页,第 167—168 页。

孙俊杰　张学军:《莫言小说的志怪传奇》,《济南大学学报》,2018 年第 6 期,第 69—76,158 页

孙俊杰　张学军:《莫言小说中的梦幻书写》,《百家评论》,2018 年第 1 期,第 83—91 页。

孙俊杰　张学军:《莫言小说的创世纪神话》,《山东师范大学学报》,2017 年第 5 期,第 11—20 页。

洪蕊:《莫言近作短篇小说论》,《书屋》,2019 年第 11 期,第 59—64 页。

何江胜:《神话·象征·社会》,《解放军外国语学院学报》,1999 年第 6 期,第 87—89 页。

李常磊:《福克纳与莫言生态伦理思想内涵研究》,《山东师范大学学报》,2019 年第 5 期,第 58—66 页。

刘慧姝:《克尔凯郭尔生存论思想解析》,《哲学动态》,2012 年第 6 期,

第 56—60 页。

陈树林:《文化哲学:马克思主义哲学研究的新视野》,《理论探讨》,2007 年第 5 期,第 39—42 页。

衣俊卿:《论文化哲学的理论定位》,《求是学刊》,2006 年第 4 期,第 6—11 页。

徐椿梁 郭广银:《文化哲学的价值向度》,《江苏社会科学》,2018 年第 2 期,第 109—114 页。

袁鑫 阎孟伟:《文化哲学的本体论诉求——卡西尔文化哲学思想探析》,《世界哲学》,2020 年第 1 期,第 117—125 页。

刘振怡:《新康德主义与文化哲学范式的生成》,《求是学刊》,2016 年第 3 期,第 8—13 页。

杨小滨 愚人译:《盛大的衰颓 重论莫言的〈酒国〉》,《上海文化》,2009 年第 3 期,第 11—22 页。

[美]加布丽埃勒·施瓦布(Gabriele Sehwab):《巨大的断裂:酷刑下的政治和精神生活》,《中国图书评论》,2009 年第 1 期,第 50—54 页。

Der-weiWang, David. *The Literary World of Mo Yan*. World Literature Today, 74(3),2000,p487—494.

Goldblatt, Howard. *The "Saturnicon" forbidden food of Mo Yan*. World Literature Today, 74(3),2000,p477—485.

Huang, Alexander C Y, *Mo Yan as Humorist*, World Literature Today, 83(4), 2009,p32—35.

学位论文类:

博士学位论文

涂险峰:《中国当代小说价值现象研究》,武汉:武汉大学,2001 年。

蒋承勇:《西方文学"人"的母题研究——从古希腊到 18 世纪》,成都:四川大学,2002 年。

肖伟胜:《现代性困境中的极端体验》,南京:南京大学,2003 年。

廖增湖:《沸腾的土地——莫言论》,上海:华东师范大学,2004 年。

徐晓东:《镜中野兽的醒来——论电影"奇观"》,杭州:浙江大学,2005 年。

张灵:《莫言小说与民间文化中的生命主体精神》,北京:北京师范大学,2005 年。

栗丹：《当代小说视阈中的"另类"作家——残雪小说创作综论》，济南：山东师范大学大学，2007年。

王宏宇：《文化哲学：实践哲学的当代形态》，哈尔滨：黑龙江大学，2007年。

雷鸣：《危机寻根：现代性反思的潜性主调——中国当代生态小说研究》，济南：山东师范大学大学，2009年。

王华：《新世纪乡村小说主题研究》，武汉：华中师范大学大学，2011年。

乐小军：《政治恶与现代伦理困境——从汉娜·阿伦特的视角来考察一个伦理问题》，上海：复旦大学，2008年。

周丽娜：《现代性悖论与被压抑的物质言说——论中国现代小说中的金钱书写》，济南：山东师范大学，2009年。

杨枫：《民间中国的发现与建构——莫言小说创作综论》，长春：吉林大学，2009年。

刘广远：《莫言的文学世界》，长春：吉林大学，2010年。

刘纪新：《通向彼岸的路——论中国现代诗歌中的生存探寻》，南京：南京师范大学，2010年。

谢有顺：《中国小说叙事伦理的现代转向》，上海：复旦大学，2010年。

兰守亭：《人的困境与拯救——库切小说研究》，上海：华东师范大学，2010年。

张军府：《现代中国知识分子题材小说叙事伦理研究》，济南：山东师范大学，2011年。

赵秀红：《对命运的超验反抗》，上海：上海外国语大学，2011年。

金凤：《徐訏小说的诗性品格研究》，南京：南京师范大学，2012年。

王平：《诗性的追求》，杭州：浙江大学，2012年。

周锋：《中国现代知性诗学研究》，杭州：浙江大学，2012年。

董国超：《神话与儿童文学》，长春：东北师范大学，2013年。

董国俊：《莫言小说的虚幻现实主义》，兰州：兰州大学，2014年。

任传印：《形象·意义·审美——中国现代文学"宗教人物形象"研究》，杭州：浙江大学，2014年。

李小燕：《莫言小说人物原型研究》，济南：山东师范大学，2016年。

硕士学位论文

蒋晖：《追寻主体性的情爱写作——大陆八十年代小说研究的一个面向》，北京：北京大学，1999年。

刘红:《从鲁迅到莫言——中国封建文化"吃人"意象的精神阐释》,济南:山东师范大学,2002 年。

周红霞:《90 年代后的莫言小说论》,济南:山东师范大学,2003 年。

张志云:《齐鲁民间文化的当代转换与新文学传统的重构——莫言创作的民间文化形态研究》,成都:四川师范大学,2004 年。

徐红妍:《人性·原始生命力·民间——论沈从文与莫言创作中的三种取向》,济南:山东师范大学,2005 年。

吴露:《永远的异乡——莫言"新历史小说"人性景观探析》,重庆:西南师范大学,2005 年。

刘清虎:《高密东北乡与莫言的生命哲学——莫言小说创作论》,上海:上海大学,2005 年。

仲天宝:《论莫言小说的苦难意识》,大连:辽宁师范大学,2005 年。

肖宇:《莫言小说的神幻叙事与生命意识》,长沙:湖南师范大学,2007 年。

孟二伟:《论莫言小说的"复魅"与"去魅"》,泉州:华侨大学,2007 年。

李容华:《论莫言的短篇小说》,成都:四川师范大学,2008 年。

陶冶:《莫言小说的反讽艺术》,长春:吉林大学,2008 年。

刘同涛:《三教文化与莫言小说创作》,兰州:西北师范大学,2009 年。

雷瑞福:《论莫言小说的高密文化特征》,石家庄:河北师范大学,2009 年。

魏明航:《寻求反抗下的终极救赎——论布尔加科夫的〈大师与玛格丽特〉》,兰州:西北师范大学,2010 年。

朵辉贤:《启蒙与莫言小说》,兰州:兰州大学,2011 年。

王菁婧:《论莫言小说与拜物教》,上海:华东师范大学,2011 年。

杜永微:《莫言作品与尼采的生命哲学》,长沙:湖南师范大学,2013 年。

刘树升:《边缘人的极端存在——论莫言小说中的残缺人物形象》,济南:山东大学,2013 年。

刘明敏:《莫言小说苦难意识研究》,济南:山东大学,2014 年。

靡雪:《论莫言小说中的亵渎意识》,济南:山东师范大学,2014 年。

高金宝:《文化哲学视域下莫言小说的人性分析》,哈尔滨:黑龙江大学,2014 年。

段晓磊:《现代性视域下莫言长篇小说研究》,长沙:湖南科技大学,2014 年。

朱巍巍:《莫言小说的"生命意象"与中国古代神话》,银川:宁夏大学,2015 年。

作品类

莫言:《莫言文集》(二十册),北京:作家出版社,2012 年。

莫言:《莫言文集》(二十册),天津:百花文艺出版社,2012 年。

莫言:《恐惧与希望:演讲创作集》,深圳:海天出版社,2007 年。

莫言:《北京秋天下午的我:散文随笔集》,深圳:海天出版社,2007 年。

莫言:《莫言对话新录》,北京:文化艺术出版社,2010 年。

莫言:《莫言讲演新篇》,北京:文化艺术出版社,2010 年。

莫言:《盛典——诺奖之行》,武汉:长江文艺出版社,2013 年。

鲁迅:《鲁迅全集》(十八卷),北京:人民文学出版社,2005 年。

[东晋]干宝:《搜神记》,长沙:岳麓书社,2015 年。

[南朝宋]刘义庆:《幽明录》,郑晚晴辑注,北京:文化艺术出版社,1988 年。

[宋]李昉等编:《太平广记》,北京:中华书局,1961 年。

[清]蒲松龄:《聊斋志异》,骆宾译,北京:中国文联出版社,2016 年。

[波]亨里克·显克维奇:《你往何处去》,颜朝霞译,武汉:长江文艺出版社,2013 年。

[南非]J. M. 库切:《等待野蛮人》,文敏译,杭州:浙江文艺出版社,2004 年。

[瑞典]S. 拉格洛芙:《尼尔斯骑鹅旅行记》,杨芳如译,北京:新星出版社,2014 年。

[俄]米·阿·布尔加科夫:《大师与玛格丽特》,白桦熊译,北京:中央编译出版社,2017 年。

索　引

A

阿伦特　7,15,19,45,62,65,70,74,76,77,96,109,154

阿多诺　10,11,14,36,128

阿甘本　30,32,108,113,154,163

B

鲍曼　7,8,11,23,40,64,65,92,96,100,101,105,154

波德里亚　11,19,52,55,57,103,106,128,129

布洛赫　4,21

伯林　98,99,161

巴什拉　118,137,141

柏格森　51,147—150

本体　2,9—11,13,16,18,20,26,27,30,32,33,52,61,98,101,108,117,120,137,156,157,159

本源　1,2,9,11,15,16,18,19,28,30,97,98,112,116,120,157,158,160

本源之光　11,114,159

C

存在深渊　1,17,97,101,107,162

超验　12,16,17,18,20,30—33,49,87,93,97—101,106—111,116—127,135—141,143—145,147,151,157—162

沉沦　17,20,23,60,61,66,100,101,106—108,156,157,162

D

德勒兹　72,103—105,135,147,148

F

福柯　44—46,99,155,162

仿象　20,129—132

G

光韵　1,20,97,100,112—114,124,140,142,153,161

H

黑格尔　18,73

海德格尔　8,17,33,142

J

加缪　3,17,33,161

K

康德　15,16,28,107,152,154

库切　48,67,68

卡西尔　9,10,11

坎贝尔　32,121,123

L

列维纳斯　19,27,63,87,94—96,153,154

罗洛梅　145,160

莱维　19,70,76,77

梁漱溟　9,16,17,73,159

鲁迅　2,4,14—16,19,26,34,43,47,48,62,64,66,71,73,77,88,96,
　　　108,151—155,161,162

M

马塞尔　111,159

马尔库塞　11,14,19,53

芒福德　12,52,63,76,77,87,118—120,159

N

尼采　2,33,126,132,133

Q

齐泽克　56,66,98

R

荣格　31,69,117,119,123,136,139,146

人心正义　20,96,151—154

S

斯蒂格勒　51,52,145,148,157

生命欢悦　133,134,135

神话　1,6,10,11,13,16,17,19,20,30—32,58,97,102,105,107,
　　　112,114,115,121—124,127,134,135,136,139—143,146,
　　　148,157,159,160

T

唐君毅　8,11,16,120

托多罗夫　128,135—137,140

他者　19,20,63,86,87,94—96,148,149,153

童心化欢悦　133,137,138,140

W

文化哲学　1,3,4,6—13,16,18,19,24,34,62,97,158,162

文化哲思　11,13,14—19,21,33,97,128,151,161,162

无形　15—18,100—102,104,105—108,119,131,142,144,153,
　　　159,162

X

形而上　1,3,8—13,15—20,30—32,45,63,87,91,92,93—96,97,
　　　98,100,101,106,108,110,111,120—122,126,127,132—
　　　135,137,140,143,146,151,153,158—163

西美尔　56,146

希望　4,7,20,23,49,58,104,108,115,118,121,123,127,139,144,
　　　151,155,159,160—162

心念　119,143—145,147

Y

隐在之光　114,115

Z

张岱年　16,159

张凤江　10,11,12,19

邹广文　7,8,9,10,11,19

张一兵　31,32,46,52,53,108

哲韵智慧　1,20,97,151

后　记

　　从一个阅读莫言小说被深深打动的普通读者，到投入"莫言研究"这一学术领域成为专业读者，这于我而言是一种生命缘分的使然吧。阅读莫言的作品，体会其中的真义，我总是联想起一位智者回响千古的箴言，"于灭中见不灭、悲伤中见欢喜、残酷中见人性、丑恶中见至美"。感谢作家莫言，在他的创作与人生经历中使我深深地感受到"绝地反击"的人生勇气，体会到大智若愚的人生智慧。

　　这一书稿是在2015年写成的原稿基础上进行理论视野的提升，其中有些章节曾发表于《名作欣赏》《文艺争鸣》等刊物，在更新过程中又进行了整体的加工润色。

　　感谢2018年度国家社科基金委将这一名为"文化哲学视野中的莫言小说研究"的课题予以后期立项，并给予资助使得该文稿得以出版。感谢社科基金的匿名评委们提出的宝贵修改意见，这些深邃洞见为文稿的拓进引领了航向。

　　文稿的写作得益于诸多前辈学者们的论著、论文所给予的精神滋养与智慧支撑。感谢张凤江学者、邹广文学者、张一兵学者、郭齐勇学者、李向平学者、邹诗鹏学者、冯俊学者、高宣扬学者、邓晓芒学者、于春玲学者、赵静蓉学者、王俊学者、高乐田学者、王乾坤学者、乐小军学者、陈思和学者、张志忠学者、张清华学者、刘再复学者、林岗学者、王鸿生学者、格非学者、季红真学者、颜翔林学者、赵毅衡学者、赵顺宏学者、谢有顺学者、洪治纲学者、傅正明学者、叶继奋学者、付艳霞学者、吴晓东学者、吴海清学者等专家们在哲学、伦理学、文化学、神话学、文学的相关论著中给予我学术启示与灵感，使我获益良多。张德明老师的论文，张玉娟老师与王侃老师的论著，黄云霞博士、金凤博士和周冬莹博士的论著也带给我诸多启迪，在此均致以诚挚谢意。感谢袁珂学者、李辛生学者的论著所给予我的启发。

　　同时，感谢所有列在正文中、脚注中、参考文献中的学者们的论著、论文等资料给予我的直接启发与潜在影响，诸位学人们的学术结晶闪烁着无量智慧。限于我的才能，还未能深得这些学术之精髓以深入地探究，甚感惭愧。

　　这一文稿还凝聚着求学以来诸多师长们的智慧与心血,在此致以由衷谢忱。

　　感谢刘永丽老师引领我进入学术之门,给予我不竭的学术源泉,给予我温暖之光。感谢吴晓老师对这部文稿倾注心力,提出高妙深远的修改意见,给予我诸多鼓励,使得文稿得以完成与润色。

　　感谢黄健老师以深厚的学术涵养、深邃的思想观照,给予我高屋建瓴的理论指点,对文稿提出诸多建设性的修改意见,使我豁然开朗、受益丰厚。感谢吴秀明老师、盘剑老师、姚晓雷老师的广博知识传授与文稿完善方案的宝贵指点。感谢吴笛老师、张德明老师、王洪岳老师对文稿、对文稿纲要提出的珍贵修改意见。

　　感谢浙江图书馆与杭州图书馆提供研究所需的海量、前沿的典藏文献,感谢浙江图书馆的工作人员的细致与周到。

　　感谢我的工作单位浙江外国语学院的领导与同事们给予我的热忱关心与殷切帮助,使我能够专注地投入学术研究。感谢我的挂职单位杭州市发改委的领导与同事们给予我的热心照顾以及对我科研工作的鼎力支持。

　　感谢编辑宋旭华老师给予该文稿更妥帖的书名建议,感谢宋老师辛勤地为文稿付梓贡献心力,同时也感谢出版社的校对老师与相关工作人员付出的辛劳。

　　感谢周锋、王平、妙琴、王瑛、斯佳、尚斌、李玉杰等同学及师兄师姐慷慨地分享学术心得,给我带来新思想的启迪,让我感受到友谊之光的照耀。

　　感谢我的父母、爱人与亲朋好友,感谢你们给予我弥足珍贵的亲情呵护,源源不断地传输我坚韧的心灵力量。

　　此外,还要感谢未一一提及的师友们,在生活与求学的路上得到你们的诸多帮助,对你们的鼓励、支持与爱护,我会一直铭记,感怀于心!

己亥年春至次年春于西溪

图书在版编目（CIP）数据

莫言小说的文化哲学阐释 / 王雪颖著. — 杭州：
浙江大学出版社，2020.12（2022.6 重印）

ISBN 978-7-308-20839-0

Ⅰ.①莫… Ⅱ.①王… Ⅲ.①莫言－小说研究 Ⅳ.
①I207.42

中国版本图书馆 CIP 数据核字（2020）第 237731 号

莫言小说的文化哲学阐释

王雪颖　著

责任编辑	宋旭华	
责任校对	蔡　帆　吴心怡	
封面设计	周　灵	
出版发行	浙江大学出版社	
	（杭州市天目山路 148 号　邮政编码 310007）	
	（网址：http://www.zjupress.com）	
排　版	杭州朝曦图文设计有限公司	
印　刷	广东虎彩云印刷有限公司绍兴分公司	
开　本	710mm×1000mm　1/16	
印　张	13	
字　数	227 千	
版 印 次	2020 年 12 月第 1 版　2022 年 6 月第 2 次印刷	
书　号	ISBN 978-7-308-20839-0	
定　价	49.00 元	